新　視　野
中華經典文庫

新 視 野
中華經典文庫

名譽主編 饒宗頤
導讀及譯注 黃正謙

山海經

中華書局

新視野中華經典文庫

山海經

□
導讀及譯注
黃正謙

□
出版
中華書局（香港）有限公司
香港北角英皇道 499 號北角工業大廈一樓 B
電話：(852) 2137 2338　傳真：(852) 2713 8202
電子郵件：info@chunghwabook.com.hk
網址：http：//www.chunghwabook.com.hk

□
發行
香港聯合書刊物流有限公司
香港新界大埔汀麗路 36 號
中華商務印刷大廈 3 字樓
電話：(852) 2150 2100　傳真：(852) 2407 3062
電子郵件：info@suplogistics.com.hk

□
印刷
深圳中華商務安全印務股份有限公司
深圳市龍崗區平湖鎮萬福工業區

□
版次
2014 年 5 月初版
2022 年 4 月第 3 次印刷

□
規格
大 32 開（205 mm × 143 mm）

□
ISBN：978-988-8290-47-5

出版說明

為什麼要閱讀經典？道理其實很簡單——經典正正是人類智慧的源泉、心靈的故鄉。也正是因此，在社會快速發展、急劇轉型，因而也容易令人躁動不安的年代，人們也就更需要接近經典、閱讀經典、品味經典。

邁入二十一世紀，隨着中國在世界上的地位不斷提高，影響不斷擴大，國際社會也愈來愈關注中國，並希望更多地了解中國、了解中國文化。另外，受全球化浪潮的衝擊，各國、各地區、各民族之間文化的交流、碰撞、融和，也都會空前地引人注目，這其中，中國文化無疑扮演着十分重要的角色。相應地，對於中國經典的閱讀自然也就有不斷擴大的潛在市場，值得重視及開發。

於是也就有了這套立足港臺、面向海外的「新視野中華經典文庫」的編寫與出版。希望通過本文庫的出版，繼續搭建古代經典與現代生活的橋樑，引領讀者摩挲經典，感受經典的魅力，進而提升自身品位，塑造美好人生。

本文庫收錄中國歷代經典名著近六十種，涵蓋哲學、文學、歷史、醫學、宗教等各個領域。編寫原則大致如下：

（一）精選原則。所選著作一定是相關領域最有影響、最具代表性、最值得閱讀的經典作品，包括中國第一部哲學元典、被尊為「群經之首」的《周易》，儒家代表作《論語》、《孟子》，道家代表作《老子》、《莊子》，最早、最有代表性的兵書《孫子兵法》，最早、最系統完整的醫學典籍《黃帝內經》，大乘佛教和禪宗最重要的經典《金剛經》、《心經》、《六祖壇經》，中國第一部詩歌總集《詩經》，第一部紀傳體通史《史記》，第一部編年體通史《資治通鑒》，中國最古老的地理學著作《山海經》，中國古代最著名的遊記《徐霞客遊記》，等等，每一部都是了解中國思想文化不可不知、不可不讀的經典名著。而對於篇幅較大、內容較多的作品，則會精選其中最值得閱讀的篇章。使每一本都能保持適中的篇幅、適中的定價，讓普羅大眾都能買得起、讀得起。

（二）尤重導讀的功能。導讀包括對每一部經典的總體導讀、對所選篇章的分篇（節）導讀，以及對名段、金句的賞析與點評。導讀除介紹相關作品的作者、主要內容等基本情況外，尤強調取用廣闊的「新視野」，將這些經典放在全球範圍內、結合當下社會生活，深入挖掘其內容與思想的普世價值，及對現代社會、現實生活的深刻啟示與借鑒意義。通過這些富有新意的解讀與賞析，真正拉近古代經典與當代社會和當下生活的距離。

（三）通俗易讀的原則。簡明的注釋，直白的譯文，加上深入淺出的導讀與賞析，希望幫助更多的普通讀者讀懂經典，讀懂古人的思想，並能引發更多的思考，獲取更多的知識及更多的生活啟示。

（四）方便實用的原則。關注當下、貼近現實的導讀與賞析，相信有助於讀者「古為今用」、自我提升；卷尾附錄「名句索引」，更有助讀者檢索、重溫及隨時引用。

（五）立體互動，無限延伸。配合文庫的出版，開設專題網站，增加朗讀功能，將文庫進一步延展為有聲讀物，同時增強讀者、作者、出版者之間不受時空限制的自由隨性的交流互動，在使經典閱讀更具立體感、時代感之餘，亦能通過讀編互動，推動經典閱讀的深化與提升。

這些原則可以説都是從讀者的角度考慮並努力貫徹的，希望這一良苦用心最終亦能夠得到讀者的認可、進而達致經典普及的目的。

「弘揚中華文化」是中華書局的創局宗旨，二〇一二年又正值創局一百週年，「承百年基業，傳中華文明」，本局理當更加有所作為。本文庫的出版，既是對百年華誕的紀念與獻禮，也是在弘揚華夏文明之路上「傳承與開創」的標誌之一。

需要特別提到的是，國學大師饒宗頤先生慨然應允擔任本套文庫的名譽主編，除表明先生對本局出版工作的一貫支持外，更顯示先生對倡導經典閱讀、關心文化傳承的一片至誠。在此，我們要向饒公表示由衷的敬佩及誠摯的感謝。

倡導經典閱讀，普及經典文化，永遠都有做不完的工作。期待本文庫的出版，能夠帶給讀者不一樣的感覺。

中華書局編輯部

二〇一二年六月

目錄

論《山海經》與中西神話比較的視角——《山海經》導讀 〇〇一
卷一　南山經 〇四五
卷二　西山經 〇六七
卷三　北山經 一〇九
卷四　東山經 一四三
卷五　中山經 一六三
卷六　海外南經 二三五
卷七　海外西經 二四七
卷八　海外北經 二五九
卷九　海外東經 二七一

卷十　海內南經……二七九
卷十一　海內西經……二八五
卷十二　海內北經……二九三
卷十三　海內東經……三〇一
卷十四　大荒東經……三〇七
卷十五　大荒南經……三一九
卷十六　大荒西經……三三一
卷十七　大荒北經……三四七
卷十八　海內經……三六一
名句索引……三七四

論《山海經》與中西神話比較的視角

——《山海經》導讀

黃正謙

一、《山海經》一書及其相關問題

《山海經》一書，分為〈山經〉及〈海經〉兩部分。〈山經〉包括〈南山經〉、〈西山經〉、〈北山經〉、〈東山經〉、〈中山經〉五篇，亦稱〈五臧山經〉。〈山經〉以外的十三篇，則統稱為〈海經〉。〈海外南經〉至〈海外東經〉四篇，稱為〈海外四經〉；〈海內南經〉至〈海內東經〉合稱〈海內四經〉；〈大荒東經〉至〈大荒北經〉合稱〈大荒四經〉；而最後一篇是〈海內經〉。

《山海經》是一部奇書。其中一「奇」，是關於此書的問題，既多且雜，難有定論，例如作者、書名、成書年代、成書地域、篇目及其所牽涉之地域範圍、所記載之山川、神人、動植物等等。因材料本身內容駁雜，容有多種詮釋，學者之間，眾說紛紜，各有所見。對上述問題的考證，大部分都持之有故，言之成理，卻未必有決定性的證據，足以排除他說。

<table>
<tr><td colspan="18">山海經</td></tr>
<tr><td colspan="13">海經</td><td colspan="5" rowspan="2">山經／五臧山經</td></tr>
<tr><td rowspan="2">海內經</td><td colspan="4">大荒四經</td><td colspan="4">海內四經</td><td colspan="4">海外四經</td></tr>
<tr><td>大荒北經</td><td>大荒西經</td><td>大荒南經</td><td>大荒東經</td><td>海內東經</td><td>海內北經</td><td>海內西經</td><td>海內南經</td><td>海外東經</td><td>海外北經</td><td>海外西經</td><td>海外南經</td><td>中山經</td><td>東山經</td><td>北山經</td><td>西山經</td><td>南山經</td></tr>
</table>

《山海經》的卷目結構

（一）《山海經》的成書背景

《山海經》並非出於一人之手，亦非出於一時一地。〈山經〉與〈海經〉屬於不同的系統：〈山經〉行文有一套獨特的格式，井然有序，文氣一貫；〈海經〉則多為散見之段落，敘事有首無尾，當是不同材料之雜湊，且錯簡不少，故有重複及矛盾之處。一般而論，〈山經〉是以洛邑為中心描述山川地理及動植物的書，而〈海經〉所牽涉的地域在〈山經〉之外圍（並非沒有例外，參見〈南山經〉導讀）。不過，〈海經〉中〈海外四經〉、〈海內四經〉、〈大荒四經〉及〈海內經〉所描述的，並不是一個簡單的、漸次向外的同心圓體系，四者成篇的年代其實並不相同，內容互有重複。東晉郭璞《山海經傳》的目錄説〈大荒四經〉及〈海內經〉本皆「進在外」（一作「逸在外」），指古本此五篇原皆在外，與經別行，為西漢劉秀（即劉歆）校經時所補入（清代郝懿行《山海經箋疏敍》）。有學者視〈海內四經〉及〈海外四經〉為「異域方國」，而〈大荒四經〉則屬於「神域」。[1]但〈海外四經〉與〈大荒四經〉之所載，重複之處既多，則不宜視此二者所涵蓋的地域為全不相干（如〈海外北經〉與〈大荒北經〉同載燭陰〔燭龍〕、禹殺共工之臣相

1 邱宜文：《山海經的神話思維》（台北：文津出版社，2010），頁36。

柳〈相繇〉、夸父逐日、帝顓頊與九嬪俱葬、一目國〈一目民〉、深目國〈深目民〉等）。[2]〈海經〉是因圖而作文，先有圖畫，後有文字，此可見於〈海經〉原文及郭璞的注釋，陶淵明詩亦有「泛覽周王傳，流觀山海圖」之句。惜此圖已然散佚。[3]日本學者松田稔《山海經比較的研究》指出，〈海外經〉與〈大荒經〉皆含有圖畫的敘述（即因圖而作文），〈海外經〉將一幅巨大的地圖順次序地「文章化」，而〈大荒經〉所根據之圖畫，很可能是一幅一幅單獨的神人或動物等等的繪圖。[4]

〈五臧山經〉的材料大概可遠溯於夏代，但《山海經》之成書，則在戰國晚期至西漢之間。《隋書・經籍志》曾說「漢初，蕭何得秦圖書，故知天下要害。後又得《山海經》，相傳以為夏禹所記。」元代吾丘衍《閒居錄》指出，「《山海經》非禹書，其間言鯀入羽淵及夏后啟等事，且又多祭祀鬼神之說，中間凡有『政』字，皆避去，則知秦時方士無疑。」法國漢學家馬伯樂

2 據郭世謙統計，《大荒四經》重見於《海外四經》的，有五十一節。參郭世謙：《山海經考釋》（天津：天津古籍出版社，2011），頁59。

3 袁珂：《山海經校注》（成都：巴蜀書社，1993），頁226。

4 「兩者共に繪畫的敍述を含むが、海外經が大きな繪地圖の內容を順に文章化したものと見られるのに對して、大荒經の基づいた繪畫は單獨の一つ一つの神格や動物などの繪であった可能性が高い。」參松田稔：《〈山海經〉の比較的研究》（東京：笠間書院，2006），頁192–193。

（Henri Maspero）《古代中國》（*La Chine antique*）認為，〈五藏山經〉的作者必定是洛邑人，活躍於約公元前四世紀末。[5] 沈海波指出，〈山經〉成書於戰國晚期，因〈山經〉記載出鐵之山很多，而《呂氏春秋》引〈山經〉之文不少，故下限當在戰國末年。至若〈海經〉，學術界普遍認為亦在戰國，惟〈海內四經〉多秦漢地名，當為後人所羼。[6] 其他異說尚多，不能具引。寫定《山海經》者，大多數學者認為是楚人。據蒙文通考證，《山海經》可能是巴蜀地域所流傳、代表巴蜀文化的典籍。[7] 蕭兵則推測，此書很可能是東方早期方士根據雲集於燕齊的各國人士所提供的見聞及原始記載所編纂整理而成的。[8]

---

5 "L'auteur était certainement un homme de Lo-yi, l'importance de la description des environs de cette ville, et de ce qui constituait le domaine propre des rois des Tcheou, le prouve, et il vivait, à ce qu'il semble, vers la fin du IVe siècle." See Henri Maspero, *La Chine antique*, (Paris: Imprimerie Nationale, 1995), p. 507.

6 沈海波：《山海經考》（上海：文匯出版社，2004），頁65–68，85–86。

7 蒙文通：〈略論《山海經》的寫作時代及其產生地域〉，《巴蜀古史論述》（成都：四川人民出版社，1981），頁146–184。

8 蕭兵：〈《山海經》：四方民俗文化的交匯——兼論《山海經》由東方早期方士整理而成〉，《山海經新探》（成都：四川省社會科學院出版社，1986），頁133。

（二）《山海經》的性質

關於《山海經》一書的性質，自來有不同的說法。《漢書・藝文志》歸之於〈數術略・刑法〉類，與《國朝》、《宮宅地形》、《相人》、《相寶劍刀》、《相六畜》諸書同科，但卻為後世學者所批評。清代章學誠《校讎通義》卷二說：「《山海經》與相人書為類，《漢志》之授人口實處也。」西漢以後，《山海經》長期被視為地理書。例如東漢明帝永平十二年，王景治水，明帝賜景《山海經》、《河渠書》、《禹貢圖》及錢帛衣物（見《後漢書・循吏列傳》）。《隋書・經籍志》冠《山海經》為地理書之首，其次則為《水經》。至明代胡應麟《少室山房筆叢》卷十六〈四部正譌〉始提出質疑，認為《山海經》是「古今語怪之祖」，「其文體特類《穆天子傳》，故余斷以為戰國好奇之士，取《穆王傳》，雜錄《莊》、《列》、《離騷》、《周書》、《晉乘》以成者。」謂此書為地理書，着眼點當在〈山經〉；謂此書為語怪之書，則〈山經〉、〈海經〉兼而有之。五四時代，魯迅《中國小說史略》提出著名觀點，即《山海經》（尤指〈五臧山經〉）「所載祠神之物多用糈（精米），與巫術合，蓋古之巫書也。」[9]

《山海經》雖多涉神怪，但其內容不可能完全為向壁虛構，尤其是〈五臧山經〉部分，而《山海經》本身亦不是純粹的神話著作。有人說此書是古代的百科全書，雖略嫌誇張，但書中可考

9 魯迅：《中國小說史略》，收入《魯迅全集》（香港：香港文學研究社，1973），第8卷，頁13。

的山川江河、動植物、礦物、藥材等等，不在少數，現代不少學者即致力考證《山海經》的科技史料。法國學者馬蒂厄（Rémi Mathieu）則視《山海經》為尚未定型的《百科全書》。馬氏指出，此書的作者並非有意撰寫這種類別的著作，但書中所寫的，正正反映了那個時代的必要知識。[10]《山海經》所載諸怪物，雖多數為幻想虛構的，但據今人考定，亦有相當的現實根據。徐顯之《山海經探原》認為《山海經》是一部最古的方志。其中〈山經〉部分是以山為經的方物志，〈海經〉是以氏族為經的社會志，而〈海內經〉則具有製作發明的科技志性質。[11]無論如何，言《山海經》所載皆為信史，或言其所載皆荒誕不經，都失之偏頗。

（三）《山海經》的命名

《山海經》一名最早見於《史記．大宛列傳》：

---

10 "Pour ma part, je le considère comme une sorte d'encyclopédie avant la lettre. Non que la volonté de ses auteurs ait été d'en faire un ouvrage de cette espèce, mais parce que ce que l'on y écrit est le reflet de l'essentiel du savoir d'une époque." See Rémi Mathieu, *Étude sur la mythologie et l'ethnologie de la Chine ancienne*, traduction annotée du *Shanhai jing*, (Paris: Collège de France, Institut des Hautes Études Chinoises, 1983), Tome I, p. C.

11 徐顯之：《山海經探原》（武漢：武漢出版社，1991），頁15。

太史公曰：「〈禹本紀〉言：『河出崑崙。崑崙其高二千五百餘里，日月所相避隱為光明也。其上有醴泉、瑤池』。今自張騫使大夏之後也，窮河源，惡睹〈本紀〉所謂崑崙者乎？故言九州山川，《尚書》近之矣。至〈禹本紀〉、《山海經》所有怪物，余不敢言之也。」

東漢王充《論衡‧談天》及班固《漢書‧張騫李廣利傳》引《史記》此文只稱〈山經〉，遂引起學者的猜測與考辨。有人認為〈山經〉即《山海經》，略寫而已；有人認為〈山經〉指今《山海經》的〈五臧山經〉，不包括〈海經〉在內。何幼琦〈《海經》新探〉提出，〈海經〉當即〈禹本紀〉，因《史記》所引〈禹本紀〉文字，內容大抵與〈海內西經〉相合。劉向父子將〈山經〉及〈禹本紀〉合編為一，改題為《山海經》。這是《山海經》書名首見於《漢書‧藝文志》，而《藝文志》不復著錄〈山經〉及〈禹本紀〉的原因。[12]按太史公所引〈禹本紀〉文字，並不見於今本〈海經〉。《史記‧五帝本紀》〈正義〉說：「本者，繫其本系，故曰本；紀者，理也，統理眾事，繫之年月，名之曰紀。」《史記‧太史公自序》〈索隱〉引應劭說：「有本則紀，有家則代，有年則表，有名則傳。」《史記》以前的〈本紀〉，其體例固然無法詳考，若《史記》因襲前人體例而成〈本紀〉，則〈禹本紀〉當是以禹為中心的記述。即非如此，亦當與禹有相當大的關

12 何幼琦：〈《海經》新探〉，《山海經新探》（成都：四川省社會科學院出版社，1986），頁73。

係。今讀〈海經〉文字，為異域方國及神話材料之雜湊，很難說是專言「禹」的記述吧？且上文已說，〈海外四經〉多緣圖畫而作，與《逸周書·王會篇》、《淮南子·墬形訓》等多有關連，與〈禹本紀〉關係不大。〈西次三經〉說「昆侖之丘」，亦有「河水出焉」一語，即〈五臧山經〉亦有太史公所謂「河出崑崙」之義，但太史公將《山海經》與〈禹本紀〉並列，此處當然不可能指〈五臧山經〉。

《山海經》的「經」字當作何解，有不同說法。〈五臧山經〉末段說：「禹曰：『天下名山，經五千三百七十山，六萬四千五十六里，居地也。』」郝懿行箋疏云：「經，言禹所經過也。」袁珂《山海經校注》據此力證《山海經》之「經」字，當訓為「經歷」之「經」，並提出四個內證。[13] 張春生《山海經研究》以為袁珂之說「可稱卓識」，並進一步指出，天下名山既為禹所經，其里數又為禹所步，則「經」除了「經過」、「經歷」外，當含「推步」之意。[14] 但陳成在《山海經譯注》的〈前言〉則提出嚴正反駁。[15]

「經」之為「書」或「書名」，於戰國時代並不一見，不必是儒家的《六經》，未必能劃入後世的「經部」。《墨子》固然有〈經〉及〈經說〉，《莊子·天下》說「南方之墨者苦獲、已齒、

13 同注3，頁222–225。
14 張春生：《山海經研究》（上海：上海社會科學院出版社，2007），頁3。
15 陳成：《山海經譯注》（上海：上海古籍出版社，2012），頁7–10。

鄧陵子之屬，俱誦《墨經》」，《荀子．解蔽》說「故《道經》曰：『人心之危，道心之微』」，《孝經》亦當成書於《呂氏春秋》之前，為漢初學者所徵引。由此可知，成書於戰國晚期至西漢之間的《山海經》稱「經」，並非異事。誠如陳成所說，《山海經》的「經」若訓為「經歷」，則「山海經」三字於文法上扞格難通，古今未見其例。[16] 其實，即使只是「山經」二字，亦同樣如此。第二，劉秀是否增〈南山經〉、〈海內南經〉等標題，改「南次二山」為「南次二經」、改「西次二山」為「西次二經」等等，我們無法明確考定。袁珂引〈山經〉「右西經之山，凡若干山，若干里」、「右東經之山，凡若干山，若干里」之文，認為所謂「西經」、「東經」，決當是「經歷」之義。[17] 此一說很有道理。然而，雖《山海經》中不少文句的「經」字，可訓為「經歷」，但不等於《山海經》（或〈山經〉）一書書名的「經」字，可同樣訓為「經歷」。《山海經》一名，亦不可能源於「天下名山，經五千三百七十山」這一整體觀念。且如〈海外四經〉之所載，是因圖畫而作文，內容可與《逸周書．王會篇》及《淮南子．墬形訓》互相印證，則無由有「經歷」之義。意大利學者弗拉卡索（Riccardo Fracasso）認為，袁珂所提出之新義，明顯地將引起一定的困惑，但肯定不能說言之無據。而「經歷」、「路線」，似乎是「某次某經」（例如

16 陳成：《山海經譯注》（上海：上海古籍出版社，2012），頁9。
17 同注3，頁223。

「南次二經」、「西次三經」等）此一公式中「經」字惟一可行的翻譯。[18]其實，正如上文所引，袁珂以為「某次某經」的公式，為劉秀所改，原當作「某次某山」。另一方面，郭世謙認為，《山海經》之書名及篇名皆以「經」名之，而「經」、「徑」古通，故〈南山經〉即南方之山徑。[19]若「經」當訓為「徑」，則「南次二經」、「海外南經」等說法，似乎便很難說通了。

（四）《山海經》的研究及流播

《山海經》一書，於十九世紀已開始為西方漢學家所注意。正如弗拉卡索所說，西方對《山海經》的認識，很大程度上當歸功於「法國學派」。[20]杜波依（Nicolas-Auguste Dubois）於其《新

---

18 "Ciascuno dei 18 "libri" dell' opera riporta peculiarmente nel titolo (come fa anche lo SYJ) il carattere *jing* ('classico' ; 'canone') , a cui YZ 181-2 propone di attribuire il significato alternativo di 'percorso' o 'itinerario' . La proposta può chiaramente suscitare una certa perplessità, ma non si può certo dire che manchi di fondamento; ... 'itinerario' sembra essere l'unica traduzione possibile per la formula '*mouci moujing* 某次某經' , che introduce 21 delle sottosezioni del WZSJ." Fracasso, *Libro dei monti e dei mari (Shanhai jing)* : *cosmografia e mitologia nella Cina Antica* (Venezia: Marsilio, 1996) , "Introduzione," p. XIII.

19 同注2，頁77。

20 "La conoscenza dello SHJ in Occidente deve moltissimo alla scuola francese." 同注18，"Premessa," p. 3.

神話學完全手冊》（*Nouveau manuel complet de mythologie*）中，有五頁論及中國神話，當中不少實與佛教有關，一條提及「黃帝」，認為他是中國神話史中伏羲的第二位繼承者，為中原帝國的創始人。[21] 漢學家巴贊（Antoine Pierre Louis Bazin）〈《山海經》概述〉（Notice du *Chan-haï-king*）一文認為，在公元前四世紀，一群道士作家想博取頭腦單純之人的「輕信」，便借大禹及伯益的大名，傳播神話，發表了一部宇宙志。[22] 著名東方學家波蒂埃（Guillaume Pauthier）稱中國人將河源置於著名之昆侖山的湖，昆侖山是中國神話的奧林匹斯山。[23]〈西山經〉於一八七五年由法國東方學家布爾努夫（Émile-Louis Burnouf）譯成法文，是《山海經》最早譯成外文的部分。此譯本的注釋大量翻譯郭璞的《山海經傳》（Comm. de Koh）及清代吳任臣的《山海經廣注》（Comment. de Jin-Tchin）。布爾努夫指出，此文很可能是世界現存最古老的地理論著。對《山海經》本文作更深入的研究，證實此為「地理學聖書」無疑。在神話故事之中必藏

21 Dubois, *Nouveau manuel complet de mythologie* (Paris: A la Librairie Encyclopédique de Roret, 1836), pp. 280-284, esp. p. 280.

22 Bazin, "Notice du *Chan-haï-king*, cosmographie fabuleuse attribuée au grand Yu," *Journal Asiatique* (Nov., 1839), pp. 338–339.

23 "Les Chinois placent sa source dans un lac situé sur le célébre mont Kouen-lun, l'Olympe de la mythologie chinoise." Pauthier, *Chine ou Description historique, géographique et littéraire de ce vaste empire* (Paris: Firmin Didot Frères, 1838), Première Partie, p. 12.

有遠古的產物，並且包含明確的科技消息。學術界可利用之，以認識中華帝國的古老時代。[24]德羅斯尼（Léon de Rosny）於一八九一年出版的《山海經：中國古代地理》（*Chan-hai-king: antique géographie chinoise*）是西方第一部〈山經〉的全譯本。除郭璞及吳任臣外，此書亦參考郝懿行（I-hing）的注釋。德羅斯尼認為，如此重要的一部著作，漢學家竟然遺忘了，沒有翻譯其全文，無疑是因為書中充滿虛構及神怪的記述，但若以此為標準，則幾乎所有希臘及拉丁的經典著作，亦當擱置一旁了。[25]一八九二年，俄國學者格奧基耶夫斯基（Sergei Georgievskii）撰有《神話觀與中國神話》（*Мифическія воззрѣнія и мифы китайцевъ*）一書，是第一部討論中國神話的專著，並不以《山海經》為專門研究對象。他在序言中指出，中華民族將「閃電」比喻為「鞭子」，將Milky Way比喻為「河」。因對大自然現象缺乏理解，人類以為萬事萬物皆有「靈性」。作者認為，這種「靈性」不當理解為泛神論，或整個自然世界都充滿了「精神」，而

24 "... un traité de Géographie qui est, très-probablement, le plus ancien qui existe au monde ... Un examen plus approfondi du texte original du Chan-haï-king démontra, sans doute, que ce «Livre sacré de la Géographie» ... " Burnouf, *Le Chan-Haï-King. Livre des Montagnes et des Mers. Livre II: Montagnes de l'Ouest* (Paris: Imprimerie de Madame Veuve Buchard-Huzard, 1875）, p. 138.

25 "Cet oubli peu explicable vient sans doute des nombreux récits fabuleux et fantastiques qui fourmillent dans l'ouvrage que nous publions aujourd'hui." See Léon de Rosny, *Chan-hai-king: antique géographie chinoise* (Paris: J. Maisonneuve, 1891）, pp. 2–3.

是自然界的每一件事物，都視作分別被「靈性化」，各自擁有自己的心靈和精神，如同獨立的、有生命的東西一般。[26]

值得留意的是十八世紀法國東方學家德金（Joseph de Guignes）於一七六一年在〈中國人在美洲附近的航行及亞洲極東地區的一些民族之研究〉一文中，根據《南史》卷七十九所記「扶桑國者，齊永元元年，其國有沙門慧深來至荊州，說云扶桑在大漢國東二萬餘里」等文字，斷定扶桑國當在美洲，中國人於公元四五八年即得知美洲了。[27]德國東方學家克拉普羅特（Heinrich Julius von Klaproth）於一八三一年撰文反駁，首先批評此文的題目不準確，德金眼

---

26 "Эта одухотворенность должна быть понимаема не въ смыслѣ пантеизма или проникновенія всей природы міровымъ духомъ, а въ томъ смыслѣ, что каждый предметъ природы считается отдѣльно одухотвореннымъ, обладающимъ своею собственною душою и духомъ, какъ самостоятельнымъ существамъ." See Сергѣй Георгіевскій, *Мифическія воззрѣнія и мифы китайцевъ* (С.-ПЕТЕРБУРГЪ: Типографія И. Н. СКОРОХОДОВА, 1892), с. v–vi.

27 "... j' ai conclu de-là qu'ils avoient connu l'Amérique l'an 458 de J. C." Joseph de Guignes, "Recherches sur les navigations des chinois du côté de l'Amérique, et sur quelques peuples situés à l'extrémité orientale de l'Asie," in *Mémoires de littérature, tirés des registres de l'Académie Royale des Inscriptions et Belles-Lettres*, tome 28 (Paris: De L'imprimerie Royale, 1761）, p. 520.

前所見的中文原材料，並沒有涉及中國駛往扶桑之航海事業。[28]又說扶桑國有葡萄樹及馬，已足證此國並非在美洲的某一處，此二物皆哥倫布於一四九二年發現美洲之後由西班牙人帶過去的。[29]韋寧（Edward Payson Vining）在一八八五年出版一部更全面的考證著作，題作《湮沒無聞的哥倫布：慧深及一群僧侶於公元五世紀從阿富汗發現美洲的證據》（*An Inglorious Columbus, or, Evidence that Hwui Shan and a Party of Buddhist Monks from Afghanistan discovered America in the Fifth Century, A.D.*）。其實，德金的文章，重要證據在《南史》所言的「扶桑」，而非《山海經》的「扶桑」，但後世學者則試圖結合《山海經》，考證中國先民早已遠徙美洲，例如默茨（Henriette Mertz）在一九五三年出版的《褪色的墨水：中國人美洲探險的兩份古代紀錄》（*Pale Ink: Two Ancient Records of Chinese Exploration in America*）。其他學者如衞聚賢、胡遠鵬等，皆贊成此說。此種說法，當然不能說是無根之談，但始終欠缺堅實而周密的證據。先不論當時的航海技術，中國古代先民遠徙美洲，將美洲的山川地理及動植物等資料記錄下來，而此等記錄又輾轉在中國流傳，本身已經難以置信。何況如此驚人的旅行及發現，於先秦乃至兩漢，只有《山海經》一書記載，其他典籍未置一言，豈非怪事？

28 Klaproth, *Recherches sur le pays de Fou Sang mentionné dans les livres chinois et pris mal à propos pour une partie de l'Amérique* (S.l.: s. n., 1831?) , p. 1–2.

29 同上，p. 8.

二、《山海經》及中西神話比較

近百年以來，受歐美及日本影響，中國神話學的研究風行，碩果纍纍，學者奉《山海經》為中國神話之祖。西方的人類學家、宗教學家及神話學者如弗雷澤（James George Frazer）、馬淩諾斯基（Bronisław Kasper Malinowski）、繆勒（Friedrich Max Müller）、卡西勒（Ernst Cassirer）、坎貝爾（Joseph John Campbell）、克拉克洪（Clyde Kluckhohn）、伊利亞德（Mircea Eliade）、柯克（Geoffrey Stephen Kirk）等等，對神話學有不同的詮釋，建構不同的理論，在西方學術界影響很大。「神話」一詞，二十世紀初由日本傳入中國。當代的日本神話學者包括伊藤清司、御手洗勝、鐵井慶紀、松田稔、小南一郎等等。台灣著名神話學專家王孝廉，即為御手洗勝的學生。

西方很早便發展出「神話學」。荷馬（Homer）的《伊利亞特》（*Iliad*）、赫西俄德（Hesiod）的《神譜》（*Theogony*）、偽阿波羅多洛斯（Pseudo-Apollodorus）的《書庫》（*The Library*）等，固然是希臘神話的淵藪，而古希臘的學術界，早已對「神話問題」開展熱烈的討論，包括歷史學家希羅多德（Herodotus）、詭辯家普羅迪科斯（Prodicus）、哲學家柏拉圖（Plato）、「神話理性化」理論家帕萊法托斯（Palaephatus）等，至文藝復興更有《異教徒諸神系譜》（*Genealogia deorum gentilium*）及《神話學的神學》（*Theologia mythologica*）等經典著作。中國古代當然有神話，但始終沒有發展出一套神話學，古人只討論「神怪不神怪」、「荒誕不荒誕」的問題。當代學者稱《山海經》為「神話之淵府」（袁珂）、「神話的故鄉」（李豐楙），惟《山海經》一書在神話方面的影響，在古代的中國是微不足道的。中國人對神話的反思，始於五四時代。

有一點必須留意。西方古希臘的神話文獻，早於公元前八世紀便已寫定，中國神話文獻的出現，大約始於春秋末年至戰國時代，相隔二百年以上。這一點，如下文所說，可能是周代的人文精神及史官傳統，令十口相傳的神話故事不能在早期以文字形式保存下來。商人尚鬼，但今天所看到的甲骨文，仍然缺乏商代或商代以前的神話故事。除非有新出土的文物證據，否則現在我們只能承認，中國神話的文字記載，確實遠較西方為遲。

（二）神話學與儒家思想

中國神話不比西方發達，或中國古代神話故事沒有系統的保存下來，近現代神話學者一般歸咎於儒家思想。魯迅《中國小說史略》指出：

> 孔子出，以修身齊家治國平天下等實用為教，不欲言鬼神，太古荒唐之說，俱為儒者

所不道，故其後不特無所光大，而又有散亡。[30]

袁珂《中國古代神話》則說：

> 世界上的幾個文明古國：中國、印度、希臘、埃及，古代都有着豐富的神話，希臘和印度的神話更相當完整地被保存下來；只有中國的神話，原先雖然不能說不豐富，可惜中間經過散失，只剩下一些零星的片段，東一處西一處的分散在古人的著作裏，毫無系統條理，不能和希臘各民族的神話媲美，是非常抱憾的。[31]

袁珂指出，神話轉化為歷史，大都出於「有心人」的施為，「儒家之流要算是作這種工作的主力軍」，「深一點的發掘，就可以知道這原來是符合統治階級的利益的」。[32]最著名的例子，當推「夔一足」及「黃帝四面」的故事。

〈大荒東經〉說「東海中有流波山，入海七千里，其上有獸，狀如牛，蒼身而無角，一足，

30 同注9，頁16。
31 袁珂：《中國古代神話》（上海：商務印書館，1957），頁16–17。
32 同上，頁17–18。

出入水則必風雨，其光如日月，其聲如雷，其名曰夔，黃帝得之，以其皮為鼓，橛以雷獸之骨，聲聞五百里，以威天下」，而《韓非子・外儲說左下》載孔子說，「夔非一足也，一而足也（一個便足夠了）」。《禮記・仲尼燕居》載孔子曰：「達於禮而不達於樂，謂之素；達於樂而不達於禮，謂之偏。夫夔，達於樂而不達於禮，是以傳此名也，古之人也。」南宋羅願《爾雅翼》卷十八說：「夔自以達樂而不達於禮，若夔獸一足然，蓋有所不備，是故以為名，謙之至也。」又《太平御覽》卷七十九引《尸子》說：「子貢云：『古者黃帝四面，信乎？』孔子曰：『黃帝取合己者四人，使治四方，不計而耦，不約而成，此之謂四面。』」似乎都將神話「歷史化」或「合理化」了。

事實上，「黃帝四面」一語本身容有多重詮釋，而無論是《尸子》、《呂氏春秋・本味》（「故黃帝立（位）四面」）、《淮南子・天文訓》（「其帝黃帝，其佐后土，執繩而制四方」）之所述，都未必一定是神話。有學者結合出土文獻馬王堆帛書《老子》乙本卷前古佚書《十六經》（《十六經・立命》說：「昔者黃宗質始好信，作自為象（像），方四面，傅一心。四達自中，前參後參，左參右參，踐立（位）履參，是以能為天下宗。吾受命於天，定立（位）於地，成名於人。」）及歷史文獻之所載，對「黃帝四面」試作一歷史的詮釋。[33]

33 鄭先興：〈「黃帝四面」神話的歷史學闡釋〉，《河南師範大學學報（哲學社會科學版）》，第35卷第2期，2008年3月，頁137–139。

儒家思想立足於人文界，對思想史的發展有重大的意義。我們固然可以斷定，儒家重理性重實際的傾向，使中國神話學的發展不比西方，但我們卻不能因此而責難歷史上的儒家。古代的儒家學者，並沒有保存神話的意識，沒有保存神話的責任，更沒有當代「神話研究」的反思。若出於世界各大文明皆有但中國獨無的心態而感到非常可惜，是可以理解的，但批評儒家故意消滅神話，則似乎是不能以歷史論歷史了。

謝選駿《神話與民族精神》認為，中國神話的「歷史化」較西方更深一層：化天神為人王，化神話為歷史。這「歷史神話體系」，首先被春秋戰國時代的《堯典》記錄在案。《堯典》中受信用的樂官「夔龍」，由雷獸而成為樂師，而十日之母「羲和」，則成為曆法的主管。是以謝選駿認定，《堯典》的出現，宣告「神話歷史化」運動的完成。[34]法國漢學家馬伯樂早於一九二四年《亞洲學刊》中發表〈書經中的神話傳說〉一文，以「羲」「和」傳説、洪水傳説及重黎「絕地天通」之例，追溯《尚書》中「神話歷史化」的部分。[35]徐復觀將《書》與《周書》、《穆天子傳》相比較，發現《書》之神話最少。[36]然《尚書》中部分故事起源於神話，例如「絕地天通」，當然是沒有疑問的。

34 謝選駿：《神話與民族精神》（濟南：山東文藝出版社，1986），頁 197–199。
35 Henri Maspero, "Légendes mythologiques dans le *Chou King*," *Journal Asiatique* 204 (1924), pp. 1–100.
36 徐復觀：《中國經學史的基礎》（台北：學生書局，1981），頁 49。

謝選駿指出，孔子否定超自然信仰（如神話、宗教、夢占、預兆等）的「理性態度」並不徹底。例如《論語》載孔子說「鳳鳥不至，河不出圖，吾已矣乎！」（〈子罕〉），又說「丘之禱久矣」（〈述而〉）、「獲罪於天，無所禱也」（〈八佾〉）。《左傳．哀公十四年》載：「西狩於大野，叔孫氏之本子鉏商獲麟，以為不祥，以賜虞人。仲尼觀之，曰：『麟也。』」故謝氏認為，孔子是一個徬徨於社會大分化、民族大融合時代的矛盾人物。在許多方面，他不像後人想像得如此理性。[37] 潛明茲《中國神話學》同意謝選駿的觀點，認為孔子在神話問題上的態度確有矛盾。[38] 按孔子之「理性」，是相對而言的。他根本不是唯物主義者，亦從未否定鬼神或天命之存在，更不可能從今天的科學尺度，論鬼神有無之問題。因此孔子亦說「天生德於予」，「天之未喪斯文也，匡人其如予何？」「死生有命，富貴在天」等等。孔子只以鬼神之說，於實無徵，多說無用，是以不願多談。這當然是他個人對超自然論說所採取的態度，當中無所謂「徬徨」與「矛盾」。學者以為孔子完全否定鬼神等無由證驗之說，其理性態度一以貫之，實屬誤解。事實上，春秋戰國為人文精神興起的大時代，不獨儒家為然。除墨子外，諸子百家都不強調鬼神之為實有。《經典釋文．敍錄》稱《莊子》「言多詭誕，或似《山海經》，或類占夢書」，

37 同注 34，頁 344–346。

38 潛明茲：《中國神話學》（銀川：寧夏人民出版社，1994），頁 15。

惟《莊子・寓言》說「寓言十九，重言十七，卮言日出，和以天倪」，莊子處混濁之世，喜以謬悠之說、荒唐之言，以為論辯之資，故《莊子》亦保留了不少神話故事。但莊子本身是一個智慧型的思想家，則是毫無疑問的。正如謝選駿所認為，「神話歷史化」的發生，在殷末周初，至春秋戰國形成高潮。[39]這一點可以取信。果然如此，則大量神話之散亡，亦未能以孔子為罪魁禍首。中國文化本身的早熟，巫史分家甚早，具有強烈的歷史保存意識，歷史學在古代已經相當發達。先秦時代已出現大量史著，孔子作《春秋》固不必說，至西漢而出現一部震古鑠今的《史記》，此與古希臘所走的方向完全不同。相對而言，希臘人並不太重視歷史學[40]，亞里士多德《論詩》（*Poetics*）第九章曾說，「詩」較「歷史」更為哲學、更為重要，因為「詩」所說的是普遍的，而歷史所說的是個別的。[41]中國歷史學的發達，亦是神話學不發達、沒有長篇

---

39 謝選駿：《空寂的神殿》（成都：四川人民出版社，1987），頁158。

40 "The Greek failure to grant supremacy to history may also be discerned in some of the results of theoretical inquiry." Carlo Brillante, "History and the Historical Interpretation of Myth," in Lowell Edmunds, ed., *Approaches to Greek Myth* (Baltimore: Johns Hopkins University Press, 1990), p. 104.

41 **"... διὸ καὶ φιλοσοφώτερον καὶ σπουδαιότερον ποίησις ἱστορίας ἐστίν ἡ μὲν γὰρ ποίησις μᾶλλον τὰ καθόλου, ἡ δ᾽ ἱστορία τὰ καθ᾽ ἕκαστον λέγει." (Περὶ ποιητικῆς)** *Aristotelis Opera Omnia*, Græce et Latine (Parisiis: Editore Ambrosio Firmin Didot, 1848), vol. I, p. 464.

史詩的重要原因。[42]論者謂《詩經》中的〈大雅〉（例如〈文王〉、〈大明〉、〈緜〉、〈思齊〉、〈皇矣〉、〈文王有聲〉、〈生民〉、〈公劉〉）、〈商頌〉（例如〈烈祖〉、〈玄鳥〉），或是某些漢賦（例如《蜀都賦》、《西都賦》、《東都賦》、《西京賦》、《東京賦》），都可算是史詩，但嚴格而論，與西方及印度的史詩相較，則始終不同。中國抒情的作品在「詩」，記事的作品在「史」，較少以「詩」的形式來敍述整段歷史，更不必說當中竟然有浪漫的神話成分。要注意的是，中西方如此的差異，似乎沒有什麼優劣可言。

（二）神話「歷史化」與歷史「神話化」

謝選駿《神話與民族精神》指出，「在中國古代，對神話的『歷史化』處理不僅僅是一種『解釋』，而且深刻滲入神話本身的結構之中：神話被當作古史處理掉，神話本身被化為古史傳說。這種現象為各國神話所罕見。」[43]五四以還，以顧頡剛為首的古史辨學派，力倡上古史為後世所編造，與神話學者的觀點雖不盡相同，但亦有相通之處。趙沛霖《先秦神話思想史論》指出，

42 楊牧輯：《佛觀先生書札》，收入徐復觀：《儒家政治思想與民主自由人權》（台北：學生書局，1988），頁365–368。
43 同注34，頁337。

「我國神話思想史上任何一種思潮都不可能與神話的歷史化相比擬」，又謂古希臘歐赫邁羅斯（Euhemerus）的觀點，構成神話歷史化的濫觴。[44]所謂「神話歷史化」，例如「堯」本為天帝，《山海經・中次十二經》載「洞庭之山，帝之二女居之」，「帝」指堯，而「二女」即為「娥皇」、「女英」，但《尚書・堯典》所載，堯卻是一位明君；「羿」本為神話中的英雄，其後化為二人：其一是帝堯時代的壯士，一說為帝嚳的射官（《說文解字・弓部》）；其二是夏朝東夷部落有窮氏的首領，稱「帝羿有窮氏」。如斯例子，不一而足，凡女媧、炎帝、黃帝、蚩尤、少昊、顓頊、舜、禹、夔等等，皆同樣從神話人物演變成歷史人物。

然而，僅從以上的文獻證據，我們亦未嘗不可反其道而觀之，理解為「歷史神話化」。上文引趙沛霖所言，古希臘歐赫邁羅斯的觀點，構成「神話歷史化」的濫觴。其實，「歷史神話化」，方為近於歐赫邁羅斯的觀點。

二十世紀初的德國學者維普雷思特（Friedrich Wipprecht）已經指出，神話的理性詮釋（rationalistische Mythendeutung）有兩重意義：第一，是「比喻的理解」：「神話並非完全等同其表面上的意思。在傳說人物及其奮鬥、成長及死亡的背後，實有一些想法及觀念，潛藏在掩

44 趙沛霖：《先秦神話思想史論》（台北：五南圖書出版有限公司，1998），頁67–68。

飾的衣服之中。所有這些，都必須用比喻以理解」。[45]第二，是神話的歷史化：「所有精彩的神話敍述，必然與某些事實及真實事件相符，或已然相合。荷馬、赫西俄德及所有其他古代詩人所講述的，不可能全部是虛構的。問題只在確定一個神話有何客觀的真實為其根據，並查明其歷史的核心。」[46]歐赫邁羅斯的觀點當屬後者。他認為，神話實有其歷史根據，其《聖史》（***Sacred History***; Ιερά Αναγραφή〔直譯當作《神聖的記錄》，羅馬作家恩紐斯（Quintus Ennius）的拉丁譯本一般題作《歐赫邁羅斯或聖史》（*Euhemerus, sive Sacra historia*），故一般稱為《聖史》〕）一書中敍述自己到達印度洋潘凱亞（Panchaea）一島，發現宙斯神廟中刻有文字的石碑，記有宙斯生前的事跡，由此知道奧林匹斯諸神，皆原為被神化的國王。據西西里的狄奧多羅斯（Diodorus Siculus）《歷史叢書》（*The Library of History*）所引述，「祭司們講述神話，說

---

45 "Die Mythen bedeuten ja gar nicht das, was sie zu sagen scheinen. Hinter diesen Sagengestalten und ihren Kämpfen, ihrem Werden und Vergehen liegen Vorstellungen und Begriffe, die in einer verschleiernden Einkleidung vorgeführt werden. Alles dies ist allegorisch aufzufassen." Friedrich Wipprecht, *Zur Entwicklung der rationalistischen Mythendeutung bei den Griechen*, I (Tübingen: H. Laupp Jr., 1902), SS. 8–9.

46 "Allen wunderbaren Mythenberichten müssen irgendwelche Thatsachen, wirkliche Geschehnisse entsprechen oder entsprochen haben. Homer, Hesiod und alle die andern alten Dichter können doch nicht alles, was sie erzählt, aus der Luft gegriffen haben. Es handelt sich also lediglich darum festzustellen, was als objektive Wahrheit einem Mythos zu Grunde liegt, seinen historischen Kern zu ermitteln." 同上，SS. 10–11.

他們家族（諸神）起源於克里特，在宙斯的帶領下來到潘凱亞島，當時與人類共處，為人類所居住世界的國王。」[47]這部書的殘卷中亦載：「關於諸神，這位最有學問的狄奧多羅斯於其文章中亦說，諸神生來便是人，人類稱他們為不死，如此認定，因其所作善事之故。」[48]由希臘文「善事」（εὐεργεσία）而派生出德文的「善事主義」（Euergetismus），希臘文所謂「行善事的國王」（βασιλεὺς εὐεργέτης）。[49]維尼阿楚克（Marek Winiarczyk）《美西納的歐赫邁羅斯：生平及著作〈聖史〉》（*Euhemer z Messeny. Życie i dzieło Święta historia*）指出，「善事主義的觀念」（koncepcja euergetyzmu）是帝王崇拜的重要條件，對歐赫邁羅斯有相當的影響。[50]古羅馬基督

---

47 "μυθολογοῦσι δ᾽ οἱ ἱερεῖς τὸ γένος αὐτοῖς ἐκ Κρήτης ὑπάρχειν, ὑπὸ Διὸς ἡγμένοις εἰς τὴν Παγχαίαν, ὅτε κατ᾽ ἀνθρώπους ὢν ἐβασίλευε τῆς οἰκουμένης." Diodorus of Sicily, *The Library of History* [Ιστορική Βιβλιοθήκη], Book V, 46 (Cambridge, Massachusetts: Harvard University Press, 1939), p. 224.

48 "Περὶ ὧν (θεῶν) ἐν ταῖς συγγραφαῖς αὐτοῦ λέγει καὶ ὁ Διόδωρος ὁ σοφώτατος ταῦτα, ὅτι ἄνθρωποι γεγόνασιν οἱ θεοί, οὕστινας οἱ ἄνθρωποι ὡς νομίζοντες δι᾽ εὐεργεσίαν ἀθανάτους προσηγόρευον." 同上, Fragments of Book VI, 1, p. 336.

49 Marek Winiarczyk, *Euhemeros von Messene: Leben, Werk und Nachwirkung* (München; Leipzig: K. G. Saur, 2002), SS. 43-50, 63.

50 Winiarczyk, *Euhemer z Messeny. Życie i dzieło Święta historia* (Wrocław: Wydawnictwo Uniwersytetu Wrocławskiego, 2012), s. 46.

教作家拉克坦提烏斯（Lactantius）《神聖教育原理》（*Divinae Institutiones*）亦稱述歐赫邁羅斯的觀點：「然則誰人如此愚昧，以為在天國統治，即不當曾在地上統治？」[51]「我認為，一位神明為最原始時代的統治者，而另一位神明則是下一個時代的統治者。」[52]「古代作家歐赫邁羅斯從美西納城而來，他搜集宙斯及被認為是其他諸神的事跡，從極古老的廟宇所存有的銘刻及神聖的碑文，編成歷史。」[53]當代學者大多斷定，《聖史》是一部烏托邦小說。安吉利斯（Franco de Angelis）及格斯塔德（Benjamin Garstad）指出，西西里的希臘人有向希臘本土「朝聖」的習慣，尤其是德爾菲（Delphi）和奧林匹亞（Olympia），此令他們想到宗教的起源處及諸神的居所都在非常遙遠的地方，而歐赫邁羅斯正是如此。[54]然而，學者認為，嚴格而論，歐赫邁羅斯主義並不等同「神話的理性詮釋」，歐赫邁羅斯處於希臘化時代初期，帝王崇拜蔚然成風。

---

51 "Qvis est igitur tam excors, qui hunc in caelo regnare putet, qui ne in terra quidem debuit?" Lactantius, *Divinae Institutiones*, Liber I, Cap. XI (Lvgdvni: Apud Ioannem Tornæsium, 1567), p. 37.

52 "Video alium Deum regem fuisse primis temporibus, alium consequentibus." 同上, pp. 37–38.

53 "Antiquus auctor Euhemerus, qui fuit ex ciuitate Messene, res gestas Iouis, & ceterorum qui dij putantur, collegit, historiam que contexuit ex titulis, & inscriptionibus sacris, quae in antiquissimis templis habebantur." 同上, p. 43.

54 Franco de Angelis and Benjamin Garstad, "Euhemerus in Context," *Classical Antiquity*, vol. 25, no. 2 (Oct., 2006), p. 217.

他參加討論，意於提出宗教的起源而已。[55]維尼阿楚克斷言：「將歐赫邁羅斯主義定義為神話的理性詮釋，必然是錯誤的。在神話中看出歷史，肯定不是歐赫邁羅斯主義。」[56]維尼阿楚克的見解，與一般通說不同。

我們知道，神話時代當然較歷史時代或哲學時代出現得更早，筆者當然不否定「神話歷史化」的觀點，但先民也可憑其「神話思維」，將歷史說成神話。上古歷史故事口耳相傳，真假混雜（徐旭生稱為「傳說時代」），何者為純粹的神話，何者為神話式歷史，在西周時代已有所檢別。神話中當有歷史成分，上古至殷商時代十口相傳的，不可能是純粹的神話，否則在商代以前，便完全沒有歷史故事流傳了。神話本身當然並非史實，但亦非完全沒有歷史在其中的。今天，要追溯何者為純粹的神話，何者為摻雜歷史的神話，是相當不容易的，因為神話「歷史化」後，哪些原來為真正的歷史人物，而潛藏於神話之中；哪些原來是虛構的角色，「歷史化」後則成為歷史人物，我們都無法明確考定。但純粹的神話及摻雜歷史的神話同時流傳了下來，是比較合理的說法。一般以為，西方神話中的烏拉諾斯（**Uranus**）、蓋亞（**Gaia**）、克洛諾斯（**Cronus**）等，固然是純粹神話中的神，而即使是較審慎的學者，仍然相信特洛伊戰爭（**Trojan**

55 "Euhemer chciał przedstawić genezę religii." 同注 50, s. 100.

56 "... zdecydowanie błędne jest określanie mianem euhemeryzmu racjonalistycznej interpretacji mitów. Dopatrywanie się historii w micie na pewno nie jest euhemeryzmem." 同注 50, s. 114.

War）有其「歷史核心」（historical core）。[57]《山海經》中的陸吾、泰逢、長乘、英招、計蒙、帝江、形天、貳負、不廷胡余、冰夷、天吳等，仍然是純粹神話中的神祇或怪物，而炎帝、黃帝、顓頊、堯、舜等，則成為歷史人物了。

徐旭生認為古代部族的分野，可分為華夏、東夷及苗蠻三個集團。西北方的華夏集團分為黃帝與炎帝兩大支派；近東方則有混合華夏及東夷兩文化而自成單位的顓頊、帝舜及商人；南方則又有出自北方的華夏集團，而其中一部分深入南方，與苗蠻集團有極深的關係。[58]雖有其他學者提出異說，但徐旭生寫定的框架，對學術界影響很大。夏代的考古研究，例如西安半坡遺址，雖未有文字的發現，但殷商以前尚有其他文明存在，已是無可置疑的。今天已陸續有學者根據考古的發現，探討《山海經》與夏代文化的關係，並指出《山海經》的神話及其所描述的神人怪物，可從出土的圖畫加以比較印證。[59]希臘神話中的諸神，學者大多論定不是俗世的

---

57 Manfred O. Korfmann, "Der wahre Kern des Mythos: Die moderne Troiaforschung geht über die Suche nach dem historischen Kern des homerischen Epos weit hinaus," *Antike Welt*, vol. 36, n. 6 (2005), SS. 59-68; Dieter Hertel, "The Myth of History: The Case of Troy," in Ken Dowden and Niall Livingstone, eds, *A Companion to Greek Mythology* (Chichester, West Sussex; Malden, Mass.: Wiley-Blackwell, 2011), pp. 425-441.

58 徐旭生：《中國古史的傳說時代》（桂林：廣西師範大學出版社，2003年），頁4。

59 例如黃懿陸：《〈山海經〉考古：夏朝起源與先越文化研究》（北京：民族出版社，2007）；王克林：《〈山海經〉與仰韶文化》（太原：山西人民出版社，2011）。

歷史人物，而中國的黃帝、鯀、禹等等，亦人亦獸，徘徊在歷史與神話之間。

其實，《山海經》之所載，是否都是上古的原始神話，並不是毫無疑問的。早於二十世紀二十年代，蒙文通《古史甄微》指出，述古史者，皆起於東周。他從傳世文獻總結出，述古史者有「鄒魯」、「三晉」及「南方」三個系統：以孟子所說為宗，上合六經，即為「鄒魯」說古史的系統；以韓非為宗，上合《汲冢紀年》，即為「三晉」說古史的系統；以屈原、莊子為宗，上合《山海經》，則為「南方」說古史的系統。[60] 春秋至戰國是人文精神發揚的大時代，但楚地仍然流行大量巫說。我們固然認同「神話先於歷史」的發展觀念，然《山海經》之所載，部分亦可能獨出於楚地或巴蜀地區巫師方士之言，尤其是傳世文獻及出土文獻皆未有可互為印證的傳說，即獨出於《山海經》的傳說。今天出土的文獻證明，南方所說的古史，未必與鄒魯所說的古史截然不同。例如堯舜禪讓，楚地出土的竹簡亦有此說。郭店楚簡《唐虞之道》說（只抄錄學者考釋出來的今字，不抄錄古字或假借字）：「古者堯之與舜也，聞舜孝，知其能養天下之老也；聞舜弟，知其能嗣天下之長也……堯禪天下而受之，南面而王天下而甚君。故堯之禪乎舜也，如此也。」上博楚竹書《容成氏》說：「昔堯處於丹府與藋陵之間。堯賤施而時時賞，不勸而民力，不刑殺而無盜賊，甚緩而民服……堯有子九人，不以其子為後，見舜之賢也，而欲以為後。」

---

60 蒙文通：《古史甄微》（成都：巴蜀書社，1999），頁14。

（三）中國神話「道德化」的問題

一些學者以為，中國神話重視道德，而西方希臘神話將不道德的行為「合理化」。[61]又說中國體系神話與希臘體系神話，分別代表世界神話的「倫理化」和「非倫理化」的極端。中國形成尊崇有德者的歷史傳統，希臘形成尊崇有力者的神話傳統。[62]若以古希臘神話與中國歷代神話相較，這些說法不無道理，惟將古希臘神話與先秦神話比較，則未必然，尤其是《山海經》一書。《山海經》沒有「倫理化」的傾向，亦並未特意「尊崇有德者」。〈五臧山經〉所載諸山水及動植物，固然無所謂道德與不道德的問題，〈海經〉中的「結匈國」、「羽民國」、「交脛國」等奇國，燭龍、禺彊、夸父、天吳、雨師妾、貳負、窫窳、西王母等神人異物，俱與道德無關。即使牽涉歷史式神話，如羿與鑿齒戰於壽華之野、形天與帝爭神、應龍殺蚩尤與夸父、帝令重獻上天、令黎邛下地、夏后開上三嬪於天、禹湮洪水並殺相繇、鯀竊帝之息壤以堙洪水、帝令祝融殺鯀於羽郊等等，有何特別「倫理化」或宣揚道德可言？帝王譜系的記載，更不必論。只是希臘神話明顯多有不道德的行為，相形之下，中國先秦神話算是有「道德」了。

---

61 Wang Xiangyun, *A Comparative Study of Chinese and Greek Mythology* (Jinan: Shandong Daxue Chubanshe, 2000), "Abstract" and "Chapter 2", pp. 1, 40–82.

62 同注34，頁191。

有西方學者指出，基督教的辯教者強調傳統神話的兩大特徵：即其「不道德」及其「荒謬」（The apologists insist on two features of traditional myths: their immorality and their absurdity）。古希臘哲學家色諾芬尼（Xenophanes）痛斥希臘諸神「過度發展的人格化」（overdeveloped anthropomorphism of Greek gods）。[63]其實，所謂「不道德」，諸如好色、強姦、謀殺、偷盜、貪婪、嫉妒、毀滅等，我們還可以理解，但希臘神話的「不道德」，有時甚至到達非人性、「前文明」（pre-civilized）的地步，例如「同類相食」（cannibalism）。烏拉諾斯的妻子蓋亞慫恿其子克洛諾斯閹割其父，篡奪王位，是弒父之一例。當克洛諾斯得悉自己將重蹈其父之覆轍，為兒女所打敗，竟然先下手為強，將數個親生兒女活生生吃掉，包括著名的得墨忒耳（Demeter）、赫斯提亞（Hestia）、赫拉（Hera）、哈迪斯（Hades）和波西頓（Poseidon）。赫西俄德的《神譜》載：「因他（克洛諾斯）從蓋亞及星星之天聽到，他命中注定為子女所征服……他伺機行動，將他的子女吞下。」[64]那是徹頭徹尾的「同類相食」了。希臘神話多有強姦，不分同性異

---

63 Fritz Graf, "Myth in Christian Authors," in Ken Dowden and Niall Livingstone, eds, *A Companion to Greek Mythology* (Chichester, West Sussex; Malden, Mass.: Wiley-Blackwell, 2011), p. 323.

64 "πεύθετο γὰρ Γαίης τε καὶ Οὐρανοῦ ἀστερόεντος, οὕνεκά οἱ πέπρωτο ἑῷ ὑπὸ παιδὶ δαμῆναι, ... ἀλλὰ δοκεύων παῖδας ἑοὺς κατέπινε." (463–467) *Hesiod* (Cambridge, Mass.: Harvard University Press, 2006), I, p. 40.

性，例如宙斯之於歐羅巴（Europa）及伽倪墨得斯（Ganymede）、底比斯（Thebes）國王拉伊俄斯（Laius）之於克呂西波（Chrysippus）等。至若人類時代（Ages of Man）的神話，則更不必說，充滿權力、暴力、欺詐、貪婪，這是赫西俄德等作家反映公元前八世紀希臘統治階級的實況。[65]我們常常批評中國神話的「道德化」，以西方神話之「不道德」為尚，符合浪漫主義者及當代自由主義者的價值標準。但仔細觀察《山海經》等先秦兩漢神話著作的所謂「道德」，及希臘神話的「不道德」，則我們固有的常識，似乎不是完全準確的。

論者又說中國神話反映對權威的忠誠，舉先秦時代的感生神話為例。[66]《山海經》沒有感生神話，此處不論，而通讀《山海經》，亦無所謂「對權威的忠誠」。相對而論，古希臘宙斯控御諸神，支配整個宇宙，有無上的權威，我們能否說古希臘神話反映對帝王權威的忠誠？根據古典作家之所述，古希臘的小國，多有奉帝王為神明的例子，包括呂山德（Lysander）、西西里島敍拉古的大狄奧尼西奧斯（Dionysius I of Syracuse）、克利阿科斯（Clearchus）、馬其頓的菲利普二世（Philip II of Macedon）、亞歷山大大帝（Alexander the Great）等等。儘管當代學者

65 David Bellingham, *An Introduction to Greek Mythology* (London: New Burlington Books, 1989), p. 6; Christoph Ulf, "The World of Homer and Hesiod," in Kurt A. Raaflaub and Hans van Wees, eds., *A Companion to Archaic Greece* (Chichester, U.K.; Malden, MA: Wiley-Blackwell, 2009), p. 97.

66 同注 61, "Abstract" and "Chapter 1", pp. 1, 14–15.

對當中的一些問題存有質疑，但基本可信的是：薩摩斯島（Samos）在呂山德生前已奉其若神；克利阿科斯自稱宙斯之子；馬其頓的菲利普二世生前已積極建立自己的個人崇拜，可惜他於公元前三三六年突然去世；亞歷山大大帝更不消說，他生前模仿神話英雄海格力斯（Heracles），並以宙斯為父。他三十三歲英年早逝，科林斯同盟的城邦對他奉若神明。學者指出，於公元前四世紀，希臘人越來越依靠偉大的統治者，因此給統治者如神明一般的崇拜。[67]然則從神話說到歷史，古希臘人亦未嘗不崇拜權威。

（四）中西神話的內容比較

中西神話內容之不同，俯拾皆是。不過學者多以西方神話常見的母題，在《山海經》中找尋對應的故事。此反映世界神話有其普遍性（universality），甚具意義。然而，神話並沒有必然的普遍性，這一點必須強調。學者常常以西方神話為參照系，以說明中國神話的涵義。這在原則上沒有問題，但具體例子則仍可商榷。茲引數例略作討論。

第一是英雄神話。古希臘神話的英雄，以普羅米修斯（Prometheus）、海格力斯、提修斯

---

67 "...... w ciągu IV w. stawały się one coraz bardziej zależne od wielkich władców i dlatego zaczęły oddawać im taką cześć jak bogom." 同注 50, s. 56–57.

（Theseus）及阿喀琉斯（Achilles）為犖犖大者。普羅米修斯違抗神聖權威，為人類從奧林匹斯（Olympus）偷取火種，宙斯因而大發雷霆，將普羅米修斯鎖在懸崖上，每天派一隻惡鷹去吃他的肝，而他的肝每天又會重生，那隻惡鷹天天去吃，令他苦不堪言；海格力斯力大無窮，驍勇善戰，智慧非凡，為了贖罪而替歐律斯透斯（Eurystheus）完成十二項苦差（原定為十項），又射死折磨普羅米修斯的惡鷹等等，一直為人津津樂道；提修斯逃出克里特國王米諾斯迷宮（Labyrinth of the King Minos of Crete）、聯合阿提卡（Attica）部落，建立雅典王國，並提出改革，成為雅典民主的英雄。中國神話的英雄，一般以「羿」為最大代表。〈海內經〉一句「帝俊賜羿彤弓素矰，以扶下國，羿是始去恤下地之百艱」，已足以反映其為民除害的英雄形象。「羿與鑿齒戰於壽華之野，羿射殺之」、「昆侖之虛，方八百里，高萬仞……在八隅之岩，赤水之際，非仁羿莫能上岡之巖」，皆可見「羿」的勇武及超凡的能力。然而，希臘神話中的英雄崇拜，性質與先秦神話不能相提並論。從現在所能看到的資料中，《山海經》最顯赫的英雄「羿」，在民間的感染力仍然是有限的。

近現代學者以為，夸父神話也是英雄神話，是「與神爭霸的象徵」。[68]一說夸父的故事，

68 茅盾：《中國神話研究初探》（南京：江蘇文藝出版社，2009），頁57。

代表對光明及真理的追求。[69]陶淵明《讀山海經》詩說：「夸父誕宏志，乃與日競走，俱至虞淵下，似若無勝負。神力既殊妙，傾河焉足有！餘跡寄鄧林，功竟在身後。」（《陶淵明集》卷四）詩人亦盛稱夸父的「宏志」。不過，〈大荒北經〉本身已明說「夸父不量力」，《列子》卷五亦說「夸父不量力，欲追日影，逐之於隅谷之際」，唐代釋皎然《杼山集》卷六有詩說：「夸父亦何愚，競走先自疲……空留鄧林在，折盡令人嗤。」（《五言效古》〔天寶十四年〕）在近代西方神話學引入以前，夸父的故事很少為學者所歌頌。首先指出，「逐日」本身並不等同「與神爭霸」，因為人類日常起居，無必要追逐太陽，此與普羅米修斯為人類從奧林匹斯偷取火種不同。至若說對光明及真理的追求（「比喻的理解」），似乎也不太恰當。中國神話時代的先民日出而作、日入而息，是否真的有追求真理的慾望，而太陽是否即為真理的代表，是不無疑問的。根據《山海經》，夸父與蚩尤屬同一派系，雖不必然是負面形象，也很難說與「羿」同科，屬英雄人物。夸父居於北方的黑暗世界（〈海經〉記「夸父」之事於〈海外北經〉及〈大荒北經〉），「逐日」神話可能與此有關。王孝廉說「夸父逐日」，其原始意義為太陽與黑夜之爭，而「夸父之死」，代表光明的勝利。[70]其說大抵與《山海經》之所述相符。

69 袁珂：《中國神話通論》（成都：巴蜀書社，1993），頁101。
70 王孝廉：《中國神話世界（下編）中原民族的神話與信仰》（台北：洪葉文化，2005），頁257。

有學者引〈海內經〉末句「洪水滔天。鯀竊帝之息壤以堙洪水，不待帝命。帝令祝融殺鯀於羽郊」，認定鯀也可與普羅米修斯相比。[71]李豐楙以為，鯀竊帝之息壤，是叛逆的英雄。[72]首先指出，在先秦古籍中，除《韓非子》外，鯀的形象大多數是負面的。《墨子・尚賢中》說：「曰若昔者伯鯀，帝之元子，廢帝之德庸，既乃刑之於羽之郊，乃熱照無有及也，帝亦不愛。」《國語・周語下》載：「其在有虞，有崇伯鯀，播其淫心，稱遂共工之過，堯用殛之於羽山。」《尚書・堯典》載堯找人治洪水，堯說「吁！咈哉，方命圮族。」（《史記》作「鯀負命毀族，不可。」）《尚書・洪範》：「我聞在昔，鯀陻洪水，汩陳（亂陳）其五行。帝乃震怒，不畀洪範九疇。」從〈海內經〉那一句看，我們只知道鯀竊帝之息壤以堙洪水，不待帝命，其他細節則不得而知，《山海經》亦沒有褒貶之詞。屈原《離騷》有「鮌婞直以亡身兮，終然殀乎羽之野」一句，〈天問〉又有「咸播秬黍，莆雚是營。何由並投，而鯀疾修盈？」一問，皆對鯀的遭遇表示同情，但對於鯀治洪水，〈天問〉卻說「鴟龜曳銜，鮌何聽焉？」又問「順欲成功，帝何刑焉？」王逸說：「言鮌治水，績用不成，堯乃放殺之羽山。」洪興祖說：「此言鮌違帝命而不聽，何以聽鴟龜之曳銜也？」姜亮夫認為「聽」當讀為「聖」，即問鯀有何聖德？[73]黃靈庚根據馬

71 同注69，頁254。

72 李豐楙：《神話的故鄉：山海經》（台北：時報文化出版公司，1996），頁138–139。

73 姜亮夫：《屈原賦校註》（香港：中華書局，1972），頁288。

王堆漢墓帛畫，認為「鴟龜曳銜」為玄冥之象，意即屈原問鯀，治水何以聽從玄冥？[74]無論如何，屈原對鯀之治水方法，仍然有一點保留。整體而論，古人對鯀的評價，有褒有貶，而以貶者居多。尤其重要的是，在治水的問題上，連屈原亦未敢肯定鯀的方法和態度。若只憑〈海內經〉「鯀竊帝之息壤以堙洪水」，即將鯀比之於普羅米修斯，未免太急於從中國神話中找出西方的影子了。

當然，神話的詮釋是開放的，我們只是尋求接近現存材料內容的詮釋而已。研究歷史與研究神話的學者，在方法及態度上多有不同。神話學者想像力較豐富，對基本材料多作較大程度的引申和發揮，並多以建構理論及比較體系為目的。於此，在原則上並沒有「對」或「不對」的問題，我們只能從文獻的證據及個人的批判思考，看看推論是否合理。

第二是創世神話。謝選駿指出，中國神話的歷史化，最後形成中國式的體系神話，即「少典氏帝系」傳說。[75]我們今天稱中國人為炎黃子孫，炎帝與黃帝就是同出於少典氏，即所謂「少典氏帝系」。王獻唐《炎黃氏族文化考》開篇即以文獻證據，反駁黃帝炎帝同出少典之說。[76]無論如何，中國的體系神話只涉及政治上的關係，而未能上推到最高的天帝。希臘的「神譜」

74 黃靈庚：《楚辭與簡帛文獻》（北京：人民出版社，2011），頁238。
75 同注34，頁190。
76 王獻唐：《炎黃氏族文化考》（青島：青島出版社，2006），頁1–7。

則不同，希臘的神祇可說同屬一個大家庭，當中以宙斯最具權力。此很可能與古希臘重視創世有關。雖然希臘神話並沒有惟一的創世神，蓋亞只是從「混沌」而出，但諸神同屬一家，各自管理世間上的某事某物，後世解釋者以為有比喻的意義，於是整個世界便同出一源，真理便成為一個整體，因而成就其後哲學上「宇宙論的思考」(cosmological speculation)。趙沛霖認為，中國很早便流行祖先崇拜，故始終沒有形成一個內在統一的普遍神系，以及處於核心地位的主神。[77]這一點頗有參考意義。不過，中國最少在殷周之交，即有「天」、「上帝」的觀念，見之於《詩經》及《尚書》，絕非止於祖先崇拜而已。丁山指出，甲骨文有「上帝」，有「帝」，帝即天神的最古尊號。[78]徐復觀舉出例證，說明至少在殷周兩代，祖先崇拜與「天」、「上帝」的崇拜是分開的。[79]〈九歌〉之首是〈東皇太一〉，太一是楚人的至尊神，與祖先無關。至若何以古代中國沒有將諸神與天帝扯上關係，或建構以上帝為最高神的神譜，則似乎只有跳出西方神話，甚至「普遍神話」的框架，方能尋求其解釋。

《山海經》的西王母、帝俊、羲和、黃帝、顓頊等，都無法解釋為創世神話。有學者認為，燭龍有創世神的特徵，是宇宙天地之化身，因晝夜、四季、風雨，甚至冥間，都在其管轄範圍

77 同注44，頁365。
78 丁山：《中國古代宗教與神話考》(上海：上海文藝出版社，1988)，頁180–181。
79 徐復觀：《兩漢思想史》卷一（台北：學生書局，1985)，頁387–390。

之內。[80]但以《山海經》兩處描述觀之，燭龍只管理北方的黑暗世界，無所謂「創造」，似與創造整個世界仍然有一段距離。誠然，燭龍與盤古的形貌和神通很像，認為盤古可能由燭龍演變而來，是合理的，但論定《山海經》中的「燭龍神話」為創世神話，則難以成立。〈大荒四經〉及〈海內經〉將「帝俊」置於非常崇高的地位，在先秦典籍中找不到第二部。帝俊的角色非常特殊。他是東方殷民族的上帝，與鳳鳥相關，是「鳳」圖騰的最高神。[81]近現代學者結合出土文獻及傳世文獻，多認為帝嚳與帝舜，是帝俊一人之分化。[82]何新根據長沙楚帛書所載「日月夋生」、「帝夋乃為日月之行」之文，及《山海經》所載其為羲和及常羲丈夫的身份，認定帝俊為上古之太陽神。[83]這是合理的推測。然而，若進一步將帝俊比之於希臘的宙斯，則不太恰當，因為他們除同為最高神之外，無論形貌、性格、事跡等等，幾無類同之處。而儘管為最高神，帝俊在《山海經》中除了生育及娶妻外，都沒有實質的動作，即沒有實在的事跡。

學者稱中國沒有創世神話，指創世故事沒有「人格神」參與其中。《易・繫辭傳》的「易有太極，是生兩儀。兩儀生四象，四象生八卦」，《老子》的「天下萬物生於有，有生於無」，《莊

80 李川：〈《山海經》神話記錄系統性之研究〉，廣西師範大學碩士學位論文（2006），頁 33–34。
81 同注 72，頁 124–125。
82 關於此一問題的總結，參安京：〈帝俊考〉，《山海經新考》（北京：中央編譯出版社，2010），頁 236–249。
83 何新：《諸神的起源——中國遠古神話與歷史》（台北：木鐸出版社，1987），頁 40–41。

子．大宗師》的「今一以天地為大鑪，以造化為大冶」，皆屬「宇宙論的思考」，不是神話。《莊子．應帝王》所謂「日鑿一竅，七日而渾沌死」，也只能視之為莊子所編造的諧趣故事。既然說「人皆有七竅，以視聽食息，此獨無有，嘗試鑿之」，即知非原始的人類起源神話了。有西方學者認為，道家的宇宙論背後，當有一個古老的創世神話故事。道家哲學與宗教神話並不對立，因而否定「中國特例」（China as a special case）之說。[84]我們當然可以如此假定，而這假定亦相當合理，只是文獻不足徵而已。

中國古代有至高無上的「上帝」，但「上帝」並不是創造世界的。明末利瑪竇（Matteo Ricci）以《尚書》、《詩經》中的「上帝」附會《聖經》所說的陡斯（Deus），惟二者最大的不同之處，即在於此：《聖經》有人格神創造天地萬物之說，而中國的創世神話及人類起源神話，在傳世文獻之中很遲才正式出現。盤古開闢天地，見於《藝文類聚》卷一引三國時代徐整的《三五歷記》及《繹史》卷一所引徐整的《五運歷年記》；女媧摶土作人，見於《太平御覽》卷七十八引東漢應劭的《風俗通義》。《山海經》曾提及「女媧」，但只有「有神十人，名曰女媧之腸，化為神，處栗廣之野，橫道而處」之句，沒有說到摶土作人。不過，先秦時代已有「女

84 Norman J. Girardot, "The Problem of Creation Mythology in the Study of Chinese Religion," *History of Religions*, vol. 15, no. 4 (May, 1976), pp. 312-315.

媧造人」之說。《楚辭・天問》謂「女媧有體，孰制匠之?」意即若女媧造人，則女媧之身體復為誰人所造?屈原之所說，必有所據，惟這個故事在傳世文獻並沒有完整的流傳下來。有學者認為，「媧」與「娃」音通，仰韶文化遺址所出土的蛙紋寫實圖畫，是女媧氏族的圖騰標志。[85]長沙子彈庫〈楚帛書・甲篇〉言及伏羲（雹戲）生於混沌，娶妻（一說為女媧）並生子四人。此證明在戰國時代，中國已有類似的創世神話。[86]只是這個創世神話的規模及影響，難以與古希臘的相提並論。

今天，中國創世神話的研究，多指向中國少數民族的創世史詩，尤其以西南民族最為突出，如彝族及傣族的《開天闢地》、納西族的《人祖利恩》、苗族的《創世記》等。[87]然而，我們無法確定少數民族創世史詩的創作年代。[88]現代學者從民間所收集的材料，大多數皆由白話中文轉寫而成。此與現在所談先秦時代的文獻較然不同。中國文明起源於黃河流域，諸子百家

85 陶陽、鍾秀：《中國創世神話》（上海：上海人民出版社，1989），頁50。

86 高莉芬：〈神聖的秩序——《楚帛書・甲篇》中的創世神話及其宇宙觀〉，《中國文哲研究集刊》第30期（2007年3月），頁1–44。饒宗頤：《長沙楚帛書研究》（甲篇），收入《饒宗頤二十世紀學術文集》（台北：新文豐出版股份有限公司，2003），第5冊，卷三，頁233–255。

87 谷德明編：《中國少數民族神話》（北京：中國民間文藝出版社，1987），頁290–292，341–345，415–418，545–603。

88 文日煥、王憲昭：《中國少數民族神話概論》（北京：民族出版社，2011），頁41–49。

之傳世經典，加上已發現的甲骨文、金文及簡帛文獻，方能成就中國先秦時代的文明。當然，筆者決不否定少數民族文獻的內容價值及其意義。

三、結語

筆者提出以上諸問題，與當代神話學者的主流意見未必相合，並非存心立異，只希望刺激一下讀者的思考，不為常識及直覺所牢籠而已，錯誤則在所難免。我認為，中西神話的比較，亦與文化比較一樣，有一定的基本原則，例如必須以古論古，從古史的角度論古史，並以年代相若的中西神話相比較（上文已說，中國神話文獻較遲出現，這篇引論只集中於中西方遠古的神話）。理論的建構，也不能距離史料太遠。以外國神話為參照系，以尋找中國神話的對應例子，在人類學的研究上有重大的意義，但詮釋必須審慎，以免流於穿鑿附會。民族與民族之間，必然有共通的神話，而某些民族又有其特殊的神話內容及神話模式，不必強求統一。

《山海經》的神話只限於描述，幾乎沒有完整的故事，或深刻的性格描寫，更沒有史詩式的敍述。此與古希臘神話大相徑庭。上文已說，中國史學的發達，亦為神話故事不興盛的重要原因。《山海經》一書有關神話的部分，大概是上古傳說的殘存文字。即使在散文甚為興盛的春秋末年乃至戰國時代，亦沒有知識分子將古代神話加以整理，編寫成像《左傳》、《國語》一般的書。這是相當可惜的。

限於體例與篇幅，本書的注釋及譯文力求簡潔。注釋部分，主要參考郭郛、郭世謙、袁珂的研究成果，並雜以己見，而譯文部分亦曾參考方韜的《山海經》（中華經典藏書）。《山海經》有宋尤袤池陽郡齋本、儀徵阮氏瑯環仙館刻郝懿行《山海經箋疏》本等等。今以袁珂《山海經校注》本為底本，並參考方韜注本。為免繁瑣，凡錯字、衍字、異體字、錯簡等等，已一併校改，不復逐一列出異文及各家校訂的意見。〈海內東經〉末自「岷三江」至「東注渤海，入章武南」一段，當為〈水經〉文，故本書不載。

卷一　南山經

本篇導讀——

〈五臧山經〉的次序是〈南山經〉、〈西山經〉、〈北山經〉、〈東山經〉、〈中山經〉。「南」、「西」、「北」、「東」之次序，亦見於〈海外四經〉及〈海內四經〉，只有〈大荒四經〉的次序是「東」、「南」、「西」、「北」。其實，〈五臧山經〉、〈海外四經〉、〈海內四經〉、〈大荒四經〉、〈海內經〉五者的作者及編寫年代不同。有學者認為，「南」、「西」、「北」、「東」之次序，是以南方為首，編者當為南方的楚人。

《山海經》並不是一部純粹的自然地理書。〈五臧山經〉所記述的祭神形式，皆與氏族圖騰有關。圖騰（totem）一字，源於北美「歐及布威族」（Ojibwe）的方言，意指「部族的標記」。例如〈南次三經〉末段說「自天虞之山以至南禺之山，凡一十四山，六千五百三十里。其神皆龍身而人面」，則此地域的氏族，很可能崇拜「龍」，以「龍」為圖騰。今學者多以「龍」的真身為揚子鱷，將揚子鱷加以神化及藝術化，便成為「龍」。《山海經》所載諸怪物，並非全出於幻想，大部分實基於所見所聞，一些怪物更是兩種或以上動物的複合體。〈南山經〉所載的主要怪物，包括狌狌、鹿蜀、旋龜、猼訑、赤鱬、長右、猾褢、瞿如、鳳皇、鱄魚、顒等等。

〈五臧山經〉所記載的里數，當然不可能準確無誤，但據學者考證，大體上仍然是有所依據的。〈五臧山經〉所載諸山水之名，所指的究竟是今天的何山何水？學者之間，意見有同有異。為免繁冗，每節皆標出一兩處學者的研究成果，讓讀者對每一節的地理位置有一定的觀念。

〈南山經〉首句「南山經之首曰鵲山」，袁珂《山海經校注》認為當無「經」字。但以〈南山經〉首句無「經」字為是，則「〈南次二經〉之首」、「〈西山經〉華山之首」等等，亦當無「經」字。袁珂所說不無道理，惟本書不取此說。

〈南山經〉之首曰䧿山[1]。其首曰招搖之山，臨於西海之上，多桂，多金、玉。有草焉，其狀如韭而青華[2]，其名曰祝餘[3]，食之不飢。有木焉，其狀如穀而黑理，其華四照，其名曰迷穀，佩之不迷。有獸焉，其狀如禺而白耳[4]，伏行人走，其名曰狌狌[5]，食之善走。麗𪊨之水出焉[6]，而西流注於海，其中多育沛[7]，佩之無瘕疾[8]。

又東三百里，曰堂庭之山，多棪木，多白猿，多水玉[9]，多黃金[10]。

又東三百八十里，曰猨翼之山，其中多怪獸，水多怪魚，多白玉，多蝮虫[11]，多怪蛇，多怪木，不可以上。

注釋

1〈南山經〉之首：一說此「首」字當有「一組」之意，即指山系、山脈。䧿（粵：桌；普：què）：古「鵲」字。䧿山一說在廣西省。以下諸山，大抵在今廣西、湖南、廣東、江西諸省。2華（粵：花；普：huā）：古「花」字。3祝餘：或作桂荼，即貝母。4禺：獸類，狀如猿，亦稱狒狒。5狌狌（粵：星；普：xīng）：即猩猩。〈海內南經〉說狌狌知人名。6麗麐（粵：已；普：jǐ）之水：一說為廣東連江。7育沛：有以為即琥珀。8瘕（粵：ga^{2}；普：jiǎ）疾：一說為蟲病，一說為腹中結塊。9水玉：亦稱水精。10黃金：章鴻釗《石雅・三品》說：「《史記・平準書》云：『虞夏之際，金分三品，或黃或白或赤。』《漢書・食貨志》云：『金有三等：黃金為上，白金為中，赤金為下。』釋之者皆以金、銀、銅當之。」11蝮虫（粵：毀；普：huǐ）：毒蛇。虫，古「虺」字。

譯文

〈南山經〉的首個山系稱為䧿山，它的第一座山叫招搖山，它矗立在西海邊，山上盛長桂樹，山裏蘊藏豐富的金和玉。有種草，樣子很像韭，開青色的花朵，這草名叫祝餘，吃了它不會感到飢餓。有種樹，形狀像榖樹，有黑色的紋理，其光華照耀四方，這樹名叫迷穀，把它佩戴在身上就不會迷路。山裏有種野獸，樣子像禺，有白色的耳朵，匍伏前行，也能像人一樣直立行走，這獸名叫狌狌，吃了牠的肉可以走得很快。麗麐水從這座山發源，向西流注入海，水中多育沛，把它佩戴在身上，腹中就不會生蟲病。

又往東三百里的地方，有座堂庭山，滿山棪木，亦多白猿，盛產水玉和黃金。

又往東三百八十里，有座猨翼山，山裏有很多怪獸，水裏出產大量怪魚，白玉儲藏豐富，也有很多蝮虫，有很多怪蛇和怪木，這山形勢險峻不可攀登。

賞析與點評

熟讀〈南山經〉首兩節文字，則〈五臧山經〉全書的文理可知。

此節所說的「水玉」，傳說為仙人赤松子所服。《列仙傳・赤松子》說：「赤松子者，神農時雨師也。服水玉以教神農，能入火自燒。」

又東三百七十里，曰杻陽之山[1]**，其陽多赤金**[2]**，其陰多白金。有獸焉，其狀**

如馬而白首，其文如虎而赤尾，其音如謠[3]，其名曰鹿蜀，佩之宜子孫。怪水出焉，而東流注於憲翼之水。其中多玄龜，其狀如龜而鳥首虺尾，其名曰旋龜，其音如判木[4]，佩之不聾，可以為底[5]。

又東三百里柢山，多水，無草木。有魚焉，其狀如牛，陵居[6]，蛇尾有翼，其羽在魼下[7]，其音如留牛，其名曰鯥，冬死而夏生[8]，食之無腫疾。

又東四百里，曰亶爰之山，多水，無草木，不可以上。有獸焉，其狀如狸而有髦[9]，其名曰類[10]，自為牝牡，食者不妒。

又東三百里，曰基山，其陽多玉，其陰多怪木。有獸焉，其狀如羊，九尾四耳，其目在背，其名曰猼訑，佩之不畏。有鳥焉，其狀如雞而三首六目、六足三翼，其名曰鵸鵌[11]，食之無臥[12]。

注釋

1 杻陽之山：一說為廣東省的鼎湖山，以下諸山皆在廣東。2 陽：山南水北為陽，山北水南為陰。3 如謠：如人歌聲。4 判木：如破木聲。5 為底：為，醫治。底同「胝」，足繭。6 陵居：陵，大土山，高地。「陵居」即居於高地。7 魼（粵：驅；普：qū）：亦作「脅」，指肋骨。8 冬死而夏生：指冬眠，冬天蟄伏，夏天甦醒。9 髦：動物頸上毛髮。10 類：大靈貓。11 鵸鵌（粵：搶呼；普：chāng fū），鳥名，性急。12 無臥：少睡

譯文

眠，不眠。

又往東三百七十里，有座杻陽山，山南盛產赤金，山北多產白金。有種獸，樣子像馬，頭白色，身上的斑紋像虎紋，尾巴紅色，鳴叫聲音如同人在吟唱，這獸名叫鹿蜀，把牠的皮毛佩戴在身上，可以使子孫繁衍不息。怪水從這山發源，向東流注入憲翼水。怪水裏有很多玄龜，樣子像龜，卻長着鳥頭虺尾，牠的名字叫旋龜。旋龜叫聲像破開木頭的聲音，把牠佩帶在身上，耳朵就不會聾，還可以治療足底的老繭。

又往東三百里，有座柢山，山中多流水，卻草木不生。有一種魚，形狀如牛，住在高地土丘上，長蛇尾巴，有翅膀，翅膀就長在脅下，牠的聲音像留牛，這魚名叫鯥，冬天蟄伏夏天蘇醒，吃了牠就不會患癰腫病。

再往東四百里，有座亶爰山，山間多流水，草木不生，不可攀登。有種獸，形狀像狸，頸上長毛髮，這獸名叫類，牠是雌雄同體，可以自體交配，吃了牠的肉就不會嫉妒。

又往東三百里，有座基山，山的南面盛產玉，山的北面多怪木。有種獸，形狀像羊，有九條尾巴和四隻耳朵，眼睛生在背上，這獸名叫猼訑，佩戴牠的皮毛就不會恐懼。有種鳥，形狀像雞，卻長了三個頭六隻眼睛，有六條腿，三隻翅膀，這獸名叫鵸鵌，吃了牠的肉，可以少睡眠。

之意。

賞析與點評

文中說「自為牝牡，食者不妒」。學者認為，「自為牝牡」即雌雄同體（hermaphroditism）

又東三百里，曰青丘之山[1]，其陽多玉，其陰多青雘[2]。有獸焉，其狀如狐而九尾，其音如嬰兒，能食人；食者不蠱[3]。有鳥焉，其狀如鳩，其音若呵，名曰灌灌[4]，佩之不惑。英水出焉，南流注於即翼之澤。其中多赤鱬[5]，其狀如魚而人面，其音如鴛鴦，食之不疥[6]。

又東三百五十里，曰箕尾之山[7]，其尾踆於東海[8]，多沙石。汸水出焉，而南流注於淯，其中多白玉。

凡䧿山之首，自招搖之山以至箕尾之山，凡十山，二千九百五十里。其神狀皆鳥身而龍首，其祠之禮：毛用一璋玉瘞[9]，糈用稌米[10]，一璧，稻米、白菅為席[11]。

注釋

1青丘之山：一說指福建以外海島，例如台灣、澎湖列島等。2青雘（粵：戶；普：huò）」：當作「青臒」，赤石脂，可以做美好的顏料。3蠱：病名，指人腹中的寄生蟲，或指妖邪之氣。4灌灌：一說為鸛鳥。5赤鱬（粵：如；普：rú）：人魚之類，一說為娃娃魚。6疥：皮膚病，疥瘡。7箕尾之山：一說在福建廈門。8踆：古「蹲」字。9毛：祭祀時宰殺有毛鳥獸，取其毛血以供祭獻。「毛」亦泛指祭祀所用的祭品。瘞（粵：意；普：yì）：埋物於地。10糈（粵：水；普：xǔ）：祀神所用的精米。稌（粵：稻；普：tú）：稻米，一說專指糯米。11菅：菅茅，多年生草本植物。

譯文

又往東三百里，有座青丘山，山南盛產玉，山北盛產青臒。有種獸，形狀像狐，有九條尾巴，叫聲像嬰兒啼哭，牠會吃人。人若吃了牠的肉，就可以不沾染蠱毒。有種鳥，形狀像鳩，發出的聲音像人在斥罵，這鳥名叫灌灌，把牠佩帶在身上可以不迷惑。英水發源於這座山，向南流注入即翼澤。水裏有大量的赤鱬，形狀像魚，有一張人臉，聲音像鴛鴦，吃了牠的肉，可以不生疥瘡。

又往東三百里，有座箕尾山，這山的尾部蹲踞在東海，有很多沙石。汸水發源於這座山，向南流注入淯水，水裏多產白玉。

䧿山山系，從招搖山到箕尾山，一共有十座山，長達二千九百五十里。這些山的山神都是鳥身龍頭的。祭祀諸山的禮儀如下：祝薦要用一塊璋、一塊玉，一起埋在地裏，祭祀的精米用稻米，拿白茅來做神的坐席。

賞析與點評

狐而九尾，一般稱為「九尾狐」。此文說「其狀如狐而九尾」，無實名。〈東次二經〉則說「有獸焉，其狀如狐，而九尾、九首、虎爪，名曰蠪蛭」。關於「九尾狐」，參看〈海外東經〉導讀。

末段說「其神狀皆鳥身而龍首」，是龍與鳥複合圖騰氏族之象徵。魯迅認為，《山海經》「所載祠神之物多用糈（精米），與巫術合，蓋古之巫書也。」

九尾狐（明・胡文煥圖本）

〈南次二經〉之首，曰柜山[1]，西臨流黃，北望諸毗，東望長右[2]。英水出焉，西南流注於赤水，其中多白玉，多丹粟[3]。有獸焉，其狀如豚，有距[4]，其音如狗吠，其名曰狸力[5]，見則其縣多土功。有鳥焉，其狀如鴟而人手，其音如痺[6]，其名曰鴸，其名自號也，見則其縣多放士[7]。

東南四百五十里，曰長右之山，無草木，多水。有獸焉，其狀如禺而四耳，其名長右，其音如吟，見則其郡縣大水。

注釋

1柜（粵：巨；普：jù）山：一說在湖南西北部武陵山山脈。2長右：猴類，此指猴類多的山，即下文所謂「長右之山」。3丹粟：即粟粒一般的丹砂。4距：雞所附之足骨，打鬥時用以刺傷敵人。5狸力：一說為沙獾。6痺：雌性鵪鶉。7放士：被放逐的人。

譯文

〈南次二經〉的第一座山系叫柜山，這山的西邊靠近流黃酆氏國，北邊與諸毗山相望，東邊又與長右山相望。英水發源於這座山，向西南流注入赤水，水裏有大量白玉和丹粟。有種獸，形狀像小豬，腳有距，聲音像狗叫，這獸名叫狸力，牠出現在哪個郡縣，該縣一定會有繁重的水土工程。有種鳥，形狀像鴟，腳像人手，叫聲如痺，這鳥名叫鴸，因牠自己叫聲而得名。這鳥出現在哪一個郡縣，當地的才智之士多被流放。

往東南四百五十里的地方，有座長右山，山上不生草木，水源卻很豐富。有一種獸，形狀像禺，長了四隻耳朵，這獸名叫長右，牠的聲音像人呻吟，牠所出現的郡縣，定會發生大水災。

賞析與點評

「諸𣬈」有兩說：𣬈，一說同「毗」，即相鄰，指相鄰之山。但此處與「長右」對舉，〈西次三經〉又有諸𣬈之山，似釋作山名為宜。下一節「北望具區，東望諸𣬈」之諸𣬈則為水名，〈北山首經〉有諸𣬈之水。

又東三百四十里，曰堯光之山[1]，其陽多玉，其陰多金。有獸焉，其狀如人而彘鬣[2]，穴居而冬蟄，其名曰猾褢[3]，其音如斲木[4]，見則縣有大繇[5]。

又東三百五十里，曰羽山，其下多水，其上多雨，無草木，多蝮虫。

又東三百七十里，曰瞿父之山，無草木，多金、玉。

又東四百里，曰句餘之山，無草木，多金、玉。

又東五百里，曰浮玉之山，北望具區[6]，東望諸毗。有獸焉，其狀如虎而牛尾，其音如吠犬，其名曰彘[7]，是食人。苕水出於其陰，北流注於具區。其中多鮆魚[8]。

又東五百里，曰成山，四方而三壇，其上多金、玉，其下多青雘。閡水出焉，而南流注於虖勺，其中多黃金。

注釋

1 堯光之山：一說即湖南湖北之間的武功山。以下諸山，大抵在今湖南、浙江、江蘇、安徽諸省。2 彘鬣（粵：治獵；普：zhì liè）：豬毛。3 猾裹（粵：懷；普：huái）：一說像狗獾。4 斲（粵：琢；普：zhuó）木：砍伐樹木。5 繇（粵：搖；普：yáo）：一說當作「亂」。6 具區：一說為今蘇州太湖。7 彘：此為「虎而牛尾」的怪獸，非一般所謂「豬」之類。8 鮆（粵：資；普：zī）魚：一種刀魚。

譯文

又往東三百四十里，有座堯光山。山南多產玉，山北多產金。有種獸，形狀像人，頸上長着豬一樣的鬣毛，牠住在洞穴裏，冬季蟄伏不出，這獸名叫猾裹，牠的叫聲像砍伐木頭的聲音，牠所出現的郡縣，必定會有繁重的徭役。

再往東三百五十里，有座羽山。山下多水流，山上經常下雨，不生草木，頗多蝮虫出沒。

又往東三百七十里，有座瞿父山。山上草木不生，多產金和玉。

又往東四百里，有座句餘山。山上不生草木，山裏多產金和玉。

又往東五百里，有座浮玉山。北面可看見具區澤，東面可以看見諸毗水。有種獸，樣子像老虎，卻長了牛一樣的尾巴，叫聲像狗吠，這獸名叫彘，牠會吃人。苕水發源於山的北面，向北流注入具區澤，苕水盛產鮆魚。

又往東五百里，有座成山。這山形是四方的，像壘起來的土壇，一共有三層。山上蘊藏豐富的金和玉，山下多青雘。閡水發源於這座山，向南流注入虖勺水，水中多黃金。

又東五百里，曰會稽之山[1]，四方，其上多金、玉，其下多砆石[2]。勺水出焉，而南流注於湨。

又東五百里，曰夷山。無草木，多沙石，湨水出焉，而南流注於列塗。

又東五百里，曰僕勾之山，其上多金、玉，其下多草木，無鳥獸，無水。

又東五百里，曰咸陰之山，無草木，無水。

又東四百里，曰洵山，其陽多金，其陰多玉。有獸焉，其狀如羊而無口，不可殺也，其名曰䍺。洵水出焉，而南流注於閼之澤[3]，其中多芘蠃[4]。

又東四百里，曰虖勺之山，其上多梓、枏[5]，其下多荊杞。滂水出焉，而東流注於海。

又東五百里，曰區吳之山，無草木，多沙石。鹿水出焉，而南流注於滂水。

又東五百里，曰鹿吳之山，上無草木，多沙石。澤更之水出焉，而南流注於滂水。水有獸焉，名曰蠱雕，其狀如雕而有角，其音如嬰兒，是食人。

東五百里，曰漆吳之山，無草木，多博石[6]，無玉。處於東海，望丘山，其光載出載入，是惟日次。

凡〈南次二經〉之首，自柜山至於漆吳之山，凡十七山，七千二百里。其神狀皆龍身而鳥首。其祠：毛用一璧瘞[7]，糈用稌。

注釋

1會稽之山：今浙江紹興南的會稽山。以下諸山，大抵皆在今浙江省。2砆（粵：呼；普：fū）石：武夫石，似玉。3閼：沼澤名。4芘蠃（粵：皮裸；普：pí luǒ）：一說為紫螺，即〈東山首經〉的「茈蠃」。「芘」當作「茈」。5梓、枏（粵：南；普：nán）：梓樹與楠樹。6博石：大石。7壁：袁珂校注本作「壁」，不確，當作「璧」。

譯文

又往東五百里，有座會稽山。山形四方，山上出產豐富的金和玉，山下盛產砆石。勺水發源於這座山，向南流注入湨水。

又往東五百里，有座夷山，不生草木，遍佈沙和石。湨水發源於這座山，向南流注入列塗水。

又往東五百里，有座僕勾山，山上盛產金和玉，山下草木茂盛，沒有任何鳥獸，也沒有水流。

又往東五百里，有座咸陰山，不生草木，沒有水流。

又往東四百里，有座洵山，山的南面盛產金，山的北面盛產玉。有種獸，形狀像羊但沒有嘴，是無法殺死的，這獸名叫䍺。洵水發源於這座山，向南流注入閼澤，洵水盛產茈蠃。

又往東四百里，有座虖勺山，山上遍長梓樹和楠樹，山下滿佈荊、杞。滂水發源於這座山，向東流注入海。

又往東五百里，有座區吳山，不生草木，多沙和石。鹿水發源於這座山，向南流注入滂水。

又往東五百里，有座鹿吳山，山上不生草木，而盛產金、石。澤更水發源於這座山，向南流注入滂水。水中有一種獸，名叫蠱雕，形狀像雕而頭上長角，牠的叫聲像嬰兒的啼哭，這獸吃人。

又往東五百里，有座漆吳山，不生草木，卻出產很多博石，不出產玉。這山處於東海，向東望，面對丘山，有若明若暗的光影，這裏是太陽落下的地方。

〈南次二經〉的首個山系，從柜山到漆吳山，共有十七座山，長達七千二百里。諸山山神都是龍身鳥頭。祭祀禮儀如下：祀薦用一塊璧玉埋入地裏，祭祀的米用精選的稻米。

賞析與點評

區吳之山與鹿吳之山兩句相近，似是同一句重抄而出錯。區吳之山一說為浙江省大盤山。

〈南次三經〉之首，曰天虞之山[1]，其下多水，不可以上。

東五百里，曰禱過之山，其上多金、玉，其下多犀、兕[2]，多象。有鳥焉，其狀如鵁，而白首、三足、人面，其名曰瞿如，其鳴自號也。泿水出焉[3]，而南流注於海。其中有虎蛟，其狀魚身而蛇尾，其音如鴛鴦，食者不腫，可以已痔[4]。

又東五百里，曰丹穴之山，其上多金、玉。丹水出焉，而南流注於渤海。有鳥焉，其狀如雞，五采而文，名曰鳳皇，首文曰德，翼文曰義，背文曰禮，膺文曰仁，腹文曰信。是鳥也，飲食自然，自歌自舞，見則天下安寧。

注釋

1天虞之山：一說在廣東四會縣。以下諸山，皆在廣東。2兕（粵：寺；普：sì）：獨角犀。3浪（粵：人；普：yín）水：一說指廣東濱江。4已痔：治癒痔瘡。

譯文

〈南次三經〉的首個山系叫天虞山，山下多水流，山勢險峻不可攀登。

往東五百里，有座禱過山。山上盛產金和玉，山下有很多犀、兕，多象。有一種鳥，形狀像䴔，而頭白色，三隻腳，還長人臉，這鳥名叫瞿如，因牠自己的叫聲而得名，浪水發源於這座山，向南流注入海。其中有虎蛟，魚身而蛇尾，牠發出的聲音像鴛鴦叫聲。吃了牠的肉，可以不患腫病，又可以治癒痔瘡。

又往東五百里，有座丹穴山。山上盛產金、玉。丹水發源於這座山，往南流注入渤海。有一種鳥，形狀像雞，披着五彩圖紋羽毛，名叫鳳凰。牠頭上的圖紋是「德」字，翅膀上的圖紋是「義」字，背上的圖紋是「禮」字，胸部的圖紋是「仁」字，腹部的圖紋是「信」字。這種鳥飲食從容不迫，悠然自得，牠自歌自舞，只要牠一出現，天下就會安寧。

賞析與點評

「其鳴自號」，即因牠自己的叫聲而得名。如上文的「瞿如」，其叫聲正如「瞿如」，故以為名。下文所謂「其鳴自呼」、「其鳴自詨」、「其名自訆」之類，意思皆同。

「鳳皇」即「鳳凰」，為古代的神鳥，眾鳥之首。《大戴禮記．易本命》說：「有羽之蟲三百六十，而鳳皇為之長。」《山海經．海內經》說：「鳳鳥首文曰德，翼文曰順，膺文曰仁，背文曰義，見則天下和。」與此文微有不同。《管子．小匡》則說：「夫鳳皇之文，前德義，後日昌。」可以對讀。由此可見，《山海經》所言「鳳皇」，已受儒家思想影響。

又東五百里，曰發爽之山[1]，無草木，多水，多白猿。汎水出焉，而南流注於渤海。

又東四百里，至於旄山之尾，其南有谷，曰育遺，多怪鳥，凱風自是出[2]。

又東四百里，至於非山之首，其上多金、玉，無水，其下多蝮虫。

又東五百里，曰陽夾之山，無草木，多水。

又東五百里，曰灌湘之山，上多木，無草。多怪鳥，無獸。

又東五百里，曰雞山，其上多金，其下多丹臒。黑水出焉[3]，而南流注於海。其中有鱄魚，其狀如鮒而彘毛[4]，其音如豚，見則天下大旱。

又東四百里，曰令丘之山，無草木，多火。其南有谷焉，曰中谷，條風自是出[5]。有鳥焉，其狀如梟，人面四目而有耳，其名曰顒[6]，其鳴自號也，見則天下大旱。

注釋

1發爽之山：一說為廣東龍門縣的南昆山。以下諸山，大抵都在今廣東省。2凱風：南風。3黑水：一說為廣東韓江，因紀念唐代韓愈任潮州刺史時驅鱷而得名。4鮒（粵：付；普：fù）：鯽魚。5條風：東北風。6顒（粵：容；普：yóng）：鴟鴞科的怪鳥。

譯文

又往東五百里，有座發爽山，不生草木，卻流水處處，還有很多白猿。汎水發源於這座山，往南流注入渤海。

又往東四百里，便到了旄山的尾部。山的南面有山谷，叫做育遺谷，山谷中有很多怪鳥，凱風從這裏吹出。

又往東四百里，就到了非山的首端，山上多產金、玉，沒有水流，山下有許多蝮虫。

又往東五百里，有座陽夾山，不生草木，多流水。

又往東五百里，有座灌湘山，山上樹木茂密，卻不生草。多怪鳥，沒有獸。

又往東五百里，有座雞山，山上盛產金，山下多丹雘。黑水發源於這座山，向南流注入海。水中有鱄魚，牠的形體似鮒，卻長了豬毛，牠的叫聲像豬叫，一出現，天下就會大旱。

又往東四百里，有座令丘山，不生草木，卻多火。山的南面有山谷，名叫中谷，條風就是從這裏吹出來。有一種鳥，形狀像梟，有人臉，四隻眼睛，一對耳朵，這鳥名叫顒，因他自己的叫聲而得名，牠一出現，天下就會大旱。

又東三百七十里，曰侖者之山[1]，其上多金、玉，其下多青雘。有木焉，其狀如穀而赤理，其汗如漆，其味如飴，食者不飢，可以釋勞，其名曰白蓉[2]，可以血玉[3]。

又東五百八十里，曰禺稾之山，多怪獸，多大蛇。

又東五百八十里，曰南禺之山，其上多金、玉，其下多水。有穴焉，水出輒入，夏乃出，冬則閉。佐水出焉，而東南流注於海，有鳳皇、鵷鶵[4]。

凡〈南次三經〉之首，自天虞之山以至南禺之山，凡一十四山，六千五百三十

里。其神皆龍身而人面。其祠皆一白狗祈，糈用稌。

右〈南經〉之山志，大小凡四十山，萬六千三百八十里。

注釋　1侖者之山：以下諸山，大抵亦在今廣東省。2白䓘（粵：高；普：gāo）：即皋蘇，木名，木汁味甜。3血玉：染玉以成光彩。4鵷鶵（粵：冤鋤；普：yuān chú）：亦鳳凰一類。

譯文　又往東三百七十里，有座侖者山，山上盛產金、玉，山下多產青雘。有一種樹，形狀像穀而有紅色的紋理，樹身流出的脂液像漆，味道像飴糖，吃了它不會飢餓，又可以消除勞累，這樹名叫白䓘，可以用來染玉石。

又往東五百八十里，有座禺稾山，多怪獸，又多大蛇。

又往東五百八十里，有座南禺山，山上蘊藏豐富的金和玉，山下多流水。有一個洞穴，春天水流入洞穴去，夏天水又流出來，到了冬天，洞穴就閉合不通了。佐水發源於這座山，向東南流注入海，有鳳凰、鵷鶵。

〈南次三經〉的首個山系，從天虞山到南禺山，一共有十四座山，長達六千五百三十里。山神都是龍身人臉。祭祀山神的禮儀如下：殺了白狗取血祝薦，祭祀的米用精選稻米。

以上所記〈南山經〉內容，大大小小總共四十座山，總長一萬六千三百八十里。

賞析與點評

如全書導讀所說，袁珂認為「右南經之山志」的「經」當作「經歷」解，「志」字為後人所加。這看法很有道理。舊說以「南經」為〈南山經〉、「東經」為〈東山經〉，如此類推，而〈南山經〉、〈北山經〉、〈東山經〉、〈中山經〉末段皆有「志」字，亦可通。本書雖沿用舊說，並不以袁珂此說為非。

卷二 西山經

本篇導讀——

〈西山經〉所牽涉之地理範圍，包括今天的山西、陝西、甘肅、青海、寧夏及新疆諸省。如前言所說，〈西山經〉是《山海經》中最早翻譯成西文的部分。

〈西山經〉是眾神聚居之地，例如英招、陸吾、長乘、西王母、帝江、蓐收等。最重要的山，莫若〈西次三經〉的「鍾山」及「昆侖」。「昆侖」所指為何地，古今異說甚多，包括敦煌、于闐、吐蕃、大夏、大秦等等。「昆侖」之所以重要，原因有二：第一，昆侖之丘是「帝之下都」，〈海內西經〉又說「門有開明獸守之，百神之所在」，故十九世紀西方漢學家已稱「昆侖」為中國的「奧林匹斯山」（參看全書導讀）。第二，《史記》引〈禹本紀〉說「河出昆侖」。《山海經．北山首經》說「出於昆侖之東北隅，實惟河原」，〈海內西經〉「海內昆侖之虛」一節又說「河水出東北隅」。「河出昆侖」之說，為漢武帝大加發揚。〈大宛列傳〉載：「天子案古圖書，名河所出山曰崑崙云。」司馬遷不以為然，以為漢武帝好大喜功，故特別撰寫一段「太史公曰」暗作批評（亦見全書導讀）。

〈西次三經〉、〈海內西經〉、〈大荒西經〉都有記載「西王母」，但文字稍有不同。由此可知，〈五臧山經〉所包含的地域，亦有與〈海內西經〉、〈大荒西經〉相交疊的地方。全書導讀所說《山海經》之所述，並非簡單的同心圓體系，即在於此。

〈西山經〉所載著名怪物，包括羬羊、螐渠、肥𧔥、㸲牛、蔥聾、鸓、尸鳩、玃如、犛、鳧徯、朱厭、鸞鸞、欽原、三青鳥、傲徆等等。

〈西山經〉華山之首[1]，曰錢來之山，其上多松，其下多洗石[2]。有獸焉，其狀如羊而馬尾，名曰羬羊[3]，其脂可以已腊[4]。

西四十五里，曰松果之山。濩水出焉，北流注於渭，其中多銅。有鳥焉，其名曰螐渠[5]，其狀如山雞，黑身赤足，可以已[6]。

又西六十里，曰太華之山，削成而四方，其高五千仞，其廣十里，鳥獸莫居。有蛇焉，名曰肥𧔥[7]，六足四翼，見則天下大旱。

又西八十里，曰小華之山，其木多荊杞，其獸多㸲牛[8]，其陰多磬石，其陽多瑤琈之玉，鳥多赤鷩[9]，可以禦火。其草有萆荔[10]，狀如烏韭[11]，而生於石上，亦緣木而生，食之已心痛。

又西八十里，曰符禺之山，其陽多銅，其陰多鐵。其上有木焉，名曰文莖，其實如棗，可以已聾。其草多條，其狀如葵，而赤華黃實，如嬰兒舌，食之使人不惑。符禺之水出焉，而北流注於渭。其獸多蔥聾，其狀如羊而赤鬣。其鳥多鴖，其狀如翠而赤喙[12]，可以禦火。

又西六十里，曰石脆之山，其木多椶、枏[13]，其草多條，其狀如韭，而白華黑實，食之已疥。其陽多瑤琈之玉，其陰多銅。灌水出焉，而北流注於禺水。其中有流赭[14]，以塗牛馬無病。

注釋

1華山：今陝西渭水南岸華山，古為西嶽。以下諸山，都在今陝西省。2洗石：搓垢石，用以刮擦身上的污垢。3羬（粵：鉗；普：xián）羊：《爾雅・釋畜》說：「羊六尺為羬。」4已腊：治療皮膚皴裂。5螐（粵：通；普：tóng）渠：當作「庸渠」或「鷛渠」，水鳥。6𦢊：皮膚皺起，爆皮。7肥蟦（粵：jœy˥；普：wéi）：亦作「肥遺」，大蛇類怪物。8牸牛：野牛，一說為羚牛。9赤鷩（粵：閉／鼈；普：bì\biē）：山雞之屬，錦雉。10萆（粵：悲；普：bì）荔：香草。11烏韭：烏蕨，陵齒蕨科。12翠：鳥名，似燕。13 椶（粵：棕；普：zōng）、枏：棕櫚和楠木。14 赭（粵：者；普：zhě）：赤土。

譯文

〈西山經〉第一列山系是華山山系，第一座山是錢來山，山上有很多松樹，山下有大量洗石。有種獸，形狀像羊，長了馬的尾巴，牠的名字叫羬羊，牠的油脂可以滋潤乾裂的皮膚。

往西四十五里，有座松果山。濩水發源於這座山，向北流注入渭水，水中銅的存量豐富。有種鳥，名叫螐渠，形狀像山雞，黑色身體，紅色腳，可以治癒皮膚起皺。

又往西六十里，有座太華山，山崖非常陡峭，就像被刀削成的一樣，四方形，山高五千仞，方圓十里，鳥獸無法在這座山裏棲身。有種蛇名叫肥𧔥，有六隻腳和四隻翅膀，只要牠一出現，天下就會發生大旱災。

又往西八十里，有座小華山，盛產荊、杞，獸類則多為㸲牛，這山的北面出產大量磬石，山的南面出產大量㻬琈之玉。鳥類多赤鷩，可以防火。草有萆荔，這草的形狀像烏韭，生長在石頭上，也有攀緣樹木而生的，吃了它可以治癒心痛病。

又往西八十里，有座符禺山，這山的南面出產大量的銅，山的北面鐵產量豐富。山上有種樹，名叫文莖，它的果實像棗，可以治癒耳聾。草以條草為多，條草的形狀像葵，開紅色花，結黃色果實，果子就像嬰兒的舌頭，吃了它就不會迷惑。符禺水從這山發源，向北流注入渭水。獸以蔥聾為多，這種獸形狀像羊，長紅色的鬣毛。鳥則以鴖為多，這鳥的形狀像翠鳥，有紅色的嘴，可以防禦火災。

又往西六十里，有座石脆山，有大量椶樹楠樹，還有到處可見的條草。條草的樣子與韭相似，開白色花朵，結黑色果實，吃了它的果實可以治癒疥瘡。山的南面盛產㻬琈之玉，山的北面銅量豐富。灌水就從這山發源，向北流注入禺水。水裏有很多流赭，把它塗在牛馬身上，可以沒有疾病。

賞析與點評

㻬琈之玉，近代地質學家章鴻釗《石雅》列為藍田玉，大抵為多彩玉石。此於〈山經〉多見，不勝枚舉。

蔥聾為山羊之屬，或謂是藏羚，〈中山首經〉與〈中次五經〉有蔥聾之山，其山多蔥聾。此與〈南次二經〉有「長右之山」或下一節有「羭次之山」，道理是相同的。

又西七十里，曰英山[1]，其上多杻、橿[2]，其陰多鐵，其陽多赤金。禺水出焉，北流注於招水，其中多鮮魚[3]，其狀如鼈[4]，其音如羊。其陽多箭䉋[5]，其獸多㸲牛、羬羊。有鳥焉，其狀如鶉[6]，黃身而赤喙，其名曰肥遺[7]，食之已癘[8]，可以殺蟲。

又西五十二里，曰竹山，其上多喬木，其陰多鐵。有草焉，其名曰黃雚[9]，其狀如樗[10]，其葉如麻，白華而赤實，其狀如赭，浴之已疥，又可以已胕[11]。竹水出焉，北流注於渭，其陽多竹箭，多蒼玉。丹水出焉，東南流注於洛水，其中多水玉，多人魚。有獸焉，其狀如豚而白毛，大如笄而黑端[12]，名曰豪彘[13]。

又西百二十里，曰浮山，多盼木[14]，枳葉而無傷[15]，木蟲居之。有草焉，名曰薰草[16]，麻葉而方莖，赤華而黑實，臭如蘼蕪[17]，佩之可以已癘。

又西七十里，曰羭次之山[18]，漆水出焉，北流注於渭。其上多棫、橿，其下多竹箭[19]，其陰多赤銅，其陽多嬰垣之玉[20]。有獸焉，其狀如禺而長臂，善投，其名曰囂[21]。有鳥焉，其狀如梟，人面而一足，曰橐𩇯，冬見夏蟄，服之不畏雷。

又西百五十里，曰時山，無草木。逐水出焉，北流注於渭，其中多水玉。

注釋　1 英山：在今陝西華縣。以下諸山，亦在今陝西省。2 杻、橿（粵：薑；普：jiāng）：

杻，似棣樹，葉較細。橿，橿子樹，木材堅硬，可造車。3鮭魚：「鮭」當為「蚌」。4鼈：魚鼈，甲魚。5䉋（粵：未；普：mèi）：䉋竹，長節而深根。6鶉：鵪鶉。7肥遺：竹雞，與上文所謂「肥𧔥」不同。8癘（粵：麗；普：lì）：瘟疫，或指惡瘡。9黃雚（粵：灌；普：guàn）：黃花蒿，菊科。10樗（粵：舒；普：chū）：臭椿樹，落葉喬木。11胕（粵：扶；普：fū）：浮腫。12笄（粵：雞；普：jī）：簪子。13豪彘：箭豬。14盼木：槃木。15枳（粵：止；普：zhǐ）葉：刺針。16薰草：蕙草，香草名。17蘼蕪：芎藭苗，香草名。18羭（粵：愉；普：yú）次之山：羭，夏羊、黑羊。一說羭次之山為岐山。19棫（粵：域；普：yù）：小木，叢生而有刺。20嬰垣之玉：當作「嬰脰之玉」。嬰，繫；脰，頸，即繫頸之玉。21嚻（粵：囂；普：xiāo）：猴類。

譯文

又往西七十里有座英山，山上到處是杻樹和橿樹，山北多鐵，山南盛產赤金。禺水從這山發源，向北流注入招水，禺水裏有很多蚌魚，形狀像鼈，發出的聲音如同羊的叫聲。山南遍長箭竹和䉋竹，獸多是牸牛和羬羊。有種鳥，形狀像鶉，黃身紅嘴，這鳥名叫肥遺，吃了牠的肉可以治癒瘟疫、惡瘡之類病患，可以殺死寄生蟲。

又往西五十二里，有座竹山，山上有很多喬木，山的北面鐵產量豐富。有種草，名叫黃雚，形狀像樗樹，葉像麻葉，開白花，結紅果，像赭的顏色，用它來洗浴可以消除疥瘡，也可以治癒浮腫。竹水從這山發源，向北流注入渭水，水的北岸有許多竹、箭，還出產大量蒼玉。丹水從這座山發源，向東南流注入洛水。水中出產大量水玉，還有很多人魚。有種獸，形狀像小豬，身上長白毛，毛像簪子般粗細，末端是黑色的，這獸名叫豪彘。

又往西一百二十里，有座浮山，到處是盼木，它有枳樹一樣的葉而沒有刺，樹中有木蟲居住。有一種草，名叫薰草，這草葉跟麻葉相似，有方形的莖，開紅花，結黑果，這草的氣味像蘼蕪，把它佩戴在身上可以治癒瘟疫。

又往西七十里，有座羭次山，漆水從這裏發源，向北流注入渭水。山上多棫樹和橿樹，山下則多竹、箭。山的北面赤銅豐富，山的南面多嬰垣玉。有種獸，形狀像禺，長臂，擅長投擲，這獸名叫囂。有種鳥，形狀像梟，長了人一樣的面孔，只有一隻腳，牠的名字叫橐𩇯。這鳥冬天出現夏天蟄伏，披上牠的羽毛就不怕打雷。

又往西一百五十里，有座時山，草木不生。逐水從這山發源，向北流注入渭水。水裏有大量水玉。

又西百七十里，曰南山[1]，上多丹粟。丹水出焉，北流注於渭。獸多猛豹，鳥多尸鳩[2]。

又西百八十里，曰大時之山，上多穀、柞[3]，下多杻、橿，陰多銀，陽多白玉。涔水出焉，北流注於渭。清水出焉，南流注於漢水。

又西三百二十里，曰嶓冢之山，漢水出焉，而東南流注於沔；囂水出焉，北流注於湯水。其上多桃枝鉤端，獸多犀、兕、熊、羆[4]，鳥多白翰[5]、赤鷩。有草焉，其葉如蕙，其本如桔梗[6]，黑華而不實，名曰蓇蓉，食之使人無子。

又西三百五十里，曰天帝之山，上多椶、枏，下多菅蕙。有獸焉，其狀如狗，名曰谿邊，席其皮者不蠱。有鳥焉，其狀如鶉，黑文而赤翁[7]，名曰櫟，食之已痔。有草焉，其狀如葵，其臭如蘼蕪，名曰杜衡，可以走馬，食之已癭[8]。

西南三百八十里，曰皋塗之山，薔水出焉，西流注於諸資之水。塗水出焉，南流注於集獲之水。其陽多丹粟，其陰多銀、黃金，其上多桂木。有白石焉，其名曰礜[9]，可以毒鼠。有草焉，其狀如槀茇[10]，其葉如葵而赤背，名曰無條，可以毒鼠。有獸焉，其狀如鹿而白尾，馬足人手而四角，名曰玃如[11]。有鳥焉，其狀如鴟而人足，名曰數斯，食之已癭。

注釋

1南山：一說為今河南首陽山。大抵在今陝西省及甘肅省。2尸鳩：兀鷲。3柞（粵：鑿；普：zuò）：櫟樹，落葉喬木。4羆（粵：悲；普：pí）：棕熊。5白翰：白雉，銀雞。6桔梗：多年生草本，藥用，有祛痰鎮咳之效。7翁：頸毛。8癭（粵：影；普：yǐng）：頸瘤。9礜：礦石，性熱有毒。10槀茇（粵：稿拔；普：gǎo bá）：香草，可作藥用。11玃如：即玃如，鹿屬，一謂四角羚。

譯文

又往西一百七十里，有座南山，山上到處是丹粟。丹水從這山發源，向北流注入渭水。獸以猛豹為多，鳥類則以尸鳩居多。

又往西一百八十里，有座大時山，山上有很多穀、柞之類的樹，山下有很多杻樹和橿樹，山北盛產銀，山南多白玉。涔水從這山發源，向北流注入渭水。清水從這山發源，向南流注入漢水。

再往西三百二十里，有座嶓冢山，漢水從這山發源，向東南流注入沔水；囂水從這山發源，向北注入湯水。山上遍佈桃枝竹和鉤端，獸以犀、兕、熊、羆為多，鳥類以白翰和赤鷩為多。有種草，葉像蕙草葉，根像桔梗，開黑花，不結果實，這草名叫蓇蓉，吃了它使人不能生育。

又往西三百五十里，有座天帝山，山上遍長椶、楠樹，山下菅茅和蕙草叢生。山裏有種獸，形狀像狗，名叫谿邊，用牠的皮毛做坐墊不受蠱毒。有種鳥，形狀像鶉，身上有黑色的斑紋，頸毛紅色，這鳥名叫櫟，吃了牠的肉可以治癒痔瘡。有種草，形狀像葵，散發出和蘼蕪一樣的香氣，這草名叫杜衡，馬吃了它能夠跑得飛快，人吃了它可以治癒頸部的腫瘤。

西南三百八十里，有座皋塗山，薔水從這山發源，向西流注入諸資水；塗水從這裏發源，向南流注入集獲水。山南遍佈丹粟，山北出產大量銀、黃金，山上遍佈桂樹。有種白色的石，名叫礜，可以毒死老鼠。有種草，形狀像槀茇，葉像葵，葉背面是紅色的，這草名叫無條，可以用來毒死老鼠。有種獸，長得像鹿，尾巴白色，後肢像馬，前肢像人手，長了四隻角，這獸名叫玃如。有種鳥，形狀像鴟，有人一樣的腳，這鳥名叫數斯，吃了牠的肉能治癒頸上的腫瘤。

又西百八十里，曰黃山[1]，無草木，多竹箭。盼水出焉，西流注於赤水，其中多玉。有獸焉，其狀如牛，而蒼黑大目，其名曰𤛎。有鳥焉，其狀如鴞，青羽赤喙，人舌能言，名曰鸚䳇。

又西二百里，曰翠山，其上多椶、枏，其下多竹箭，其陽多黃金、玉，其陰多旄牛、麢、麝[2]。其鳥多鸓，其狀如鵲，赤黑而兩首、四足，可以禦火。

又西二百五十里，曰騩山[3]，是錞於西海[4]，無草木，多玉。淒水出焉，西流注於海，其中多采石、黃金、丹粟。

凡〈西經〉之首，自錢來之山至於騩山，凡十九山，二千九百五十七里。華山，冢也，其祠之禮：太牢[5]。羭山，神也，祠之用燭，齋百日以百犧，瘞用百瑜，湯其酒百樽[6]，嬰以百珪百璧[7]。其餘十七山之屬，皆毛牷用一羊祠之[8]。燭者，百草之未灰，白蓆采等純之。

注釋

1黃山：當在今陝西省，不是指安徽省南部的黃山。2旄牛：〈北山首經〉說：「有獸焉，其狀如牛，而四節生毛，名曰旄牛。」麢（粵：玲；普：líng）：似羊而大，高鼻羚羊。麝（粵：射；普：shè）：似獐而小，鹿科，有香，故云「麝香」。3騩（粵：歸；普：guī）山：今青海西寧日月山。4錞：通「蹲」，蹲踞。5太牢：古代祭祀中牛、羊、豕三牲全備為太牢。6湯：熱水。此處作動詞用，用熱水溫酒。7嬰：一說為祭禮之名，以玉或環獻神。8牷（粵：全；普：quán）：牲體全具之意。

譯文

又往西一百八十里，有座黃山，草木不生，到處是竹、箭。盼水從這山發源，向西流注入赤水，盼水裏甚多玉。有種獸，形狀像牛，蒼黑色，眼睛很大，這獸名叫㸲。有種鳥，形狀像鴞，有青色的羽毛和紅色的嘴，有人一樣的舌頭，能學人說話，這鳥名叫鸚䳇。

又往西二百里，有座翠山，山上遍佈椶樹和楠樹，山下到處是竹、箭，山南出產大量黃金和玉，山北有很多旄牛、麢、麝；鳥則多鸓鳥，這鳥的形狀像鵲，長紅黑色的羽毛，有兩個頭、四隻腳，養牠可以防禦火災。

又往西二百五十里，有座騩山，蹲踞在西海邊上，不生草木，有很多玉。淒水從這山發源，向西流注入海，水中多采石、黃金，有很多丹粟。

〈西經〉的第一列山系，自錢來山到騩山，一共十九座山，長達二千九百五十七里。華山是冢山，祭祀華山的禮儀：要用豬、牛、羊三牲齊全的太牢。羭山是神山，祭祀羭山要用燭火，齋戒一百天後用一百隻毛色純正的牲畜，連同一百塊瑜埋入地下，還要温一百樽美酒，環繞陳列一百塊珪和一百塊璧。祭祀其餘十七座山的禮儀相同，都用一隻完整的肥羊作祭品。所謂燭，就是用百草結成的火把，它還沒有燃盡的時候叫燭。祭祀用的席是用各種相應顏色，次第裝飾邊緣的白茅草席。

賞析與點評

此處説：「華山，冢也，其祠之禮：太牢。羭山，神也，祠之用燭，齋百日以百犧，瘞用百瑜。」「冢」與「神」都是圖騰氏族祭山的級別，「冢」較「神」高一級。〈中次五經〉說：「首山，魋也。」鬼之神為魋，「魋」與「神」皆較「冢」低一級。〈中次九經〉說：「熊山，帝也。其祠：羞酒，太牢具，嬰毛一璧。」則「帝」較「冢」高一級，是最高的級別。

〈西次二經〉之首，曰鈐山[1]，其上多銅，其下多玉，其木多杻、橿。

西二百里，曰泰冒之山，其陽多金，其陰多鐵。浴水出焉，東流注於河，其中多藻玉[2]。多白蛇。

又西一百七十里，曰數歷之山，其上多黃金，其下多銀，其木多杻、橿，其鳥多鸚䳇。楚水出焉，而南流注於渭，其中多白珠。

又西百五十里高山，其上多銀，其下多青碧、雄黃[3]，其木多椶，其草多竹。涇水出焉，而東流注於渭，其中多磬石、青碧。

西南三百里，曰女牀之山，其陽多赤銅，其陰多石涅[4]，其獸多虎、豹、犀、兕。有鳥焉，其狀如翟而五采文，名曰鸞鳥，見則天下安寧。

又西二百里，曰龍首之山，其陽多黃金，其陰多鐵。苕水出焉，東南流注於涇水，其中多美玉。

又西二百里，曰鹿台之山，其上多白玉，其下多銀，其獸多㸲牛、羬羊、白豪[5]。有鳥焉，其狀如雄雞而人面，名曰鳧徯[6]，其鳴自叫也，見則有兵。

西南二百里，曰鳥危之山，其陽多磬石，其陰多檀、楮[7]，其中多女牀。鳥危之水出焉，西流注於赤水，其中多丹粟。

注釋

1鈐（粵：鉗；普：qián）山：一說在今山西稷山縣。以下諸山，大抵皆在今山西、甘肅兩省。2藻玉：彩色紋理的玉。3青碧、雄黃：青碧，青色的美玉。雄黃亦稱雞冠石、石黃。章鴻釗《石雅》引吳晉說：「生山之陽，是丹之雄，故曰雄黃。」4石涅：亦名黑石脂、石墨，古代用為畫眉石。5白豪：亦名貛豬、貆。6鳧徯（粵：符兮；普：fú xī）：一說為赤頸鴨。7楮（粵：儲；普：chǔ）：喬木，葉像桑，亦稱構樹。楮樹皮可以用作製紙原料，古代稱紙為楮先生。

譯文

〈西次二經〉的第一座山是鈐山，山上多銅，山下多玉，樹木以杻樹和橿樹為多。

向西二百里，有座泰冒山，山南盛產金，山北蘊藏豐富的鐵。浴水從這山發源，向東流注入河，浴水有很多藻玉，也有大量白蛇。

又往西一百七十里，有座數歷山，山上黃金藏量豐富，山下出產大量銀，樹木以杻樹和橿樹居多，鳥類則以鸚鴟為多。楚水從這山發源，向南流注入渭水，水裏有很多白珠。

又往西一百五十里，有座高山，山上的銀豐富，山下遍佈青碧和雄黃，樹木以椶樹為多，草主要是竹。涇水從這山發源，向東流注入渭水，水中有大量的磬石和青碧。

往西南三百里，有座女牀山，山的南面赤銅產量豐富，山的北面出產大量石涅，獸以虎、豹、犀，兕為多。有種鳥，形狀像翟，身披五彩斑斕的羽毛，這鳥名叫鸞鳥，牠一出現天下就會安寧。

又往西二百里，有座龍首山，山南多黃金，山北多鐵。苕水從這山發源，向東南流注入涇水，水中有很多美玉。

又往西二百里，有座鹿台山，山上盛產白玉，山下銀藏量豐富，獸以㸲牛、羬羊和白豪為多。有種鳥，形狀像雄雞，卻有人一樣的面孔，這鳥名叫鳧徯，牠的叫聲就成了自己的名字。牠一旦出現，就會有戰爭發生。

往西南二百里，有座鳥危山，山南出產大量磬石，山北遍佈着檀樹和楮樹，山裏長滿女牀草。鳥危水從這山發源，向西流注入赤水，水中多丹粟。

又西四百里，曰小次之山[1]，其上多白玉，其下多赤銅。有獸焉，其狀如猿而白首赤足，名曰朱厭[2]，見則大兵。

又西三百里，曰大次之山，其陽多堊[3]，其陰多碧，其獸多㸲牛、麢羊。

又西四百里，曰薰吳之山，無草木，多金、玉。

又西四百里，曰厎陽之山，其木多櫻、柟、豫章[4]，其獸多犀、兕、虎、犳、㸲牛。

又西二百五十里，曰衆獸之山，其上多㻬琈之玉，其下多檀楮，多黃金，其獸多犀、兕。

又西五百里，曰皇人之山，其上多金、玉，其下多青雄黃[5]。皇水出焉，西流注於赤水，其中多丹粟。

又西三百里，曰中皇之山，其上多黃金，其下多蕙棠[6]。

又西三百五十里，曰西皇之山，其陽多金，其陰多鐵，其獸多麋、鹿、㸲牛。

又西三百五十里，曰萊山，其木多檀、楮，其鳥多羅羅[7]，是食人。

凡〈西次二經〉之首，自鈐山至於萊山，凡十七山，四千一百四十里。其十神者，皆人面而馬身。其七神，皆人面牛身，四足而一臂，操杖以行，是為飛獸之神。其祠之，毛用少牢[8]，白菅為席，其十輩神者，其祠之，毛一雄雞，鈐而不糈，毛采。

注釋

1小次之山：大抵即今甘肅蘭州馬銜山脈。以下諸山，皆在今甘肅及青海省。2朱厭：白眉長臂猿。3堊（粵：惡；普：è）：似土，色甚白，故稱白堊。4㮨（粵：績；普：jì）：有刺的松。豫章：樟樹，常綠喬木。5青雄黃：一說指雌黃。6蕙棠：指蕙蘭與棠梨。7羅羅：即禿鷲。〈海外北經〉載有青獸，狀如虎，亦稱羅羅。8少牢：用豬、羊祭祀，稱少牢。於此不用牛，可能與牛圖騰及馬圖騰氏族有關。

譯文

又往西四百里，有座小次山，山上多白玉，山下多赤銅。有種獸，形狀像猿，白頭紅腳，這獸名叫朱厭，牠一旦出現，就會發生大規模戰爭。

又往西三百里，有座大次山，山南多堊，山北多碧，獸以㸲牛、麢羊為多。

又往西四百里，有座薰吳山，不生草木，卻有大量的金和玉。

又往西四百里，有座底陽山，樹木以㮨、楠、豫章為多，獸以犀、兕、虎、犳、㸲牛居多。

又往西二百五十里，有座眾獸山，山上到處是㻬琈之玉，山下遍佈檀樹和楮樹，盛產黃金，獸以犀、兕居多。

又往西五百里，有座皇人山，山上多金和玉，山下多青雄黃。皇水從這山發源，向西流注入赤水。水中多丹粟。

又往西三百里，有座中皇山，山上盛產黃金，山下遍佈蕙和棠。

又往西三百五十里，有座西皇山，山南黃金儲存量豐富，山北多鐵，這山的獸以麋、鹿、牸牛居多。

又往西三百五十里，有座萊山，樹木以檀樹和楮樹為多，鳥類則大多是羅羅鳥，這鳥吃人。

〈西次二經〉的首個山系，從鈐山起到萊山止，共十七座山，長達四千一百四十里。其中十座山的山神都有人面馬身。另外七座山的山神則為人面牛身，有四隻腳和一隻手臂，要倚着拐杖行走，這七位神就是所謂的「飛獸之神」，祭祀的禮儀是：將豬和羊放在白菅草蓆上。上述那十座山的山神，祭祀禮儀是：用一隻雜色公雞祭祀，祈禱時不用精米。

〈西次三經〉之首，曰崇吾之山[1]，在河之南，北望冢遂[2]，南望䍃之澤[3]，西望帝之搏獸之丘，東望螞淵。有木焉，員葉而白柎[4]，赤華而黑理，其實如枳，食之宜子孫。有獸焉，其狀如禺而文臂，豹虎而善投，名曰舉父[5]。有鳥焉，其狀如鳧[6]，而一翼一目，相得乃飛，名曰蠻蠻[7]，見則天下大水。

西北三百里，曰長沙之山。泚水出焉，北流注於泑水，無草木，多青雄黃。

又西北三百七十里，曰不周之山。北望諸毗之山，臨彼嶽崇之山，東望泑澤，河水所潛也，其原渾渾泡泡。爰有嘉果，其實如桃，其葉如棗，黃華而赤柎，食之不勞。

又西北四百二十里，曰峚山，其上多丹木，員葉而赤莖，黃華而赤實，其味如飴，食之不飢。丹水出焉，西流注於稷澤，其中多白玉。是有玉膏，其原沸沸湯湯，黃帝是食是饗。是生玄玉。玉膏所出，以灌丹木，丹木五歲，五色乃清，五味乃馨。黃帝乃取峚山之玉榮，而投之鍾山之陽。瑾瑜之玉為良，堅粟精密，濁澤有而光。五色發作，以和柔剛。天地鬼神，是食是饗。君子服之，以禦不祥。自峚山至於鍾山，四百六十里，其間盡澤也。是多奇鳥、怪獸、奇魚，皆異物焉。

注釋

1崇吾之山：崇吾之山或是柴達木盆地（Qaidam Basin）西南之祁漫塔格山（Qimantag Mountains）。以下諸山，大抵在今甘肅、青海及新疆省。2冢遂：「遂」指山間狹道，「冢遂」或指阿爾金山（Altun Mountains）之山間狹道。3嵒（粵：柔；普：yáo）之澤：或指阿雅克庫木湖（Lake Ayakum）。4柎：花萼房。5舉父：一說即「夸父」，見〈海外北經〉及〈大荒北經〉。6鳧：野鴨。7蠻蠻：「一翼一目，相得乃飛」，似為比翼鳥。

譯文

〈西次三經〉的第一座山叫崇吾山，這山佇立在河南岸，從北望去可以看見冢遂山，向南可以看見罡澤，向西可以看見天帝的搏獸山，向東則可以看見螞淵。有種樹，有圓圓的葉，白色花萼，紅色的花朵上有黑色紋理，果實像枳，吃了它就會子孫興旺。有種獸，形狀像禺，臂上有斑紋，像豹虎般，擅長投擲東西，這獸名叫舉父。有種鳥，牠的形狀像鳧鳥，卻只有一隻翅膀和一隻眼睛，這種鳥必須兩隻合起來才能飛翔，這鳥叫蠻蠻，牠一旦出現，天下就會有大水災。

往西北三百里，有座長沙山。泚水從這山發源，向北流注入泑水，草木不生，有很多青雄黃。

又往西北三百七十里，有座不周山。山的北面可以看見諸毗山，不周山緊靠嶽崇山，向東可以看見泑澤，是河水潛入地下之處，源頭之水噴薄而出，發出渾渾泡泡的聲音。這裏有種上好的果樹，果實和桃很像，葉像棗葉，開黃花，紅色花萼，吃了它，就不會疲勞。

又往西北四百二十里，有座峚山，這山上遍佈丹木，葉圓形，紅色的莖，開黃花，結紅果，味道像飴糖，吃了它，就不會感到飢餓。丹水從這山發源，向西流注入稷澤，水裏有很多白玉。這水裏有玉膏湧出，一片蒸騰翻滾的氣象，黃帝就經常服食這種玉膏，也用來饗祭。玉膏還生成黑玉。用湧出的玉膏去澆灌丹木，丹木生長五年之後，會開出清麗的五色花朵，結出馨香的五味果實。黃帝挑揀出峚山裏玉石的精華投到鍾山的南面，之後便生出瑾和瑜這樣的美玉。這兩種玉堅硬細緻，溫潤而富有光澤，煥發出五彩色光，交相輝映，剛柔調和。這玉膏和美玉是天地鬼神所服食所饗祭。君子佩帶這玉，能抵禦不祥之氣的侵害。從峚山到鍾山，長達四百六十里，中間全是沼澤，在沼澤裏有許多奇鳥、怪獸和奇魚，都是世間罕有的物種。

又西北四百二十里，曰鍾山[1]。其子曰鼓，其狀如人面而龍身，是與欽䲹殺葆江於昆侖之陽[2]，帝乃戮之鍾山之東曰嶢崖。欽䲹化為大鶚，其狀如雕而黑文白首，赤喙而虎爪，其音如晨鵠，見則有大兵。鼓亦化為鵕鳥，其狀如鴟，赤足而直喙，黃文而白首，其音如鵠，見即其邑大旱。

又西百八十里，曰泰器之山。觀水出焉，西流注於流沙。是多文鰩魚，狀如鯉魚，魚身而鳥翼，蒼文而白首赤喙，常行西海，遊於東海，以夜飛。其音如鸞雞，其味酸甘，食之已狂，見則天下大穰。

又西三百二十里，曰槐江之山。丘時之水出焉，而北流注於泑水。其中多蠃母[3]，其上多青雄黃，多藏琅玕[4]、黃金、玉，其陽多丹粟，其陰多采黃金銀。

實惟帝之平圃，神英招司之，其狀馬身而人面，虎文而鳥翼，徇於四海，其音如榴。南望昆侖，其光熊熊，其氣魂魂。西望大澤，后稷所潛也。其中多玉，其陰多榣木之有若[5]。北望諸毗，槐鬼離侖居之，鷹鸇之所宅也。東望恆山四成，有窮鬼居之，各在一摶[6]。爰有淫水，其清洛洛[7]。有天神焉，其狀如牛，而八足二首馬尾，其音如勃皇[8]，見則其邑有兵。

注釋

1鍾山：一說指今天的崑崙山，以下兩山，皆在今新疆省。2欽鴀、葆江：皆神名，葆江一作「祖江」，傳說中的神鳥。3羸母：螺螄類。4琅玕（粵：郎干；普：láng gān）：似珠玉的美石。5榣木之有若：榣木上再生若木。6摶（粵：團；普：tuán）：即脅。「各在一摶」即各住在山一邊的脅下。7洛洛：水流聲。8勃皇：一說為甲蟲之類。

譯文

再往西北四百二十里，有座鍾山。鍾山山神的兒子叫鼓，外形像人面卻有龍身，他曾和欽鴀同謀，在昆侖山南面殺死天神葆江。天帝知道後，將鼓和欽鴀殺死在鍾山東面的嶢崖。欽鴀化為一隻大鶚，樣子像雕，有黑色斑紋和白色頭顱，紅色嘴，老虎一般的爪，發出的叫聲像晨鵠的鳴叫，牠一出現就會有大規模戰爭；鼓也化為鵕鳥，這鳥的形狀像鴟，紅腳直喙，身上有黃色斑紋，白色頭顱，牠的叫聲像鵠，牠在哪一個邑出現，該邑就會有大旱災。

又往西一百八十里，有座泰器山，觀水從這山發源，向西流注入流沙。觀水裏有很多文鰩魚，這魚像鯉魚，而有魚身鳥翅，牠身上有蒼色斑紋，白頭紅嘴，常常從西海巡遊到東海，夜間飛行。牠的叫聲就像鸞雞的鳴叫，牠的肉酸中帶甜，吃了可以治癒瘋狂病，牠如果出現，天下一定會五穀豐登。

又往西三百二十里，有座槐江山。丘時水從這山發源，向北流注入泑水。丘時水裏有很多蠃母，山上蘊藏豐富的青雄黃，多儲藏琅玕、黃金和玉，山的南面遍佈丹粟，山的北面出產很多有符彩的金銀。槐江山是天帝的平圃，由神英招主管，神英招的模樣是馬身人面，身上長了老虎的斑紋和鳥的翅膀，他巡行四海，叫聲如同榴（抽水聲）。從這座山上向南望，可以看見昆侖山，那裏火光熊熊，光氣旺盛熾烈。向西望可以看見大澤，那裏是后稷潛藏之所。其中多產玉，大澤南邊長滿茂盛的榣木，在榣木上面又長出若木。從槐江山向北望可以看見諸毗山，是槐鬼離侖神所居住的地方，鷹鸇等猛禽也以那裏為居室。從槐江山向東望可以看見恆山，它高有四重，有窮鬼居住在那裏，他們各住在山一邊的脅下。槐江山有淫水，清澈明淨，汩汩而流。有天神，他長得像牛，有八隻腳、兩個頭顱和一條馬尾巴，他的叫聲就像勃皇，這天神出現的都邑，就會有戰爭發生。

西南四百里，曰昆侖之丘[1]，是實惟帝之下都[2]，神陸吾司之。其神狀虎身而九尾，人面而虎爪，是神也，司天之九部及帝之囿時。有獸焉，其狀如羊而四角，名曰土螻，是食人。有鳥焉，其狀如蠭，大如鴛鴦，名曰欽原，蠚鳥獸則死[3]，蠚木則枯。有鳥焉，其名曰鶉鳥，是司帝之百服。有木焉，其狀如棠，黃華赤實，其味如李而無核，名曰沙棠，可以禦水，食之使人不溺。有草焉，名曰薲草[4]，其狀如葵，其味如蔥，食之已勞。河水出焉，而南流東注於無達。赤水出焉，而東南流注於氾天之水。洋水出焉[5]，而西南流注於醜塗之水。黑水出焉[6]，而西流於大杅。是多怪鳥獸。

又西三百七十里，曰樂遊之山。桃水出焉，西流注於稷澤，是多白玉。其中多鮹魚，其狀如蛇而四足，是食魚。

西水行四百里，曰流沙，二百里至於蠃母之山，神長乘司之，是天之九德也。其神狀如人而犳尾。其上多玉，其下多青石而無水。

又西三百五十里，曰玉山[7]，是西王母所居也[8]。西王母其狀如人，豹尾虎齒而善嘯，蓬髮戴勝[9]，是司天之厲及五殘[10]。有獸焉，其狀如犬而豹文，其角如牛，其名曰狡，其音如吠犬，見則其國大穰。有鳥焉，其狀如翟而赤，名曰胜遇，是食魚，其音如錄[11]，見則其國大水。

注釋

1 **昆侖之丘**：一說「昆侖」指今天新疆的阿爾金山脈（Altyn-Tagh），一說在陝西省藍田以東。2 **帝**：當指黃帝。3 **蠚**（粵：殼；普：hē）：螫、咬刺。4 **蕡草**：一名田字草，為牲畜飼料，可入藥。5 **洋水**：一說即今阿姆河。6 **黑水**：一說即今疏勒河。7 **玉山**：今新疆和田市產玉的山區。8 **西王母**：參看〈海內西經〉導讀。9 **戴勝**：戴上玉製首飾。10 **司天之厲及五殘**：「司」即主理。郭璞說：「主知災厲五刑殘殺之氣。」即主理災疫與刑殺。11 **錄**：一說為「鹿」之借字。

譯文

往西南四百里，有座昆侖丘，這是天帝在下界的都城，由天神陸吾掌管。陸吾長得像老虎，有九條尾巴，人的面孔，手像虎爪。這神主管天上九域的領地和昆侖山苑圃的時節。有種獸，樣子像羊，長了四隻角，這獸名叫土螻，會吃人。有種鳥，形狀像蠭，大小與鴛鴦差不多，這鳥名叫欽原，這鳥螫過的鳥獸都會死，樹木被這鳥螫過也會枯萎。有種鳥，叫鶉鳥，牠主管天帝生活中的各種器物和服飾。有種樹，形狀像棠，開黃花，結紅果，果子的味道像李子，但沒有果核，名叫沙棠，可以預防水患，吃了它就能在水中漂浮不下沉。有種草，名叫蕡草，形狀像葵，味道似蔥，吃了它就會消解各種煩惱憂愁。河就從這山發源，向南流，繼而向東流，注入無達。赤水發源於這座山，向東南流注入氾天水。洋水發源於這座山，向西南流注入醜塗水。黑水發源於這座山，向西流注入大杅。這山中多奇形怪狀的鳥獸。

又往西三百七十里，有座樂遊山。桃水從這山發源，向西流注入稷澤，這裏遍佈白玉，桃水水域有大量鮹魚，這魚的樣子像蛇而有四隻腳，食魚類。

西行四百里水路，這是流沙，再走二百里就到了贏母山，天神長乘是這裏的主管，他是天之九德之氣所生育的。這天神的樣子像人，卻有犳的尾巴。這山上到處是玉，山下到處是青石，沒有流水。

又往西三百五十里，有座玉山，是西王母居住的地方。西王母的樣子像人，長了豹尾巴和老虎牙，喜歡吼叫，她蓬頭亂髮，頭戴玉勝，主管上天的災厲和五刑殘殺之氣。有種獸，形狀像狗，長了豹一般的斑紋，頭上有角似牛角，這獸名叫狡，發出的聲音就像狗叫，牠在哪個國家出現，該國家就會五穀豐登。有種鳥，形狀像翟，體紅色，這鳥名叫胜遇，以魚為食，牠的叫聲就像鹿叫，牠在哪個國家出現，該國家就會大水為患。

又西四百八十里，曰軒轅之丘[1]**，無草木。洵水出焉，南流注於黑水，其中多丹粟，多青雄黃。**

又西三百里，曰積石之山，其下有石門，河水冒以西南流[2]。是山也，萬物無不有焉。

又西二百里，曰長留之山，其神白帝少昊居之。其獸皆文尾，其鳥皆文首。是多文玉石。實惟員神磈氏之宮。是神也，主司反景[3]。

又西二百八十里，曰章莪之山，無草木，多瑤碧。所為甚怪。有獸焉，其狀如赤豹，五尾一角，其音如擊石，其名曰猙。有鳥焉，其狀如鶴，一足，赤文青質而白喙，名曰畢方[4]，其鳴自叫也，見則其邑有譌火[5]。

又西三百里，曰陰山。濁浴之水出焉，而南流注於蕃澤，其中多文貝。有獸焉，其狀如狸而白首，名曰天狗，其音如榴榴[6]，可以禦凶。

又西二百里，曰符惕之山，其上多棕枏，下多金、玉，神江疑居之。是山也，多怪雨，風雲之所出也。

又西二百二十里，曰三危之山，三青鳥居之。是山也，廣員百里。其上有獸焉，其狀如牛，白身四角，其豪如披蓑，其名曰𢕟㺊，是食人。有鳥焉，一首而三身，其狀如鶹，其名曰鴟。

注釋

1軒轅之丘：郭璞說：「黃帝居此丘，娶西陵氏女，因號軒轅丘。」2冒：覆蓋，籠罩。3反景：「景」通「影」。太陽西入則影反東照，此神即管理太陽西入時之景象。4畢方：一說為赤頸鶴，〈海外南經〉有「畢方鳥」。5譌火（粵：訛；普：é）：妖火，怪火。6榴榴（粵：流；普：liú）：或作「貓貓」。

譯文

又往西四百八十里，有座軒轅丘，不生草木。洵水從軒轅丘發源，向南流注入黑水，這水域有很多丹粟，也有大量的青雄黃。

又往西三百里，有座積石山，山下有一道石門，河水覆蓋這道石門，向西南面流去。在積石山上，世間萬物一應俱全。

又往西二百里，有座長留山，山神白帝少昊就居住在這座山裏。這山的獸，尾巴皆有紋彩，鳥類的頭亦都有紋彩。山上出產大量有紋彩玉石。這山也是神磈氏的宮室。這神掌管夕陽西沉時把影子折向東方。

又往西二百八十里，有座章莪山，不生草木，遍佈瑤、碧一類的美玉。山裏多有奇異非常之物。有種獸，樣子像赤色的豹，長了五條尾巴和一隻角，發出的吼聲如同石頭相擊的聲音，這獸名叫猙。有種鳥，形狀像鶴，只有一隻腳，身上有紅色的斑紋，體青色，白嘴，這鳥名叫畢方，牠的鳴叫聲就如自己名字的發音，這鳥出現在哪一邑，該邑就會發生怪異的火災。

又往西三百里，有座陰山。濁浴水從這山發源，向南流注入蕃澤，這水域有很多文貝。有種獸，樣子像狸，頭白色，這獸名叫天狗，牠發出榴榴的叫聲，可以防禦凶災。

又往西二百里，有座符惕山，山上遍佈椶樹和楠樹，山下多金和玉。江疑神就居住在這個地方。這座山，常下怪雨，風雲也常在此興起。

又往西二百二十里，有座三危山，三青鳥棲息在這山上。三危山方圓百里。山上有種獸，長得像牛，身體白色，頭上長了四隻角。身上的毛又長又密，看上去好像披上蓑衣，這獸名叫傲㺶，會吃人。有種鳥，一頭三身，這鳥的形狀像鶫，名字叫䳋。

賞析與點評

〈海內西經〉說：「西王母梯几而戴勝。其南有三青鳥，為西王母取食。」則此處說三青鳥所居的三危之山在西王母所居的玉山之西，方位顯然不同。

又西一百九十里，曰騩山[1]，其上多玉而無石。神耆童居之[2]，其音常如鐘磬。其下多積蛇。

又西三百五十里，曰天山，多金、玉，有青雄黃。英水出焉，而西南流注於湯谷。有神焉，其狀如黃囊，赤如丹火，六足四翼，渾敦無面目，是識歌舞，實為帝江也。

又西二百九十里，曰泑山，神蓐收居之。其上多嬰脰之玉，其陽多瑾瑜之玉，其陰多青雄黃。是山也，西望日之所入，其氣員，神紅光之所司也。

西水行百里，至於翼望之山，無草木，多金、玉。有獸焉，其狀如狸，一目而三尾，名曰讙[3]，其音如奪百聲，是可以禦凶，服之已癉[4]。有鳥焉，其狀如烏，三首六尾而善笑，名曰鵸鵌，服之使人不厭[5]，又可以禦凶。

凡〈西次三經〉之首，崇吾之山至於翼望之山，凡二十三山，六千七百四十四里。其神狀皆羊身人面。其祠之禮：用一吉玉瘞，糈用稷米。

注釋

1騩山：以下諸山，大抵在今新疆省。2耆童：即老童，傳說中顓頊帝的兒子。〈大荒西經〉說：「顓頊生老童。」3讙（粵：歡；普：huān）：即今貛、狗貛、地豬之屬。4癉（粵：坦；普：dān）：黃疸病。5厭：發夢。

譯文

又往西一百九十里，有座騩山，山上遍佈玉而沒有石。神耆童就居住在這山裏，他的聲音常像敲擊鐘磬的響聲。山下多見堆疊起來的蛇。

又往西三百五十里，有座天山，多金和玉，有青雄黃。英水從這山發源，向西南流注入湯谷。山裏住了一個神，他的模樣像黃色的口袋，身上發出火紅的光，長了六隻腳和四隻翅膀，面目渾沌不清，他懂得唱歌跳舞，這神就是帝江。

又往西二百九十里，有座泑山，神蓐收就居住在這裏。山上盛產嬰脰玉，山南遍佈瑾、瑜玉，山北則多青雄黃。在泑山上，向西可以看見夕陽西下的景觀，氣象雄渾壯闊，這山由天神紅光所主管。

往西走一百里水路，就到達翼望山，不生草木，卻遍佈金和玉。有種獸，樣子像狸，有一隻眼睛，三條尾巴，這獸名叫讙，牠發出的聲音如奪百聲。可以抵禦凶邪之災，吃了牠的肉可以治黃疸病。有種鳥，形狀像烏，有三個頭，六條尾巴，喜歡嘻笑，這鳥名叫鵸鵌，吃了牠的肉，不會發惡夢，還可以抵禦凶邪。

〈西次三經〉的首個山系，從崇吾山起到翼望山止，一共二十三座山，長達六千七百四十四里。諸山山神都是羊身人面。祭祀山神的禮儀是：將祀神的吉玉埋入地下，祀神的精米用稷米。

賞析與點評

帝江是著名的怪物。此處說「渾敦無面目」，渾敦即「渾沌」，《莊子．應帝王》以無七竅為「渾沌」。郭璞《圖讚》說：「質則混沌，神則旁通，自然靈照，聽不以聽。」一說帝江即帝鴻，而《左傳．文公十八年》又說帝鴻氏有不才子，謂之渾敦。讀此上下文，「渾敦」當不是人名。但以其質為「渾沌」而有「渾敦」此名，則是有可能的。

蓐收為西方神祇，司秋，金神，人面虎爪。〈海外西經〉說：「西方蓐收，左耳有蛇，乘兩龍。」

〈西次四經〉之首，曰陰山[1]，上多穀，無石，其草多茆、蕃[2]。陰水出焉，西流注於洛。

北五十里，曰勞山，多茈草[3]。弱水出焉，而西流注於洛。

西五十里，曰罷谷之山。洱水出焉，而西流注於洛，其中多茈、碧。

北百七十里，曰申山，其上多穀、柞，其下多杻、橿，其陽多金、玉。區水出焉，而東流注於河。

北二百里，曰鳥山，其上多桑，其下多楮，其陰多鐵，其陽多玉。辱水出焉，而東流注於河。

又北百二十里，曰上申之山，上無草木，而多硌石[4]，下多榛、楛，獸多白鹿。其鳥多當扈，其狀如雉，以其髯飛，食之不眴目[5]。湯水出焉，東流注於河。

又北百八十里，曰諸次之山，諸次之水出焉，而東流注於河。是山也，多木無草，鳥獸莫居，是多眾蛇。

又北百八十里，曰號山，其木多漆、椶，其草多葯、虈、芎藭[6]。多汵石[7]。端水出焉，而東流注於河。

又北二百二十里，曰盂山，其陰多鐵，其陽多銅，其獸多白狼白虎，其鳥多白雉白翟。生水出焉，而東流注於河。

西二百五十里，曰白於之山，上多松柏，下多櫟檀，其獸多㸲牛、羬羊，其鳥多鴞。洛水出於其陽，而東流注於渭。夾水出於其陰，東流注於生水。

注釋

1陰山：一說即陝西黃龍山。以下諸山，都在今陝西省。2茆（粵：牡；普：mǎo）、蕃：茆即蓴菜，一稱鳧葵。蕃即青蕃。3茈（粵：紫；普：zǐ）草：紫草。4硌（粵：落；普：luò）石：大石。5眴（粵：瞬；普：shùn）目：眨眼。6葯、虈（粵：囂；

普：xiāo）、芎藭（粵：弓窮；普：xiōng qióng）：葯、虉皆白芷一類的香草。芎藭即今川芎，可為藥材。7 泠石：一說即滑石。

譯文

〈西次四經〉的第一座山叫陰山，山上多穀，沒有石頭，草以茆、蕃為多。陰水從這山發源，向西流注入洛水。

往北五十里，有座勞山，有很多茈草。弱水從這山發源，向西流注入洛水。

往西五十里，有座罷谷山，洱水從這座山發源，向西流注入洛水，洱水一帶出產很多茈和碧。

往北一百七十里，有座申山，遍山上都是穀、柞，山下遍佈杻樹和橿樹，山南多金、玉。區水從這山發源，向東流注入河。

往北二百里是鳥山，桑樹佈滿山上，山下則多楮樹；山北面盛產鐵，而山南面則盛產玉。辱水在這座山發源，向東流注入河。

又往北一百二十里，是上申山，山上不生草木，遍佈硌石，山下多榛樹和楛樹，獸多是白鹿。鳥類以當扈為最多，這鳥的樣子像雉，用長髯做翅膀來飛行，吃了牠的肉就不會患眨眼睛的病。湯水從這山發源，向東流注入河。

又往北一百八十里是諸次山，諸次水從這山發源，向東流注入河。這山多樹木，沒有草，也沒有鳥獸棲息，只見許多蛇。

又往北一百八十里是號山，樹木以漆樹和椶樹居多，草類以葯、虈、芎藭為多。出產大量汵石。端水從這山發源，向東流注入河。

又往北二百二十里是盂山，山北盛產鐵，山南則多產銅，山裏的獸以白狼和白虎居多，鳥類也大都是白雉和白翟。生水從這山發源，向東流注入河。

又西二百五十里叫白於山，山上遍佈松樹和柏樹，山下有很多櫟樹和檀樹，山中的獸以㸲牛和羬羊居多，鳥類則大都是鴞。洛水發源於這山的南面，向東流注入渭水；夾水發源於這山的北面，向東流注入生水。

西北三百里，曰申首之山[1]，無草木，冬夏有雪。申水出於其上，潛於其下，是多白玉。

又西五十五里，曰涇谷之山。涇水出焉，東南流注於渭，是多白金白玉。

又西百二十里，曰剛山，多柒木[2]，多㻬琈之玉。剛水出焉，北流注於渭。是多神䰠[3]，其狀人面獸身，一足一手，其音如欽[4]。

又西二百里，至剛山之尾。洛水出焉，而北流注於河。其中多蠻蠻[5]，其狀鼠身而鼈首，其音如吠犬。

又西三百五十里，曰英鞮之山，上多漆木，下多金、玉，鳥獸盡白。涴水出焉，而北流注於陵羊之澤。是多冉遺之魚[6]，魚身蛇首六足，其目如馬耳，食之使人不眯[7]，可以禦凶。

又西三百里，曰中曲之山，其陽多玉，其陰多雄黃、白玉及金。有獸焉，其狀如馬，而白身黑尾，一角，虎牙爪，音如鼓，其名曰駮，是食虎豹，可以禦兵。有木焉，其狀如棠，而員葉赤實，實大如木瓜，名曰櫰木[8]，食之多力。

注釋

1申首之山：一說為寧夏的大羅山。以下諸山，大抵在今寧夏省和甘肅省。2柒木：「柒」是「漆」的俗字，即漆樹。3魄：魑魅之類。4如欽：如打呵欠。5蠻蠻：水獺，與〈西次三經〉的蠻蠻不同。6冉遺之魚：屬蠑螈科。7不眯（粵：未；普：mì）：不發夢。8櫰（粵：懷；普：huái）木：「櫰」通「槐」，槐樹。

譯文

往西北三百里有座申首山，不生草木，冬季和夏季都有積雪，申水從這山上發源，潛流到山下，申水水域多白玉。

又往西五十五里，有座涇谷山。涇水從這山發源，向東南流注入渭水，這山裏多產白金和白玉。

又往西一百二十里，有座剛山，這山上遍佈漆樹，盛產㻬琈之玉。剛水從這山發源，向北流注入渭水。這座山裏有很多魑魅，人面獸身，有一隻腳一隻手，發出的聲音就像人在打呵欠。

又往西二百里，就到了剛山的尾部。洛水發源於此，向北流注入河。這裏甚多蠻蠻，牠們的樣子是鼠身鼈頭，發出的聲音像狗吠。

又往西三百五十里，有座英鞮山，山上長了很多漆樹，山下有大量的金和玉，鳥獸都是白色的。涴水從這山發源，向北流注入陵羊澤。涴水水域有很多冉遺魚，這魚有魚身蛇頭、六隻腳，眼睛像馬的耳朵，吃了牠就不會發惡夢，還可以抵禦凶邪。

又往西三百里，有座中曲山，山南多玉，山北盛產雄黃、白玉和金。有種獸，樣子像馬，白身黑尾，頭上長一隻角，有老虎一樣的牙和爪，牠的叫聲像在擊鼓，這獸名叫駮，常捕食虎和豹，可以抵禦兵刃的傷害。有種樹，形狀像棠，葉圓形，結紅色果實，大如木瓜，這樹名為櫰木，吃了它能增添力氣。

又西二百六十里，曰邽山[1]。其上有獸焉，其狀如牛，蝟毛，名曰窮奇，音如獋狗，是食人。濛水出焉，南流注於洋水，其中多黃貝，蠃魚，魚身而鳥翼，音如鴛鴦，見則其邑大水。

又西二百二十里，曰鳥鼠同穴之山，其上多白虎、白玉。渭水出焉，而東流注於河。其中多鰠魚，其狀如鱣魚[2]，動則其邑有大兵。濫水出於其西，西流注於漢水，多絮魮之魚[3]，其狀如覆銚[4]，鳥首而魚翼魚尾，音如磬石之聲，是生珠玉。

西南三百六十里，曰崦嵫之山[5]，其上多丹木，其葉如穀，其實大如瓜，赤符而黑理，食之已癉，可以禦火。其陽多龜，其陰多玉。苕水出焉，而西流注於海，其中多砥礪[6]。有獸焉，其狀馬身而鳥翼，人面蛇尾，是好舉人，名曰孰湖。有鳥焉，其狀如鴞而人面，蜼身犬尾，其名自號也，見則其邑大旱。

凡〈西次四經〉，自陰山以下，至於崦嵫之山，凡十九山，三千六百八十里。其神祠禮，皆用一白雞祈，糈以稻米，白菅為席。

右〈西經〉之山，凡七十七山，一萬七千五百一十七里。

注釋

1 邽（粵：歸；普：guī）山：在甘肅天水縣。以下諸山，大抵在甘肅省及青海省。2 鰠（粵：蘇；普：sāo）魚、鱣（粵：煎；普：zhān）魚：皆屬鱘科類，鱣魚為中華鱘。3 絮魮（粵：如皮；普：rú pí）之魚：亦屬鱘科類。4 銚（粵：搖；普：yáo）：鍋壺，烹飪器皿。5 崦嵫（粵：淹資；普：yān zī）之山：山名，傳說為日落所入之山。

6砥礪：磨石。

譯文

又往西二百六十里，有座邽山，山上有獸，形狀像牛，全身長蝟毛，這獸叫窮奇，發出的聲音像獆狗叫，這獸吃人。濛水從這山發源，向南流注入洋水，水中多黃貝。有種蠃魚，牠有魚身和鳥翅，叫聲像鴛鴦，牠在哪邑出現，該邑就會發生大水災。

又往西二百二十里，有座鳥鼠同穴山，山上有很多白虎和白玉。渭水從這山發源，向東流注入河。渭水中有甚多鰠魚，形狀像鱣魚，牠一旦外出在某邑活動，那裏就會發生大戰。濫水從鳥鼠同穴山西邊發源，向西流注入漢水，濫水有大量絮魮魚，形狀像翻蓋過來的銚，長鳥頭，有魚鰭和魚尾，牠的叫聲像敲擊磬石的聲響，這魚身體裏能夠生長珠玉。

西南三百六十里，有座崦嵫山，山上有很多丹樹，它的葉像穀葉，果實有瓜那麼大，花萼紅色而帶黑色紋理，吃了它可以治癒黃疸病，還可以預防火災。這山的南面有很多龜，山的北面遍佈玉。苕水從這山發源，向西流注入海，水裏有很多砥礪。有種獸，身體像馬，長鳥翅膀，人面蛇尾，牠喜歡把人舉起，這獸叫孰湖。有種鳥似鴞而有人面，蜼身，狗尾巴，這鳥的命名由自己的叫聲而來，這鳥在哪一邑出現，該邑就會發生嚴重旱災。

〈西次四經〉的首個山系，從陰山開始到崦嵫山止，共十九座山，長達三千六百八十里，祭祀諸山神的禮儀，都是用一隻白毛雞，宰殺了取血獻祭，祭祀的米用稻米，以白菅草做墊蓆。

以上就是〈西山經〉的記錄，總計有七十七座山，總長一萬七千五百一十七里。

賞析與點評

此節說窮奇「其狀如牛，蝟毛」，〈海內北經〉則說「窮奇狀如虎，有翼」。西漢司馬相如《上林賦》說「窮奇象犀」，與此節所說相近。而《左傳．文公十八年》載少皞氏有不才子，謂之窮奇。

卷三　北山經

本篇導讀——

〈北山經〉牽涉的地理範圍，包括今蒙古國、內蒙古自治區、寧夏省、山西省及河北省。相較其他諸篇，〈北山經〉所載的古代神話故事最少。

〈北次三經〉最動人的故事，當然是「精衞填海」。「炎帝之少女名曰女娃，女娃遊於東海，溺而不返，故為精衞，常銜西山之木石，以堙於東海。漳水出焉，東流注於河。」精衞所代表的，是「知其不可而為之」、堅毅不屈的精神。歷代文學家好用此典。例如江淹《阮步兵詠懷》詩說：「朝雲乘變化，光耀世所希。精衞銜木石，誰能測幽微？」（《江文通集》卷四）庾信《擬連珠四十四首》詩說「愚公何德，遂荷鍤而移山；精衞何禽，欲銜石而塞海？」（《庾子山集》卷九）例子不勝枚舉。

〈北山經〉所記著名怪物，包括鵸鵌、何羅之魚、鰼鰼之魚、寓、耳鼠、孟極、足訾、諸犍、白鵺、窫窳、鱳魚、山𤟤、諸懷、䮝馬、狍鴞、獨𤞟、天馬、辣辣等等。

〈北山經〉之首，曰單狐之山[1]，多机木[2]，其上多華草。漨水出焉，而西流注於泑水，其中多茈石、文石。

又北二百五十里，曰求如之山，其上多銅，其下多玉，無草木。滑水出焉，而西流注於諸毗之水。其中多滑魚，其狀如鱓[3]，赤背，其音如梧，食之已疣。其中多水馬，其狀如馬，文臂牛尾，其音如呼。

又北三百里，曰帶山，其上多玉，其下多青碧。有獸焉，其狀如馬，一角有錯[4]，其名曰䑏疏，可以辟火。有鳥焉，其狀如烏，五采而赤文，名曰鵸鵌，是自為牝牡，食之不疽。彭水出焉，而西流注於芘湖之水，其中多儵魚[5]，其狀如雞而赤毛，三尾、六足、四目，其音如鵲，食之可以已憂。

又北四百里，曰譙明之山。譙水出焉，西流注於河。其中多何羅之魚，一首而十身，其音如吠犬，食之已癰。有獸焉，其狀如貆而赤豪，其音如榴榴，名曰孟槐，可以禦凶。是山也，無草木，多青雄黃。

又北三百五十里，曰涿光之山。嚻水出焉，而西流注於河。其中多鰼鰼之魚，

其狀如鵲而十翼，鱗皆在羽端，其音如鵲，可以禦火，食之不癉。其上多松柏，其下多椶橿，其獸多麢羊，其鳥多蕃。

注釋

1 單狐之山：一說是寧夏及內蒙古的賀蘭山。以下諸山，皆在今寧夏省及內蒙古自治區。2 机木：即榿樹。3 鱓（粵：鱔；普：shàn）：即黃鱔。4 錯：通「厝」，厲石或磨刀石。5 儵（粵：遊；普：yóu）魚：小白魚。

譯文

〈北山經〉的第一座山是單狐山，盛長机木，還有豐茂的華草。逢水從這山發源，向西流注入泑水，泑水甚多茈石和文石。

又往北二百五十里，有座求如山，山上銅儲藏量豐富，山下遍佈玉，草木不生。滑水從這山發源，向西注入諸妣水。水中有很多滑魚，牠們的形狀像鱓魚，脊背紅色，牠鳴叫的聲音像人彈奏琴瑟，吃了牠的肉，能治癒皮膚上的疣贅病。水中有很多水馬，這水馬形狀像馬，前腳有花紋，長了一條牛尾，這水馬的叫聲像人在呼喊。

又往北三百里，有座帶山，山上多產玉，山下則多青碧。有種獸，形狀像馬，長了一隻錯石一樣的角，這獸名叫臞疏，可以躲避火災。有種鳥，形狀像烏鴉，身披五彩羽毛而有紅色斑紋，這鳥名叫鵸鵌，雌雄合體，可以自體交配，吃了牠的肉就不會患癰疽病。彭水從這山發源，向西流注入芘湖水，水裏有很多儵魚，形狀像雞而有紅毛，有三條尾巴、六隻腳、四隻眼睛，牠的叫聲似鵲，吃了牠就會無憂無慮。

又往北四百里，有座譙明山。譙水從這山發源，向西流注入河。譙水多何羅魚，這魚有一個頭和十個身體，牠的叫聲就像狗吠，吃了牠就可以治癒癰腫。有種獸，形狀像貆，身有紅毛，牠的叫聲像榴榴，這獸名叫孟槐，可以抵禦凶邪。這山草木不生，而多青雄黃。

又往北三百五十里，有座涿光山。嚻水從這山發源，向西流注入河。這水域有大量鰼鰼魚，形狀像鵲，有十隻翅膀，鱗甲生長在羽毛的末端，牠的叫聲似鵲，可以預防火災，吃了牠的肉不會患黃疸病。山上遍佈松樹和柏樹，山下多椶樹和橿樹，山裏獸類多是羺羊，鳥類以蕃鳥為多。

又北三百八十里，曰虢山[1]，其上多漆，其下多桐、椐[2]。其陽多玉，其陰多鐵。伊水出焉，西流注於河。其獸多橐駝，其鳥多寓，狀如鼠而鳥翼，其音如羊，可以禦兵。

又北四百里，至於虢山之尾，其上多玉而無石。魚水出焉，西流注於河，其中多文貝。

又北二百里，曰丹熏之山，其上多樗柏，其草多韭䪥，多丹雘。熏水出焉，而西流注於棠水。有獸焉，其狀如鼠，而菟首麋耳，其音如獋犬，以其尾飛，名曰耳鼠，食之不脎[3]，又可以禦百毒。

又北二百八十里，曰石者之山，其上無草木，多瑤碧。泚水出焉，西流注於河。有獸焉，其狀如豹，而文題白身[4]，名曰孟極，是善伏，其鳴自呼。

又北百一十里，曰邊春之山，多蔥、葵、韭、桃、李。杠水出焉，而西流注於泑澤。有獸焉，其狀如禺而文身，善笑，見人則卧，名曰幽鴳，其鳴自呼。

又北二百里，曰蔓聯之山，其上無草木。有獸焉，其狀如禺而有鬣，牛尾、文臂、馬蹏[5]，見人則呼，名曰足訾，其鳴自呼。有鳥焉，群居而朋飛，其毛如雌雉，名曰鵁，其鳴自呼，食之已風[6]。

注釋

1虢（粵：隙；普：guó）山：一說為今內蒙古的卓資山。以下諸山，在今內蒙古自治區及蒙古國。2椆：椆，梧桐。椐（粵：居；普：jū）：櫃木，靈壽木。3脎：大腹。4題：額頭。5蹏（粵：蹄；普：tí）：即「蹄」。6風：患風疾，或風痹病。

譯文

又往北三百八十里，有座虢山，山上遍長漆樹，山下以桐樹和椐樹居多，山南多玉，山北盛產鐵。伊水從這山發源，向西流注入河。山中的獸以橐駝為多，鳥類則以寓鳥居多，這鳥形狀像老鼠，有鳥翼，牠的叫聲像羊，可以抵禦刀兵之災。

又往北四百里，就來到了虢山的末端，山上多玉，而沒有石頭。魚水從這裏發源，向西流注入河，附近水域有很多文貝。

又往北二百里，有座丹熏山，山上滿佈樗樹和柏樹，山裏的草類以韭和䪥為多，還出產很多丹雘。熏水從這山發源，向西流注入棠水。有種獸，形狀像老鼠，長了菟頭和麋耳，聲音就像獋狗叫，牠用尾巴飛行，這獸名叫耳鼠，吃了牠就不會得腹脹病，又可以抵禦百毒之害。

又往北二百八十里，有座石者山，山上草木不生，遍佈瑤、碧。泚水從這山發源，向西流注入河。有種獸，外形像豹，有花斑額頭、白色身體，這獸名叫孟極，善於潛伏隱藏，因牠自己的叫聲而得名。

又往北一百一十里，有座邊春山，遍佈蔥、葵、韭、桃樹和李樹。杠水從這山發源，向西流注入泑澤。有種獸，外形像禺，身上有花紋，牠喜歡笑，一看見人就裝睡，這獸名叫幽鴳，因牠自己的叫聲而得名。

又往北二百里，有座蔓聯山，山上不生草木。有種獸，樣子像禺，頸上長了鬃毛，長牛尾，前腳有花紋，有馬蹄一樣的蹄，牠一看見人就呼喚，這獸名叫足訾，因牠自己的叫聲而得名。有種鳥，喜歡群居和結隊飛行，牠的羽毛很像雌雉，這鳥名叫鵁。因牠自己的叫聲而得名，吃了牠的肉能治癒風痹。

又北百八十里，曰單張之山[1]，其上無草木。有獸焉，其狀如豹而長尾，人首而牛耳，一目，名曰諸犍，善吒[2]，行則銜其尾，居則蟠其尾。有鳥焉，其狀如雉，而文首、白翼、黃足，名曰白鵺，食之已嗌痛[3]，可以已痸[4]。櫟水出焉，而南流注於杠水。

又北三百二十里，曰灌題之山，其上多樗、柘[5]，其下多流沙，多砥。有獸焉，其狀如牛而白尾，其音如訆[6]，名曰那父。有鳥焉，其狀如雌雉而人面，見人則躍，名曰竦斯，其鳴自呼也。匠韓之水出焉，而西流注於泑澤，其中多磁石。

又北二百里，曰潘侯之山，其上多松柏，其下多榛楛，其陽多玉，其陰多鐵。有獸焉，其狀如牛，而四節生毛，名曰旄牛。邊水出焉，而南流注於櫟澤。

又北二百三十里，曰小咸之山，無草木，冬夏有雪。

又北二百八十里，曰大咸之山，無草木，其下多玉。是山也，四方，不可以上。

有蛇名曰長蛇，其毛如彘豪，其音如鼓柝[7]。

又北三百二十里，曰敦薨之山，其上多椶、枏，其下多茈草。敦薨之水出焉，而西流注於泑澤。出於昆侖之東北隅，實惟河原。其中多赤鮭。其獸多兕、旄牛，其鳥多鳲鳩。

又北二百里，曰少咸之山，無草木，多青碧。有獸焉，其狀如牛，而赤身、人面、馬足，名曰窫窳，其音如嬰兒，是食人。敦水出焉，東流注於雁門之水，其中多䱝䱝之魚[8]，食之殺人。

注釋

1單張之山：一說為阿爾泰山。以下諸山，大抵屬阿爾泰山，或處新疆維吾爾自治區及蒙古國。2吒：叱喝。3嗌：咽。4痸（粵：砌；普：chì）：痴傻。5柘（粵：蔗；普：zhè）：即樜木，柞木，桑樹的一種。6訆（粵：叫；普：jiào）：叫喚。7柝（粵：托；普：tuò）：古人巡夜敲擊打更的梆子。8䱝䱝（粵：沛；普：pèi）之魚：河豚。

譯文

又往北一百八十里，有座單張山，山上不生草木。有種獸，外形像豹，有一條長尾巴，人頭牛耳，只有一隻眼睛，這獸名叫諸犍，喜歡高聲呼叫，走動時用嘴銜着尾巴，睡覺就把尾巴盤起來。有種鳥，形狀像雉，頭上有花紋，有白翅膀和黃腳，名叫白鵺，吃了牠的肉能治癒咽喉疼痛，也可以治癒痴傻病。櫟水從這山發源，向南流注入杠水。

又往北三百二十里，有座灌題山，山上有很多樗樹和柘樹，山下遍佈流沙，亦多砥。有種獸，樣子像牛，有一條白尾巴，牠的叫聲像人在高呼，這獸名叫那父。有種鳥，樣子像雌雉，有一張人的面孔，看見人就會跳躍，這鳥名叫竦斯，因牠自己的叫聲而得名。匠韓水從這山發源，向西流注入泑澤，水中多磁石。

又往北二百里，有座潘侯山，山上多松樹和柏樹，山下遍佈榛樹和楛樹，山南多玉石，山北則多產鐵。有種獸，形狀像牛，四肢關節上都長毛，這獸名叫旄牛。邊水從這山發源，向南流注入櫟澤。

又往北二百三十里，有座小咸山，不生草木，無論冬天和夏天都有積雪覆蓋。往北二百八十里，有座大咸山，不生草木，山下多玉。大咸山是四方形的，人無法攀爬上去。有種蛇叫長蛇，身上的毛似豬頸上的鬃毛，牠的叫聲像夜行人在敲擊木梆子。

又往北三百二十里，有座敦薨山，山上盛產椶樹和楠樹，山下遍佈茈草。敦薨水從這山發源，向西流注入泑澤。泑澤位於昆侖山的東北角，這裏是河的源頭。敦薨水中多赤鮭魚。山裏的獸以兕、旄牛居多，而鳥類以鳲鳩為多。

又往北二百里，有座少咸山，不生草木，遍佈青碧。有種獸，形狀像牛，身體赤色，有人面和馬腳，這獸名叫窫窳，牠的叫聲像嬰兒啼哭，會吃人。敦水從這山發源，向東流注入雁門水，這一帶水域裏有很多魳魳魚，吃了牠會中毒身亡。

賞析與點評

此節說窫窳「其狀如牛，而赤身、人面、馬足」，〈海內南經〉及〈海內經〉則說窫窳狀如龍首，〈海內西經〉又說窫窳蛇身人面。可能是同名而實異，可能是神話異聞，又可能是怪物變化不窮，無有定體。〈海內西經〉說窫窳為貳負之臣所殺，而〈海內北經〉則說「危與貳負殺窫窳」，則為二人所合殺。

又北二百里，曰獄法之山[1]。瀤澤之水出焉，而東北流注於泰澤。其中多鱳魚[2]，其狀如鯉而雞足，食之已疣。有獸焉，其狀如犬而人面，善投，見人則笑，其名山㺑，其行如風，見則天下大風。

又北二百里，曰北嶽之山[3]，多枳棘剛木。有獸焉，其狀如牛，而四角、人目、彘耳，其名曰諸懷，其音如鳴雁，是食人。諸懷之水出焉，而西流注於嚻水。其中多鮨魚[4]，魚身而犬首，其音如嬰兒，食之已狂。

又北百八十里，曰渾夕之山，無草木，多銅玉。嚻水出焉，而西北流注於海。有蛇一首兩身，名曰肥遺，見則其國大旱。

又北五十里，曰北單之山，無草木，多蔥韭。

又北百里，曰羆差之山，無草木，多馬。

又北百八十里，曰北鮮之山，是多馬。鮮水出焉，而西北流注於涂吾之水。

又北百七十里，曰隄山，多馬。有獸焉，其狀如豹而文首，名曰狕。隄水出焉，而東流注於泰澤，其中多龍龜[5]。

凡〈北山經〉之首，自單狐之山至於隄山，凡二十五山，五千四百九十里，其神皆人面蛇身。其祠之：毛用一雄雞彘瘞，吉玉用一珪，瘞而不糈。其山北人皆生食不火之物。

注釋

1獄法之山：在今內蒙古涼城東南。以下諸山，大抵在內蒙古自治區及蒙古國。2鱳（粵：灶；普：zǎo）魚：鮎魚的一種。3北嶽之山：非山西渾源恆山，一說為內蒙古四子王旗大青山。4鮨魚：鯢魚，一稱鮪。5龍龜：龍種龜身的怪獸。

譯文

又往北二百里，有座獄法山。瀤澤水從這山發源，向東北流注入泰澤。瀤澤水中多鱳魚，這魚的形狀像鯉魚，卻長了雞腳，吃牠能治好皮膚上的贅瘤病。有種獸，樣子像狗，長了人面，擅長投擲東西，一看見人就笑，這獸名叫山㺯。牠行走快如風，一出現就會颳大風。

又往北二百里，有座北嶽山，遍佈枳、棘剛木一類的樹。有種獸，形狀像牛，頭上四隻角，有人眼和豬耳，這獸名叫諸懷，發出的聲音就像大雁在鳴叫，會吃人。諸懷水從這山發源，向西流注入嚻水。諸懷水中多鮨魚，長魚身狗頭，叫聲像嬰兒啼哭，吃了牠的肉能治癒瘋狂病。

又往北一百八十里，有座渾夕山，不生草木，而盛產銅和玉。嚻水從這山發源，向西北流注入海。有種蛇，生了一頭兩身，名叫肥遺，牠出現在哪個國家，該國家就會發生大旱。

又往北五十里，有座北單山，不生草木，有很多蔥和韭。

又往北一百里，有座羆差山，不生草木，有很多馬。

又往北一百八十里，有座北鮮山，山裏多馬。鮮水從這山裏發源，向西北流注入塗吾水。

又往北一百七十里，有座隄山，甚多馬。有種獸，形狀像豹，頭上有花紋，這獸名叫狕。隄水從這山發源，向東流注入泰澤，水裏有很多龍龜。

〈北山經〉的首列山系，從單狐山起到隄山止，一共有二十五座山，長達五千四百九十里，諸山的山神都是人面蛇身。祭祀諸山神的禮儀如下：把一隻公雞和一頭豬埋入地下，祭神的吉玉用一塊珪，也埋入地下，不用精米。祭祀時，住在諸山北邊的人，都要生吃沒有經過烹煮的食物。

賞析與點評

〈西山首經〉的「肥𧌒」與此節的「肥遺」相近，皆為蛇，前者見則天下大旱，後者見則其國大旱。前者是「六足四翼」，後者是「一首兩身」。〈西山首經〉亦記載了一種鳥，亦稱「肥遺」。

〈北次二經〉之首，在河之東，其首枕汾[1]，其名曰管涔之山[2]。其上無木而多草，其下多玉。汾水出焉，而西流注於河。

又北二百五十里，曰少陽之山，其上多玉，其下多赤銀[3]。酸水出焉，而東流注於汾水，其中多美赭。

又北五十里，曰縣雍之山，其上多玉，其下多銅，其獸多閭麋[4]，其鳥多白翟白鵺[5]。晉水出焉，而東南流注於汾水。其中多鮆魚，其狀如儵而赤鱗，其音如叱，食之不騷[6]。

又北二百里，曰狐岐之山，無草木，多青碧。勝水出焉，而東北流注於汾水，其中多蒼玉。

又北三百五十里，曰白沙山，廣員三百里，盡沙也，無草木鳥獸。鮪水出於其上，潛於其下，是多白玉。

又北四百里，曰爾是之山，無草木，無水。

又北三百八十里，曰狂山，無草木。是山也，冬夏有雪。狂水出焉，而西流注於浮水，其中多美玉。

又北三百八十里，曰諸餘之山，其上多銅玉，其下多松柏。諸餘之水出焉，而東流注於旄水。

又北三百五十里，曰敦頭之山，其上多金、玉，無草木。旄水出焉，而東流注於邛澤。其中多騂馬，牛尾而白身，一角，其音如呼。

注釋

1枕汾：臨於汾水之上。2管涔（粵：岑；普：cén）之山：今山西管涔山。以下諸山，在今山西省及內蒙古自治區。3赤銀：或指今赤紅色的鐵礦。4閭麋：一名山驢。5白

譯文

鴒（粵：wau^{5}；普：yù）：白雉。6騷：身體有異味，狐臭。

〈北次二經〉的第一座山在河的東岸，山頭枕着汾水，這山名叫管涔山。山上沒有樹，山草蔓生，山下有大量玉。汾水從這山發源，向西流注入河。

又往北二百五十里，有座少陽山，山上多玉石，山下則蘊藏豐富的赤銀。酸水從這山發源，向東流注入汾水，酸水多美赭。

又往北五十里，有座縣雍山，山上多玉，山下多銅。山裏的獸以閭、麋居多，鳥類以白翟、白鴒為多。晉水從這山發源，向東南流注入汾水。晉水有很多鮆魚，這魚的形狀像儵魚，魚鱗紅色，牠的叫聲像人在斥罵，吃了牠就不會得狐臭。

又往北二百里，有座狐岐山，不生草木，而遍佈青碧。勝水從這山發源，向東北流注入汾水，水裏多蒼玉。

又往北三百五十里，有座白沙山，方圓三百里，盡是沙，不生草木，也沒有鳥獸。鮪水從這山的山頂發源，潛流到山下，附近水域有很多白玉。

又往北四百里，有座爾是山，不生草木，也沒有水流。

又往北三百八十里，有座狂山，不生草木。這山冬天和夏天都被積雪覆蓋。狂水從這山發源，向西流注入浮水，這一帶水域多美玉。

又往北三百八十里，有座諸餘山，山上多銅和玉，山下長滿松樹和柏樹。諸餘水從這山發源，向東流注入旄水。

又往北三百五十里，有座敦頭山，山上盛產金、玉，而不生草木。旄水從這山發源，向東流注入邛澤。山裏有很多騂馬，長了牛尾巴，身體白色，頭上長一隻角，牠發出的聲音就像人在呼喊。

又北三百五十里，曰鉤吾之山[1]，其上多玉，其下多銅。有獸焉，其狀羊身人面，其目在腋下，虎齒人爪，其音如嬰兒，名曰狍鴞，是食人。

又北三百里，曰北囂之山，無石，其陽多碧，其陰多玉。有獸焉，其狀如虎，而白身犬首，馬尾彘鬣，名曰獨狢。有鳥焉，其狀如烏，人面，名曰䳤鶥，宵飛而晝伏，食之已暍[2]。涔水出焉，而東流注於邛澤。

又北三百五十里，曰梁渠之山，無草木，多金、玉。修水出焉，而東流注於雁門。其獸多居暨，其狀如彙而赤毛[3]，其音如豚。有鳥焉，其狀如夸父，四翼、一目、犬尾，名曰囂，其音如鵲，食之已腹痛，可以止衕[4]。

又北四百里，曰姑灌之山，無草木。是山也，冬夏有雪。

又北三百八十里，曰湖灌之山，其陽多玉，其陰多碧、多馬。湖灌之水出焉，而東流注於海，其中多魱。有木焉，其葉如柳而赤理。

又北水行五百里，流沙三百里，至於洹山，其上多金、玉。三桑生之，其樹皆無枝，其高百仞。百果樹生之。其下多怪蛇。

又北三百里，曰敦題之山，無草木，多金、玉。是錞於北海[5]。

凡〈北次二經〉之首，自管涔之山至於敦題之山，凡十七山，五千六百九十里。其神皆蛇身人面。其祠：毛用一雄雞彘瘞；用一璧一珪，投而不糈。

注釋

1 鉤吾之山：一說為山西洪濤山。以下諸山，大抵在今山西省、河北省、內蒙古自治區、蒙古國及俄羅斯。2 暍（粵：暍；普：yē）：中暑。3 彙：猬，刺猬。4 衕（粵：同；普：dòng）：腹瀉。5 北海：一說為貝加爾湖（Lake Baikal）。

譯文

又往北三百五十里，有座鉤吾山，山上多玉，山下盛產銅。有種獸，外形像羊，有人的面孔。眼睛長在腋下，牙齒就像虎牙，還有人的指甲，牠的叫聲像嬰兒啼哭，這獸名叫狍鴞，會吃人。

又往北三百里，有座北嚻山，沒有石，山南盛產碧，山北多玉。有種獸，形狀像老虎，身體白色，長了狗頭，有馬的尾巴，頸上有豬鬃毛，這獸名叫獨狢。有種鳥，形狀像烏，有人的面孔，這鳥名叫鷥鶥，夜裏飛行，白天蟄伏，吃了牠的肉，就不會中暑。涔水從這山發源，向東流注入邛澤。

又往北三百五十里，有座梁渠山，不生草木，而有大量金和玉。修水從這山發源，向東流注入雁門水。山中的獸以居暨為多，這種獸樣子像彙，而有赤色毛，牠的叫聲像小豬。有種鳥，樣子像夸父，有四隻翅膀，只有一隻眼睛，長狗尾巴，這鳥名叫嚻，叫聲似鵲，吃了牠的肉可以治癒腹痛，也可以止腹瀉。

又往北四百里，有座姑灌山，不生草木，這山無論冬天夏天都有積雪。

又往北三百八十里，有座湖灌山，山南多玉，山北則多碧，還有很多馬。湖灌水從這山發源，向東流注入海，附近水域有很多䱻魚。有一種樹，樹葉像柳葉，而有赤色的紋理。

又往北行五百里水路，再穿過三百里流沙，就到了洹山，山裏蘊藏豐富的金和玉。桑樹生長在這裏，這樹沒有任何枝條，高達一百仞。這裏還遍長各種果樹。山下有很多怪蛇。

又往北三百里，有座敦題山，不生草木，卻蘊藏大量金和玉。敦題山蹲在北海的岸邊。

〈北次二經〉的首個山系，從管涔山到敦題山，一共有十七座山，長達五千六百九十里。諸山山神都是蛇身人面的。祭祀諸山神的禮儀如下：把一隻公雞和一頭豬埋在地下；祭祀的玉器用一塊璧和一塊珪，一起投入山中，祭祀時不用精米。

賞析與點評

〈東山首經〉說「有獸焉，其狀如夸父而彘毛」，此處則說「有鳥焉，其狀如夸父」，可能是同名而實異，亦可能同為夸父，鳥獸皆可似之。〈中次六經〉有「夸父之山」，〈海外北經〉與〈大荒北經〉皆載「夸父逐日」的故事。

〈北次三經〉之首，曰太行之山[1]。其首曰歸山，其上有金、玉，其下有碧。有獸焉，其狀如麢羊而四角，馬尾而有距，其名曰驒，善還[2]，其名自訆。有鳥焉，其狀如鵲，白身、赤尾、六足，其名曰鶌，是善驚，其鳴自詨[3]。

又東北二百里，曰龍侯之山，無草木，多金、玉。決決之水出焉，而東流注於河。其中多人魚，其狀如鯑魚[4]，四足，其音如嬰兒，食之無痴疾。

又東北二百里，曰馬成之山，其上多文石，其陰多金、玉。有獸焉，其狀如白犬而黑頭，見人則飛，其名曰天馬，其鳴自訆。有鳥焉，其狀如烏，首白而身青、足黃，是名曰鷸鷸，其鳴自詨，食之不飢，可以已寓[5]。

又東北七十里，曰咸山，其上有玉，其下多銅，是多松柏，草多茈草。條菅之水出焉，而西南流注於長澤。其中多器酸[6]，三歲一成，食之已癘。

又東北二百里，曰天池之山，其上無草木，多文石。有獸焉，其狀如兔而鼠首，以其背飛，其名曰飛鼠。澠水出焉，潛於其下，其中多黃堊。

又東三百里，曰陽山，其上多玉，其下多金銅。有獸焉，其狀如牛而赤尾，其頸腎[7]，其狀如句瞿[8]，其名曰領胡，其鳴自詨，食之已狂。有鳥焉，其狀如雌雉，而五采以文，是自為牝牡，名曰象蛇，其鳴自詨。留水出焉，而南流注於河。其中有䱻父之魚，其狀如鮒魚，魚首而彘身，食之已嘔。

又東三百五十里，曰賁聞之山，其上多蒼玉，其下多黃堊，多涅石。

注釋

1太行之山：今太行山山脈。2還：旋轉。3詨：呼叫。4鯑（粵：啼；普：tí）魚：鯢魚。5寓：一說指昏忘病，或指疣病。6器酸：酸味食物，或為鹽食。7頸腎：頸部凸出的肉。8句瞿（粵：勾渠；普：gōu qú）：容器，斗。

譯文

〈北次三經〉的首個山系是太行山。這山的起始叫歸山，歸山上有金、玉，山下有碧。有種獸，樣子像麢羊，長四隻角，有馬尾，有雞的足爪，這獸叫驒，擅長盤旋起舞，名字來自於牠自己的叫聲。有種鳥，樣子像鵲，白身紅尾，有六隻腳，這鳥叫鶌，很容易受驚，名字發音就是自己的呼叫聲。

又往東北二百里，有座龍侯山，不生草木，多金和玉。決決水從這山發源，向東流注入河。附近的水裏有很多人魚，樣子像鯑魚，長四隻腳，牠的叫聲就像嬰兒啼哭，吃了牠就不會得痴傻病。

又往東北二百里，有座馬成山，山上多文石，山北多金、玉。有種獸，樣子像白狗而黑頭，這獸一看見人就會飛走，牠名叫天馬，名字發音就是自己的叫聲。有種鳥，形狀像烏，頭白色，身青色，腳黃色，這鳥叫鶌鶋，名字發音就是自己的叫聲，吃牠的肉就不會感到飢餓，也可以治癒昏忘病。

又往東北七十里，有座咸山，山上有玉，山下盛產銅。遍佈松樹和柏樹，草以茈草居多。條菅水從這山發源，向西南流注入長澤。這一帶水域出產器酸，要三年才能收穫一次，吃了它能治癒瘟疫病。

再往東北二百里，有座天池山，山上不生草木，多文石。有種獸，外形像兔，頭像老鼠，以背上的毛飛行，這獸名叫飛鼠。澠水從這山發源，潛流到山下，附近水域出產大量黃堊。

又往東三百里，有座陽山，山上多玉，山下出產豐富的金和銅。有種獸，樣子像牛，長紅色尾巴，頸上有瞖，這瞖的形狀像句瞿，這獸名叫領胡，牠的叫聲就是自己的名字，吃了牠的肉能治癒癲狂症。山裏有種鳥，形狀像雌雉，五彩羽毛上有花紋，這種鳥雌雄合體，可以自體交配繁殖，這鳥名叫象蛇，牠的叫聲就是自己的名字。留水從這山發源，向南流注入河。附近水域有鮨父魚，這魚的形狀像鮒魚，魚頭豬身，吃了牠可以治癒嘔吐。

又往東三百五十里，有座賁聞山，山上多蒼玉，山下盛產黃堊，也多涅石。

又北百里，曰王屋之山[1]，是多石。𤃫水出焉，而西北流注於泰澤。

又東北三百里，曰教山，其上多玉而無石。教水出焉，西流注於河，是水冬乾而夏流，實惟乾河。其中有兩山。是山也，廣員三百步，其名曰發丸之山，其上有金、玉。

又南三百里，曰景山，南望鹽販之澤，北望少澤，其上多草、藷藇[2]，其草多秦椒[3]，其陰多赭，其陽多玉。有鳥焉，其狀如蛇，而四翼、六目、三足，名曰酸與，其鳴自詨，見則其邑有恐。

又東南三百二十里，曰孟門之山，其上多蒼玉，多金，其下多黃堊，多涅石。

又東南三百二十里，曰平山。平水出於其上，潛於其下，是多美玉。

又東二百里，曰京山，有美玉，多漆木，多竹，其陽有赤銅，其陰有玄磃[4]。高水出焉，南流注於河。

又東二百里，曰虫尾之山，其上多金、玉，其下多竹，多青碧。丹水出焉，南流注於河。薄水出焉，而東南流注於黃澤。

又東三百里，曰彭毗之山，其上無草木，多金、玉，其下多水。蚤林之水出焉，東南流注於河。肥水出焉，而南流注於牀水，其中多肥遺之蛇。

又東百八十里，曰小矦之山。明漳之水出焉，南流注於黃澤。有鳥焉，其狀如烏而白文，名曰鴣䳤，食之不灂[5]。

注釋

1王屋之山：在今山西垣曲縣。以下諸山，大抵皆在山西省、陝西省及河南省。2諸藇（粵：薯序；普：shǔ xù）：即薯蕷、山芋，多年生纏繞藤本。3秦椒：一說即花椒。4玄磃：黑砥石。5灂（粵：照；普：jiào）：眼睛昏矇不清。

譯文

又往北一百里，有座王屋山，這山多石。𤃩水從這山發源，向西北流注入泰澤。

又往東北三百里，有座教山，山上多玉而沒有石。教水從這山發源，向西流注入河，這水到了冬季就會乾涸，只在夏季才有水流，因此可以說是一條乾河。其中有兩座山，這兩座山方圓三百步，叫發丸山，山上蘊藏豐富的金和玉。

又往南三百里，有座景山，從這座山上往南望，可以看見鹽販澤，向北望，可以看見少澤。遍山上多草和藷藇，山中的草以秦椒為多，山北多赭，山南則多玉，有種鳥，樣子像蛇，有四隻翅膀和六隻眼睛，三隻腳，這鳥名叫酸與，牠的叫聲就是自己的名字，這鳥出現在哪一邑，該邑就會有恐慌的事情發生。

又往東南三百二十里，有座孟門山，山上有大量蒼玉，也多金，山下遍佈黃堊，也多涅石。

又往東南三百二十里，有座平山。平水從山頂發源，潛流到山下，附近水域出產大量美玉。

又往東二百里，有座京山，有美玉，多漆樹和竹，山南有赤銅，山北則有玄礵。高水發源於此山，向南流注入河。

又往東二百里，有座虫尾山，山上盛產金和玉，遍山下多竹，多青碧。丹水從這山發源，向南流注入河。薄水從這山發源，向東南流注入黃澤。

又往東三百里，有座彭毗山，山上不生草木，有大量金、玉，山下多流水，蚤林水從這山發源，向東南流注入河。肥水從這山發源，向南流注入牀水，水中多肥遺蛇。

又往東一百八十里，有座小矦山。明漳水從這山發源，向南流注入黃澤。有種鳥，形狀像烏，身上有白色斑紋，這鳥名叫鴣鸐，吃了牠的肉，眼睛會明亮不昏花。

又東三百七十里，曰泰頭之山[1]。共水出焉，南注於虖池。其上多金、玉，其下多竹箭。

又東北二百里，曰軒轅之山，其上多銅，其下多竹。有鳥焉，其狀如梟而白首，其名曰黃鳥，其鳴自詨，食之不妒。

又北二百里，曰謁戾之山，其上多松柏，有金、玉。沁水出焉，南流注於河。其東有林焉，名曰丹林。丹林之水出焉，南流注於河。嬰侯之水出焉，北流注於氾水。

東三百里，曰沮洳之山，無草木，有金、玉。濝水出焉，南流注於河。

又北三百里，曰神囷之山，其上有文石，其下有白蛇，有飛蟲。黃水出焉，而東流注於洹。滏水出焉，而東流注於歐水。

又北二百里，曰發鳩之山，其上多柘木。有鳥焉，其狀如烏，文首、白喙、赤足，名曰精衛，其鳴自詨。是炎帝之少女名曰女娃，女娃遊於東海，溺而不返，故為精衛，常銜西山之木石，以堙於東海[2]。漳水出焉，東流注於河。

又東北百二十里，曰少山，其上有金、玉，其下有銅。清漳之水出焉，東流於濁漳之水。

又東北二百里，曰錫山，其上多玉，其下有砥。牛首之水出焉，而東流注於滏水。

又北二百里，曰景山，有美玉。景水出焉，東南流注於海澤。

又北百里，曰題首之山，有玉焉，多石，無水。

又北百里，曰繡山，其上有玉、青碧。其木多栒[3]，其草多芍藥、芎藭。洧水出焉，而東流注於河，其中有鱯、黽[4]。

注釋

1泰頭之山：一說是河南省九峰山。以下諸山，在今山西省及河北省。2堙（粵：因；普：yīn）：填塞。3栒（粵：巡；普：xún）：栒樹，一稱水蓮沙。4鱯（粵：護；普：hù）：似鮎魚。黽（粵：猛；普：měng）：一說為澤蛙，小而青，似蝦蟆。

譯文

又往東三百七十里，有座泰頭山。共水從這山發源，向南流注入虖池水。山上多金、玉，山下遍佈竹箭。

又往東北二百里，有座軒轅山。山上多銅，山下遍佈竹。有種鳥，形狀像梟，頭白色，這鳥名叫黃鳥，牠的叫聲成了自己的名字，吃了牠的肉，就不會嫉妒。

又往北二百里，有座謁戾山，山上遍佈松樹和柏樹，山裏蘊藏金和玉。沁水從這山發源，向南流注入河。山的東邊有一樹林，名叫丹林。丹林水從這裏發源，向南流注入河。嬰侯水從這裏發源，向北流注入氾水。

往東三百里，有座沮洳山，不生草木，而蘊藏金、玉。濝水從這山發源，向南流注入河。

又往北三百里，有座神囷山，山上有文石，山下有白蛇，還有很多飛蟲。黃水從這山發源，向東流注入洹水。滏水從這山發源，向東流注入歐水。

又往北二百里，有座發鳩山，山上長滿柘樹。有種鳥，樣子像烏，頭上有紋彩，白嘴紅腳，這鳥名叫精衛，牠的叫聲成為自己的名字。精衛本來是炎帝的小女兒，名叫女娃。女娃到東海遊玩時，不幸遇溺而死，再也沒有回去，於是化為精衛鳥，常銜回西山的樹枝和石子來填塞東海。漳水從這山發源，向東流注入河。

又往東北一百二十里，有座少山，山上出產金、玉，山下有銅。清漳水從這山發源，向東流注入濁漳水。

又往東北二百里，有座錫山，山上多玉，山下有砥。牛首水從這山發源，向東流注入滏水。

又往北二百里，有座景山，有美玉。景水從這山發源，向東南流注入海澤。

又往北一百里，有座題首山，出產玉，甚多石，沒有水流。

又往北一百里，有座繡山，山上有玉和青碧，山裏的樹木以栒樹居多，草類以芍藥、芎藭為多。洧水從這山發源，向東流注入河，水裏有很多鱯和黽。

精衞（明 · 胡文煥圖本）

又北百二十里，曰松山[1]。陽水出焉，東北流注於河。

又北百二十里，曰敦與之山，其上無草木，有金、玉。溹水出於其陽，而東流注於泰陸之水；泜水出於其陰，而東流注於彭水。槐水出焉，而東流注於泜澤。

又北百七十里，曰柘山，其陽有金、玉，其陰有鐵。歷聚之水出焉，而北流注於洧水。

又北三百里，曰維龍之山，其上有碧玉，其陽有金，其陰有鐵。肥水出焉，而東流注於皋澤，其中多礨石[2]。敞鐵之水出焉，而北流注於大澤。

又北百八十里，曰白馬之山，其陽多石玉，其陰多鐵，多赤銅。木馬之水出焉，而東北流注於虖沱。

又北二百里，曰空桑之山，無草木，冬夏有雪。空桑之水出焉，東流注於虖沱。

又北三百里，曰泰戲之山，無草木，多金、玉。有獸焉，其狀如羊，一角一目，目在耳後，其名曰辣辣，其鳴自訆。虖沱之水出焉，而東流注於漊水。液女之水出於其陽，南流注於沁水。

又北三百里，曰石山，多藏金、玉。濩濩之水出焉，而東流注於虖沱；鮮于之水出焉，而南流注於虖沱。

又北二百里，曰童戎之山。皋涂之水出焉，而東流注於漊液水。

又北三百里，曰高是之山。滋水出焉，而南流注於虖沱。其木多㯶，其草多條。滱水出焉，東流注於河。

注釋

1松山：一說在河北省邢台市內丘縣白鹿角。以下諸山，在今山西省及河北省。2礨石：大石。

譯文

又往北一百二十里，有座松山。陽水從這山發源，向東北流注入河。

又往北一百二十里，有座敦與山，山上不生草木，有金和玉。溹水從敦與山的南面發源，向東流注入泰陸水；泜水從敦與山的北面發源，向東流注入彭水。槐水從這山發源，向東流注入泜澤。

又往北一百七十里，有座柘山，山南出產金、玉，山北產鐵。歷聚水從這山發源，向北流注入洧水。

又往北三百里，有座維龍山，山上出產碧玉，山南產金，山北產鐵。肥水從這山發源，向東流注入皋澤，水裏有很多礨石。敞鐵水從這山發源，向北流注入大澤。

又往北一百八十里，有座白馬山，山南多石和玉，山北多鐵，多赤銅。木馬水從這山發源，向東北流注入虖沱水。

又往北二百里，有座空桑山，不生草木，冬夏都有積雪。空桑水從這山發源，向東流注入虖沱水。
又往北三百里，有座泰戲山，不生草木，多金、玉。有種獸，樣子像羊，有一隻角和一隻眼睛，眼睛長在耳朵後，這獸名叫辣辣，牠的叫聲成了自己的名字。虖沱水從這山發源，向東流注入漊水。液女水發源於這山的南面，向南流注入沁水。
又往北三百里，有座石山，山裏金和玉蘊藏豐富。濩濩水從這山發源，向東流注入虖沱水；鮮于水從這山發源，向南流注入虖沱水。
又往北二百里，有座童戎山。皋涂水從這山發源，向東流注入漊液水。
又往北三百里，有座高是山。滋水從這山發源，向南流注入虖沱水。高是山樹木以椶樹居多，草類則多為條草。滱水從這山發源，向東流注入河。

又北三百里，曰陸山[1]，多美玉。䣢水出焉，而東流注於河。
又北二百里，曰沂山。般水出焉，而東流注於河。
北百二十里，曰燕山，多嬰石[2]。燕水出焉，東流注於河。
又北山行五百里，水行五百里，至於饒山。是無草木，多瑤碧，其獸多橐駝，其鳥多鶹。歷虢之水出焉，而東流注於河。其中有師魚[3]，食之殺人。

又北四百里，曰乾山，無草木，其陽有金、玉，其陰有鐵而無水。有獸焉，其狀如牛而三足，其名曰獂，其鳴自詨。

又北五百里，曰倫山。倫水出焉，而東流注於河。有獸焉，其狀如麋，其州在尾上，其名曰羆九。

又北五百里，曰碣石之山。繩水出焉，而東流注於河，其中多蒲夷之魚。其上有玉，其下多青碧。

又北水行五百里，至於雁門之山，無草木。

又北水行四百里，至於泰澤。其中有山焉，曰帝都之山，廣員百里，無草木，有金、玉。

又北五百里，曰錞于毋逢之山[4]，北望雞號之山，其風如颷[5]。西望幽都之山，浴水出焉。是有大蛇，赤首白身，其音如牛，見則其邑大旱。

凡〈北次三經〉之首，自太行之山以至於無逢之山，凡四十六山，萬二千三百五十里。其神狀皆馬身而人面者廿神。其祠之：皆用一藻、珪瘞之。其十四神狀皆彘身而載玉。其祠之：皆玉，不瘞。其十神狀皆彘身而八足蛇尾。其祠之：皆用一璧瘞之。大凡四十四神，皆用稌糈米祠之。此皆不火食。

右〈北經〉之山志，凡八十七山，二萬三千二百三十里。

注釋

1陸山：一說即河北省滿城縣西的馬耳山。以下諸山，大抵在河北省、內蒙古自治區及山西省。2嬰石：燕石，出於燕山，似玉。3師魚：一說即鰤魚，體有星狀斑，有毒。4錞于：二字疑衍。下文說「自太行之山以至於無逢之山」，則此處不當名為「錞于毋逢之山」。5颲（粵：例；普：lì）：風急的樣子。

譯文

又往北三百里，有座陸山，多美玉。鄣水從這山發源，向東流注入河。

又往北二百里，有座沂山。般水從這山發源，向東流流注入河。

往北一百二十里，有座燕山，出產很多嬰石。燕水從這山發源，向東流注入河。

又往北走五百里山路，之後再走五百里水路，就到了饒山。這山裏不生草木，到處是瑤、碧，山裏的獸以橐駝為多，鳥類則以鶹居多。歷虢水從這山發源，向東流注入河。附近水域有很多師魚，吃了牠就會被毒死。

又往北四百里，有座乾山，不生草木，山南蘊藏金、玉，山北產鐵而沒有水流。有種獸，樣子像牛，長了三隻腳，這獸名叫獂，牠的叫聲成為自己的名字。

又往北五百里，有座倫山。倫水從這山發源，向東流注入河。有種獸，樣子像麋，它的肛門和生殖孔長在尾巴上，這獸名叫羆。

又往北五百里，有座碣石山。繩水從這山發源，向東流注入河，水裏多蒲夷魚。山上產玉，山下多青碧。

又往北穿行五百里水路，就到了雁門山，不生草木。

又往北穿行四百里水路，就到了泰澤。其中有座山，叫帝都山，方圓一百里，草木不生，山裏有金和玉。

又往北五百里，有座毋逢山，從這座山向北望，可以看見雞號山，從那裏吹出的風非常急勁。向西望，可以看見幽都山，浴水從幽都山發源。幽都山裏有種大蛇，這蛇紅頭白身，牠的聲音像牛叫，這蛇在哪一邑出現，該邑就會發生大旱災。

〈**北次三經**〉的首個山系，從太行山起以至於毋逢山止，共有四十六座山，長達一萬二千三百五十里。其中二十座山山神都是馬身人面。祭祀這些山神禮儀如下：祭祀的藻珪埋入地下。另外十四座山的山神都有豬的身體，佩戴玉製飾物。祭祀他們用玉器，不埋入地下。另有十座山的山神都有豬身、八隻腳和蛇尾，祭祀這些山神禮儀如下：用一塊玉璧祭祀，之後埋入地下。這四十四位山神全都用精米祭祀。祭祀諸山的山神都要用未經火烹調的食物。

以上是〈**北山經**〉的記錄，總共有八十七座山，總長二萬三千二百三十里。

卷四　東山經

本篇導讀——

〈東山經〉所牽涉之地理範圍，主要在今山東省，亦兼及江蘇、安徽、河南，更遠達日本。如全書導讀中指出，一些外國學者堅稱《山海經》所描述的地域遠及美洲。有說〈東山經〉所描寫的，包括今天美國內華達州（Nevada）的黑色石、金塊、舊金山灣（San Francisco Bay）海豹及會裝死的北美負鼠（North American opossum）等等（參胡遠鵬《山海經及其研究》）。此說法令《山海經》增添了不少奇趣，惟本書不採此說。

〈東次三經〉已有「南望幼海，東望榑木」之句，榑木即〈海外東經〉「湯谷上有扶桑，十日所浴」的「扶桑」，亦即〈大荒東經〉「湯谷上有扶木」的「扶木」，是傳説中的神木，在東方極遠之地、日出之處。〈五臧山經〉與〈海外四經〉、〈大荒四經〉地域有重疊之處，於此可見一斑。

〈東山經〉所載著名怪物，有鱅鱅之魚、活師、從從、蚩鼠、箴魚、鰄魚、鯈蟰、狪狪、軨軨、犰狳、朱獳、鵹鶘、獙獙、蠪蛭、嫛胡、獦狚、鬿雀、當康等等。

〈東山經〉之首，曰樕𧑹之山[1]，北臨乾昧。食水出焉，而東北流注於海。其中多鱅鱅之魚，其狀如犂牛，其音如彘鳴。

又南三百里，曰藟山，其上有玉，其下有金。湖水出焉，東流注於食水，其中多活師[2]。

又南三百里，曰栒狀之山，其上多金、玉，其下多青碧石。有獸焉，其狀如犬，六足，其名曰從從，其鳴自詨。有鳥焉，其狀如雞而鼠尾，其名曰蚩鼠，見則其邑大旱。沢水出焉，而北流注於湖水。其中多箴魚，其狀如儵，其喙如箴，食之無疫疾。

又南三百里，曰勃亝之山[3]，無草木，無水。

又南三百里，曰番條之山，無草木，多沙。減水出焉，北流注於海，其中多鰄魚[4]。

又南四百里，曰姑兒之山，其上多漆，其下多桑柘。姑兒之水出焉，北流注於海，其中多鱤魚。

又南四百里，曰高氏之山，其上多玉，其下多箴石[5]。諸繩之水出焉，東流注於澤，其中多金、玉。

注釋

1 樕螽（粵：速朱；普：sù zhū）之山：一說即山東省淄博市石門山。以下諸山，都在今山東省。2 活師：即蝌蚪。3 㪍夂（粵：齊；普：qí）：即「㪍齊」。「夂」即「齊」字。4 鱤（粵：減；普：gǎn）魚：即黃頰魚，生性兇猛。5 箴石：可以為砭針，能治癰腫。

譯文

〈東山經〉的首個山系叫樕螽山，這山的北面和乾昧山相鄰。食水從這山發源，向東北流注入海。水裏有很多鱅鱅魚，其樣子像犁牛，叫聲像豬叫。

又往南三百里，有座藟山，山上出產玉，山下有金。湖水從這山發源，向東流注入食水，水裏有很多活師。

又往南三百里，有座栒狀山，山上有大量金、玉，山下多的青碧，多石。有種獸，樣子像狗，有六隻腳，這獸名叫從從，名字發音就如自己呼叫聲。有種鳥，樣子像雞，長了老鼠毛，這獸名叫蚩鼠，牠出現在哪一邑，該邑就會發生大旱災。沢水從這山發源，向北流注入湖水。水裏有很多箴魚，這魚的形狀像儵魚，嘴尖像根針，吃了牠的肉，不會感染瘟疫。

又往南三百里，有座勃𡒊山，不生草木，也沒有流水。

又往南三百里，有座番條山，草木不生，多沙。減水從這山發源，向北流注入海，水裏有很多鱤魚。

又往南四百里，有座姑兒山，山上多漆樹，山下遍佈桑樹和柘樹。姑兒水從這山發源，向北流注入海，水裏有很多鱤魚。

又往南四百里，有座高氏山，山上多玉，山下多箴石。諸繩水從這山發源，向東流注入湖澤，水裏甚多金、玉。

又南三百里，曰嶽山[1]，其上多桑，其下多樗。濼水出焉，東流注於澤，其中多金、玉。

又南三百里，曰犲山，其上無草木，其下多水，其中多堪㐸之魚。有獸焉，其狀如夸父而彘毛，其音如呼，見則天下大水。

又南三百里，曰獨山，其上多金、玉，其下多美石。末塗之水出焉，而東南流注於沔，其中多偹蟰[2]，其狀如黃蛇，魚翼，出入有光，見則其邑大旱。

又南三百里，曰泰山[3]，其上多玉，其下多金。有獸焉，其狀如豚而有珠，名曰狪狪，其鳴自訆。環水出焉，東流注於汶，其中多水玉。

又南三百里，曰竹山，錞於汶，無草木，多瑤碧。激水出焉，而東南流注於娶檀之水，其中多茈羸。

凡東山經之首，自樕螽之山以至於竹山，凡十二山，三千六百里。其神狀皆人身龍首。祠：毛用一犬祈，衈用魚[4]。

注釋

1嶽山：泰山的一個支脈。以下諸山，都在今山東省。2偹蟰（粵：條容；普：tiáo róng）：一說為水游蛇。3泰山：即東嶽岱宗。4衈（粵：耳；普：ěr）：殺牲取血以供祭祀之用。

譯文

又往南三百里，有座嶽山，山上多桑樹，山下遍佈樗樹。濼水從這山發源，向東流注入澤，水裏有很多金、玉。

又往南三百里，有座犲山，山上不生草木，山下流水處處，水裏多堪孖魚。有種獸，樣子像夸父，身有豬毛，叫聲像人在呼喊，這獸一出現，天下就會發生大水災。

又往南三百里，有座獨山，山上多金、玉，山下多美石。末塗水從這山發源，向東南流注入沔水，水裏有很多鯈鳙，這魚的形狀類似黃蛇，長魚鰭，出入水中會發出亮光。這魚在哪一邑出現，該邑就會發生大旱災。

又往南三百里，有座泰山，山上多玉，山下則多金。有種獸，形狀像小豬，身體裏有珠子，這獸名叫狪狪，牠的叫聲成為自己的名字。環水從這山發源，向東注入汶水，水裏多產水玉。

又往南三百里，有座竹山，蹲於汶水岸邊，不生草木，遍佈瑤、碧。激水從竹山發源，向東南流注入娶檀水，水中多茈蠃。

〈東山經〉的首個山系，從樕螽山起到竹山止，一共十二座山，長達三千六百里。這些山的山神都是人身龍頭。祭祀這些山神的禮儀如下：祭物用一隻狗取血塗祭，禱祭時要殺魚取血供祭祀。

〈東次二經〉之首，曰空桑之山[1]，北臨食水，東望沮吳，南望沙陵，西望湣澤。有獸焉，其狀如牛而虎文，其音如欽，其名曰軨軨[2]，其鳴自叫，見則天下大水。

又南六百里，曰曹夕之山，其下多穀而無水，多鳥獸。

又西南四百里，曰嶧皋之山，其上多金、玉，其下多白堊。嶧皋之水出焉，東流注於激女之水，其中多蜃、珧[3]。

又南水行五百里，流沙三百里，至於葛山之尾，無草木，多砥礪。

又南三百八十里，曰葛山之首，無草木。澧水出焉，東流注於余澤，其中多珠蟞魚[4]，其狀如肺而四目，六足有珠，其味酸甘，食之無癘[5]。

又南三百八十里，曰餘峩之山，其上多梓、枏，其下多荊芑。雜余之水出焉，東流注於黃水。有獸焉，其狀如菟而鳥喙，鴟目蛇尾，見人則眠[6]，名曰犰狳，其鳴自訆，見則螽蝗為敗[7]。

又南三百里，曰杜父之山，無草木，多水。

又南三百里，曰耿山，無草木，多水碧[8]，多大蛇。有獸焉，其狀如狐而魚翼，其名曰朱獳，其鳴自訆，見則其國有恐。

注釋

1空桑之山：或指山東曲阜女陵山。以下諸山，大抵在今山東省、江蘇省及安徽省。2軨軨（粵：玲；普：líng）：一說為竄羚。3蜃、珧（粵：搖；普：yáo）：皆蚌蛤之類。蜃為大蛤蜊，珧為小蚌。4珠蟞（粵：鱉；普：biē）魚：即甲魚、中華鱉。5癘（粵：麗；普：lì）：氣不和之疾，即疫病。6眠：裝死、假死。7螽（粵：終；普：

zhōng）蝗：螽，蝗類昆蟲的總名，螽蝗即蝗蟲。8 水碧：綠色的水玉、水晶。

譯文

〈東次二經〉的首個山系叫空桑山，這山的北面毗臨食水，東面可以看見沮吳，南面可以眺望沙陵，西面可以望見湣澤。有種獸，樣子像牛，身有老虎斑紋，叫聲像人在低吟，這獸名叫軨軨，這名字來自牠自己的叫聲。這獸一旦出現，天下就會發生大水災。

又往南六百里，有座曹夕山，山下遍佈穀，沒有流水，有許多鳥獸。

又往西南四百里，有座嶧皋山，山上儲藏豐富的金和玉，山下甚多白堊。嶧皋水從這山發源，向東流注入激女水，水裏有很多蜃、珧。

又往南穿過五百里水路，跋涉三百里流沙，就到了葛山的末端，草木不生，到處都是砥礪。

又往南三百八十里，是葛山的起點，不生草木。澧水從這裏發源，向東流注入余澤，水裏有很多珠蟞魚，這東西像動物的肺，有四隻眼睛和六隻腳，體內有珠子，牠的肉酸中帶甜，吃了就不會感染瘟疫。

又往南三百八十里，有座餘峩山，山上有很多梓樹和楠樹，山下則多荊和芑。雜余水從這山發源，向東流注入黃水。有種獸，樣子像菟而有鳥嘴，鴟眼蛇尾，它遇見人就躺在地上裝死，這獸名叫犰狳，這名字來自牠自己的呼叫聲。牠一出現，就會蝗蟲成災，危害莊稼。

又往南三百里，有座杜父山，不生草木，流水處處。

又往南三百里，有座耿山，不生草木，多水碧，有很多大蛇。有種獸，形狀像狐，身上長魚鰭，這獸名叫朱獳，這名字來自牠自己的叫聲，牠在哪個國家出現，該國家就會有恐慌的事情發生。

又南三百里，曰盧其之山[1]，無草木，多沙石。沙水出焉，南流注於涔水。其中多鵹鶘，其狀如鴛鴦而人足，其鳴自訆，見則其國多土功。

又南三百八十里，曰姑射之山，無草木，多水。

又南水行三百里，流沙百里，曰北姑射之山，無草木，多石。

又南三百里，曰南姑射之山，無草木，多水。

又南三百里，曰碧山，無草木，多大蛇，多碧、水玉。

又南五百里，曰緱氏之山，無草木，多金、玉。原水出焉，東流注於沙澤。

又南三百里，曰姑逢之山，無草木，多金、玉。有獸焉，其狀如狐而有翼，其音如鴻鴈，其名曰獙獙[2]，見則天下大旱。

又南五百里，曰鳧麗之山，其上多金、玉，其下多箴石。有獸焉，其狀如狐，而九尾、九首、虎爪，名曰蠪蛭，其音如嬰兒，是食人。

又南五百里，曰䃌山，南臨䃌水，東望湖澤。有獸焉，其狀如馬而羊目、四角、牛尾，其音如獋狗，其名曰峳峳，見則其國多狡客[3]。有鳥焉，其狀如鳧而鼠尾，善登木，其名曰絜鉤，見則其國多疫。

凡〈東次二經〉之首，自空桑之山至於䃌山，凡十七山，六千六百四十里。其神狀皆獸身人面載觡[4]。其祠：毛用一雞祈，嬰用一璧瘞。

注釋

1 盧其之山：一說為江蘇省盧石山。以下諸山，大抵在今江蘇省、安徽省及河南省。

2 獙獙（粵：幣；普：bì）：一說為東沙狐。3 狡客：狡辯的游士，或精明的獵人。

4 載：戴。觡（粵：革；普：gé）：麋鹿的角。

譯文

又往南三百里，有座盧其山，不生草木，而遍佈沙、石。沙水從這山發源，向南流注入涔水。水裏有很多鵹鶘，這鳥的形狀像鴛鴦，長人腳，因牠自己的叫聲而得名。這鳥在哪個國家出現，該國家就會有大興土木的勞役。

又往南三百八十里，有座姑射山，草木不生，而流水處處。

又往南穿行三百里水路，之後再走過一百里流沙，就是北姑射山，這山上不生草木，遍山是石。
又往南三百里，有座南姑射山，不生草木，處處是流水。
又往南三百里，有座碧山，不生草木，有許多大蛇。盛產碧和水玉。
又往南五百里，有座緱氏山，草木不生，有大量金和玉。原水從這山發源，向東流注入沙澤。
又往南三百里，有座姑逢山，不生草木，有大量金和玉。有種獸，長得像狐，身上有翅膀，叫聲如同鴻雁鳴叫，這獸名叫獙獙，牠一旦出現，天下就會發生大旱災。
又往南五百里，有座鳧麗山，山上盛產金和玉，山下到處都是箴石。有一種獸，樣子像狐，有九條尾巴、九個頭顱，爪像老虎爪，這獸名叫蠪蛭，叫聲酷似嬰兒啼哭，牠吃人。
又往南五百里，有座磹山，這山的南面靠近磹水，從這山上向東望能看見湖澤。有種獸，長得像馬，眼睛像羊，有四隻角、牛尾巴，牠的叫聲和獆狗相似，名叫峳峳，這獸在哪個國家出現，該國家就會聚集一群狡辯的游士。有種鳥，形狀像鳧，而有鼠尾巴，擅長爬樹，這鳥名叫絜鈎，牠在哪個國家出現，該國就會頻頻發生瘟疫。

〈東次二經〉的首個山系，從空桑山起到䃌山止，一共十七座山，長達六千六百四十里。這些山的山神都有獸的身體和人的面孔，頭上長麋鹿的角。祭祀這些山神的禮儀如下：祭物用一隻雞取血塗祭，祭禮用一塊玉璧埋入地下。

又〈東次三經〉之首，曰尸胡之山[1]，北望𡵖山，其上多金、玉，其下多棘。有獸焉，其狀如麋而魚目，名曰妴胡，其鳴自訆。

又南水行八百里，曰岐山，其木多桃李，其獸多虎。

又南水行五百里，曰諸鉤之山，無草木，多沙石。是山也，廣員百里，多寐魚[2]。

又南水行七百里，曰中父之山，無草木，多沙。

又東水行千里，曰胡射之山[3]，無草木，多沙石。

又南水行七百里，曰孟子之山，其木多梓、桐，多桃李，其草多菌、蒲[4]，其獸多麋鹿。是山也，廣員百里。其上有水出焉，名曰碧陽，其中多鱣鮪。

又南水行五百里，流沙五百里，有山焉，曰跂踵之山[5]，廣員二百里，無草木，有大蛇，其上多玉。有水焉，廣員四十里，皆湧，其名曰深澤，其中多蠵龜[6]。

有魚焉，其狀如鯉，而六足鳥尾，名曰鮯鮯之魚，其鳴自訆。

又南水行九百里，曰踇隅之山，其上多草木，多金、玉，多赭。有獸焉，其狀如牛而馬尾，名曰精精，其鳴自叫。

又南水行五百里，流沙三百里，至於無皋之山，南望幼海，東望榑木[7]，無草木，多風。是山也，廣員百里。

凡〈東次三經〉之首，自尸胡之山至於無皋之山，凡九山，六千九百里。其神狀皆人身而羊角。其祠：用一牡羊，米用黍。是神也，見則風雨水為敗。

注釋

1尸胡之山：或指山東省煙台市芝罘山。以下諸山，大抵在今山東省及日本。2寐魚：即鮇魚、嘉魚。3胡射之山：一說即今日本富士山。4菌：真菌類，如香菇。蒲：香蒲、蒲草。5跂踵之山：一說為日本紀伊。6蠵（粵：葵；普：xī）龜：紅海龜。7榑（粵：扶；普：fú）木：與〈大荒東經〉所載「扶木」同，即扶桑，傳說中的神木，在東方極遠之地。

譯文

〈東次二經〉的首個山系叫尸胡山，從這座山向北望，可以看見殚山，尸胡山上盛產金、玉，山下遍佈棘。有種獸，長得像麋，有魚的眼睛，這獸名叫妴胡，牠因自己的叫聲而得名。

又往南穿行八百里水路，有座岐山，岐山樹木以桃樹和李樹為多，獸則多是老虎。

又往南穿行五百里水路，有座諸鉤山，不生草木，遍佈沙、石。這座山方圓一百里，附近水域有很多寐魚。

又往南穿行七百里水路，有座中父山，不生草木，滿佈沙。

又往東穿行一千里水路，有座胡射山，不生草木，遍佈沙、石。

又往南穿行七百里水路，有座孟子山，山裏樹木多為梓樹、桐樹、桃樹、李樹，草類以菌、蒲居多，山裏的獸大多是麋鹿。孟子山方圓一百里。有一條河從山上流出來，這河名叫碧陽，河中生長大量的鱣魚和鮪魚。

又往南行五百里水路，經過五百里流沙，有座山叫跂踵山，這山方圓二百里，不生草木，有大蛇，山上多玉。有一方水潭，方圓四十里範圍內，水皆從地下沸湧而出，這潭名叫深澤，潭裏多蠵龜。有一種魚，形狀像鯉魚，有六隻腳，鳥一般的尾巴，這魚名叫鮯鮯魚，這魚的名字來自牠自己的叫聲。

又往南穿行九百里水路，有座踇隅山，山上遍佈草木，多金、玉，多赭。有種獸，樣子像牛，有馬一樣的尾巴，這獸名叫精精，它的叫聲成為自己的名字。

又往南穿行五百里水路，然後走過三百里流沙，就到了無皋山。從山上向南望，可以看見幼海，向東望則可以看見榑木，山上不生草木，風很大。無皋山方圓百里。

〈東次三經〉的首個山系，從尸胡山起到無皋山止，共有九座山，長達六千九百里。這些山的山神都有人身，頭上長羊角。祭祀群山山神的禮儀如下：祭物用一隻公羊，米用黍米。這些山神一旦出現，都會颳起大風大雨，令洪水暴發，損壞莊稼。

〈東次四經〉之首，曰北號之山[1]，臨於北海[2]。有木焉，其狀如楊，赤華，其實如棗而無核，其味酸甘，食之不瘧。食水出焉，而東北流注於海。有獸焉，其狀如狼，赤首鼠目，其音如豚，名曰獦狚，是食人。有鳥焉，其狀如雞而白首，鼠足而虎爪，其名曰鬿雀，亦食人。

又南三百里，曰旄山，無草木。蒼體之水出焉，而西流注於展水。其中多鱃魚[3]，其狀如鯉而大首，食者不疣。

又南三百二十里，曰東始之山，上多蒼玉。有木焉，其狀如楊而赤理，其汁如血，不實，其名曰芑，可以服馬。泚水出焉，而東北流注於海，其中多美貝，多茈魚，其狀如鮒，一首而十身，其臭如蘪蕪[4]，食之不糟[5]。

又東南三百里，曰女烝之山，其上無草木。石膏水出焉，而西注於鬲水，其中多薄魚，其狀如鱣魚而一目，其音如歐[6]，見則天下大旱。

注釋

1 **北號之山**：一說在山東省萊州灣附近。以下諸山，大抵都在今山東省。2 **北海**：指今渤海及黃海一部分，非〈北次二經〉注所指的貝加爾湖。3 **鰌**（粵：秋；普：qiū）魚：鰍魚、青松魚。4 **虉**（粵：微；普：mí）蕪：一說為川芎幼苗。5 **糟**（粵：屁；普：pì）：即放屁、氣下泄。6 **歐**：即「嘔」，嘔吐。

譯文

〈東次四經〉的首個山系叫做北號山，靠近北海邊上。有種樹，形狀像楊樹，開紅花，果實像棗而沒有核，味道酸中帶甜，吃了它就不會患瘧疾。食水從這山發源，向東北流注入海。有種獸，長得像狼，紅頭鼠眼，叫聲像小豬，這獸名叫猲狚，會吃人。有種鳥，樣子像雞，白色頭顱，老鼠腳，爪像虎爪，名字叫鬿雀，這鳥也吃人。

又往南三百里，有座旄山，不生草木。蒼體水從這山發源，向西流注入展水。水裏有很多鱃魚，這魚的形狀像鯉魚，頭很大，吃了牠不長疣子。

又往南三百二十里，有座東始山，山上甚多蒼玉。有種樹，形狀像楊樹，有紅色的紋理，樹汁液的顏色像血，不結果實，名字叫芑，把這樹汁液塗在馬身上，馬就會變得馴服。泚水從這山發源，向東北流注入海，水裏有很多美貝，還有大量茈魚，這魚的形狀像鮒魚，一頭十身，牠的氣味與蘼蕪差不多，吃了牠就會少放屁。

又往東南三百里，有座女烝山，山上不生草木。石膏水從這山發源，向西流注入鬲水。水裏有大量薄魚，形狀像鱣魚，而有一隻眼睛，牠的叫聲就像人在嘔吐。薄魚一出現，天下就會發生大旱災。

又東南二百里，曰欽山[1]，多金、玉而無石。師水出焉，而北流注於皋澤，其中多鱃魚，多文貝。有獸焉，其狀如豚而有牙，其名曰當康，其鳴自叫，見則天下大穰[2]。

又東南二百里，曰子桐之山。子桐之水出焉，而西流注於餘如之澤。其中多鮹魚，其狀如魚而鳥翼，出入有光，其音如鴛鴦，見則天下大旱。

又東北二百里，曰剡山，多金、玉。有獸焉，其狀如彘而人面，黃身而赤尾，其名曰合窳，其音如嬰兒。是獸也，食人，亦食蟲蛇，見則天下大水。

又東二百里，曰太山，上多金、玉、楨木[3]。有獸焉，其狀如牛而白首，一目而蛇尾，其名曰蜚，行水則竭，行草則死，見則天下大疫。鉤水出焉，而北流注於勞水，其中多鱃魚。

凡〈東次四經〉之首，自北號之山至於太山，凡八山，一千七百二十里。

右〈東經〉之山志，凡四十六山，萬八千八百六十里。

注釋

1欽山：一說為山東省黔陬縣膠山。以下諸山，都在今山東省。2穰：莊稼豐收。3楨木：即女楨、冬青，常綠大灌木，可入藥。

譯文

又往東南二百里，有座欽山，多金、玉，而沒有石。師水從這山發源，向北流注入皋澤。水裏有很多鱃魚和文貝。有種獸，像小豬而有牙，這獸名叫當康，牠的叫聲就是自己名字的發音。當康一出現，天下就會豐收。

又往東南二百里，有座子桐山。子桐水從這山發源，向西流注入餘如澤。水裏多鮹魚，有魚的形體，而長鳥翼，出入水裏都有亮光伴隨。這魚的叫聲像鴛鴦，牠一出現，天下就會發生大旱災。

又往東北二百里，有座剡山，多金、玉。有種獸，長得像豬，有一張人的面孔，黃身紅尾巴，這獸名叫合窳，牠的叫聲像嬰兒啼哭。這獸食人，也食蟲蛇。牠一旦出現，天下就會發生大水災。

又往東二百里，有座太山，山上甚多金、玉、楨木。有種獸，樣子像牛，頭白色，有一隻眼睛，蛇一樣的尾巴，這獸名叫蜚，這獸走過水裏，水會乾涸，行經草上，草會枯死，牠一出現，天下就會發生大瘟疫。鉤水從這山發源，向北流注入勞水，水裏有很多鱃魚。

〈東次四經〉的首個山系，從北號山起到太山止，一共八座山，長達一千七百二十里。

以上就是〈東山經〉的記錄，總共有四十六座山，總長一萬八千八百六十里。

卷五　中山經

本篇導讀──

〈中山經〉在〈五臧山經〉中篇幅最長，可說是〈五臧山經〉的核心，其所涉及的範圍，包括今天的山西、河南、安徽諸省，亦及於兩湖及四川，當中以河南一省最為重要。一說〈五臧山經〉的作者，大抵是以洛邑為天下中心。

〈中山經〉所載的「神人」不少。例如〈中次三經〉的泰逢，〈中次七經〉的天愚，〈中次八經〉的蟲圍、計蒙、涉蟲，〈中次一十一經〉的耕父，〈中次十二經〉的于兒。某些「神人」有類近的特徵：神蟲圍「其狀如人而羊角虎爪，恆遊於睢漳之淵，出入有光」，而神于兒則「其狀人身而身操兩蛇，常遊於江淵，出入有光」。此「出入有光」四字，已足見其為「神」的氣派了。

〈中山經〉薄山之首[1]，曰甘棗之山。共水出焉，而西流注於河。其上多杻木。其下有草焉，葵本而杏葉，黃華而莢實，名曰籜，可以已瞢[2]。有獸焉，其狀如鼣鼠而文題[3]，其名曰難，食之已癭。

又東二十里，曰歷兒之山，其上多橿，多櫔木[4]，是木也，方莖而員葉，黃華而毛，其實如楝[5]，服之不忘。

又東十五里，曰渠豬之山，其上多竹。渠豬之水出焉，而南流注於河。其中是多豪魚，狀如鮪，而赤喙赤尾赤羽，食之可以已白癬。

又東三十五里，曰蔥聾之山，其中多大谷，是多白堊，黑、青、黃堊。

又東十五里，曰涹山，其上多赤銅，其陰多鐵。

又東七十里，曰脫扈之山。有草焉，其狀如葵葉而赤華，莢實，實如椶莢，名曰植楮，可以已癙[6]，食之不眯。

又東二十里，曰金星之山，多天嬰[7]，其狀如龍骨[8]，可以已痤[9]。

又東七十里，曰泰威之山。其中有谷，曰梟谷，其中多鐵。

又東十五里，曰橿谷之山，其中多赤銅。

注釋

1 薄山：在今山西省永濟市。薄山山系諸山都在今山西省。2 瞢（粵：蒙；普：

méng）：眼睛看不清楚。3䖘（粵：禿；普：dú）鼠：近於灰鼠一類。4櫔木：櫟樹。5楝：楝樹，一稱苦楝，落葉喬木。6癙（粵：鼠；普：shǔ）：頸部腫脹。7天嬰：一說為生物化石。8龍骨：哺乳類動物的化石。9痤（粵：鋤；普：cuó）：小腫。

譯文

〈中山經〉的薄山山系，這山系的第一座山叫甘棗山。共水從這山發源，向西流注入河。山上有很多杻樹。山下有種草，這草的根像葵根，葉似杏葉；開黃花，結帶莢的果，這草名叫籜，吃了它，可以治療眼睛昏花毛病。有種獸，像䖘鼠，額頭有花紋，這獸名叫𪕊，吃了牠能治好頸項上的贅瘤。

又往東二十里，有座歷兒山，山上有大量橿樹，也多櫔樹，這種樹，莖方形，葉圓形，開黃花，花瓣上有絨毛，果實像楝果，吃了這果子可以增強記憶力。

又往東十五里，有座渠豬山，山上佈滿竹。渠豬水從這座山發源，向南流注入河。渠豬水裏有大量豪魚，這魚的形狀像鮪魚，紅嘴、紅尾、紅羽毛，吃了牠能治癒白癬病。

又往東三十五里，有座蔥聾山，其中多大山谷，這裏有豐富的白堊，以及黑、青、黃堊。

又往東十五里，有座涹山，山上多赤銅，山北多鐵。

又往東七十里，有座脫扈山。有種草，形狀像葵葉，開紅花，結帶莢的果實，果實似櫻莢，這草名叫植楮，可以治癒頸部腫脹，吃了能使人不發惡夢。

又往東二十里，有座金星山，山裏遍佈天嬰，這植物的形狀似龍骨，可以治癒痤瘡。

又往東七十里，有座泰威山。其中有山谷，名叫梟谷，山谷裏盛產鐵。

又往東十五里，有座櫃谷山，山裏赤銅存量豐富。

又東百二十里，曰吳林之山[1]，其中多葌草[2]。

又北三十里，曰牛首之山。有草焉，名曰鬼草，其葉如葵而赤莖，其秀如禾，服之不憂。勞水出焉，而西流注於潏水。是多飛魚，其狀如鮒魚，食之已痔、衕。

又北四十里，曰霍山，其木多穀。有獸焉，其狀如狸，而白尾有鬣，名曰朏朏，養之可以已憂。

又北五十二里，曰合谷之山，是多薝棘[3]。

又北三十五里，曰陰山，多礪石、文石。少水出焉，其中多彫棠[4]，其葉如榆葉而方，其實如赤菽[5]，食之已聾。

又東北四百里，曰鼓鐙之山，多赤銅。有草焉，名曰榮草，其葉如柳，其本如

雞卵，食之已風。

凡薄山之首，自甘棗之山至於鼓鐙之山，凡十五山，六千六百七十里。歷兒，冢也。其祠禮：毛，太牢之具，縣嬰以吉玉[6]。其餘十三山者，毛用一羊，縣嬰用藻珪，瘞而不糈。藻珪者，藻玉也。

注釋

1吳林之山：今山西省吳山，為薄山山系其中一峰。2蔞（粵：奸；普：jiān）草：一說為蘭草。3薝（粵：尖；普：zhān）棘：一說為沙棘。4彫棠：一說為枸骨，又名木蜜。5赤菽：紅色小豆。6縣嬰：縣，祭山之名。嬰，以玉祭神，已見〈西山首經〉注。

譯文

又往東一百二十里，有座吳林山，山裏遍佈蔞草。

又往北三十里，有座牛首山。有種草，名叫鬼草，這草的葉像葵，有紅莖，花像禾苗一樣，開花抽穗，吃了它可以使人忘懷憂慮。勞水從牛首山發源，向西流注入潏水。水裏有很多飛魚，這魚的形狀像鮒魚，吃了牠就能治癒肛痛一類的病。

又往北四十里，有座霍山，山裏多穀樹。有種獸，外貌就像狸，白尾巴，頸上長鬃毛，這獸名叫朏朏，飼養牠可以消除憂愁。

又往北五十二里，有座合谷山，山上到處是薝棘。

又往北三十五里，有座陰山，遍山是礪石、文石。少水從陰山發源。這裏有很多雕棠樹，葉像榆樹葉而四方形，結出的果子像赤小豆，吃了它就能治癒耳聾。

又往東北四百里，有座鼓鐙山，山上有豐富的赤銅。有種草，名叫榮草，這草葉像柳葉，根像雞蛋似的，吃了它能治癒風痺病。

薄山山系，從甘棗山起到鼓鐙山止，一共有十五座山，長達六千六百七十里。歷兒山是冢山，祭祀該山山神的禮儀如下：用豬、牛、羊三牲作祭品，祭祀時懸嬰以吉玉。祭祀其餘十三座山的山神，用一隻羊，懸嬰用藻珪，祭祀完，就把藻珪埋入地下，不用精米祭神。所謂藻珪，就是藻玉。

〈中次二經〉濟山之首[1]，曰煇諸之山，其上多桑，其獸多閭麋，其鳥多鶡[2]。

又西南二百里，曰發視之山，其上多金、玉，其下多砥礪。即魚之水出焉，而西流注於伊水。

又西三百里，曰豪山，其上多金、玉而無草木。

又西三百里，曰鮮山，多金、玉，無草木。鮮水出焉，而北流注於伊水。其中多鳴蛇，其狀如蛇而四翼，其音如磬[3]，見則其邑大旱。

又西三百里，曰陽山，多石，無草木。陽水出焉，而北流注於伊水。其中多化蛇[4]，其狀如人面而豺身，鳥翼而蛇行，其音如叱呼，見則其邑大水。

又西二百里，曰昆吾之山，其上多赤銅。有獸焉，其狀如彘而有角，其音如號，名曰蠪蛭，食之不眯。

又西百二十里，曰葌山。葌水出焉，而北流注於伊水，其上多金、玉，其下多青雄黃。有木焉，其狀如棠而赤葉，名曰芒草[5]，可以毒魚。

又西一百五十里，曰獨蘇之山，無草木而多水。

又西二百里，曰蔓渠之山，其上多金、玉，其下多竹箭。伊水出焉，而東流注於洛。有獸焉，其名曰馬腹，其狀如人面虎身，其音如嬰兒，是食人。

凡濟山經之首，自煇諸之山至於蔓渠之山，凡九山，一千六百七十里。其神皆人面而鳥身。祠用毛，用一吉玉，投而不糈。

注釋

1濟山：濟山山系諸山大抵在今山西省及河南省。2鶡（粵：渴；普：hé）：似野雞，好鬥，至死方休。3磬（粵：慶；普：qìng）：古代石製的敲擊樂器。4化蛇：一說為中華鱷。5芒草：莽草，毒性很強。

譯文

〈中次二經〉的濟山山系，第一座山叫煇諸山，山上遍佈桑樹，山裏的獸大多是閭和麋，禽鳥則以鸓鳥為主。

又往西南二百里，有座發視山，山上多金、玉，山下多砥礪。即魚水從這座山發源，向西流注入伊水。

又往西三百里，有座豪山，山上多金、玉，不生草木。

再往西三百里，有座鮮山，山裏蘊藏豐富的金和玉，草木不生。鮮水從這山發源，向北流注入伊水。水中有很多鳴蛇，形狀像蛇，身上長四隻翅膀，叫聲如同敲磬的聲音，這種蛇出現在哪一邑，該邑就會有大旱災。

又往西三百里，有座陽山，處處是石，不生草木。陽水從這座山發源，向北流注入伊水。水中有很多化蛇，這蛇有人面、豺身、鳥的翅膀，像蛇一樣蜿蜒爬行，發出的聲音如同人的叱喝聲，這蛇出現在哪個邑，該邑就會有大水災。

又往西二百里，有座昆吾山，山上有豐富的赤銅。有種獸，形狀像豬而有角，發出的聲音像人號哭，這獸名蠪蚳，吃了牠就不會發噩夢。

又往西一百二十里，有座葌山。葌水從這座山發源，向北流注入伊水。山上多金、玉，山下多青雄黃。有種樹，形狀像棠，葉紅色，它叫芒草，可以毒死魚。

又往西一百五十里，有座獨蘇山，不生草木，有很多水流。

又往西二百里，有座蔓渠山，山上多金、玉，山下遍佈竹、箭。伊水從這山發源，向東流注入洛水。有一種獸，名叫馬腹，形狀是人面虎身，發出的聲音似嬰兒啼哭，會吃人。

濟山山系，從煇諸山起到蔓渠山止，一共有九座山，長達一千六百七十里。諸山山神都長人面鳥身。祭祀山神的禮儀如下：祭品用毛物，還要獻一塊吉玉，把祭品都投到山上，祭祀不用米。

〈中次三經〉萯山之首[1]，曰敖岸之山，其陽多㻬琈之玉，其陰多赭、黃金。神熏池居之[2]。是常出美玉。北望河林，其狀如蒨如舉[3]。有獸焉，其狀如白鹿而四角，名曰夫諸，見則其邑大水。

又東十里，曰青要之山，實維帝之密都[4]。北望河曲，是多駕鳥[5]。南望墠渚，禹父之所化[6]。是多僕纍、蒲盧[7]。䰠武羅司之[8]，其狀人面而豹文，小要而白齒[9]，而穿耳以鐻[10]，其鳴如鳴玉。是山也，宜女子。畛水出焉，而北流注於河。其中有鳥焉，名曰鴢，其狀如鳧，青身而朱目赤尾，食之宜子。有草焉，其狀如葌，而方莖、黃華、赤實，其本如藁本，名曰荀草，服之美人色。

又東十里，曰騩山，其上有美棗，其陰有㻬琈之玉。正回之水出焉，而北流注於河。其中多飛魚，其狀如豚而赤文，服之不畏雷，可以禦兵。

又東四十里，曰宜蘇之山，其上多金、玉，其下多蔓居之木[11]。滽滽之水出焉，而北流注於河，是多黃貝。

又東二十里，曰和山，其上無草木而多瑤碧，實惟河之九都[12]。是山也五曲，九水出焉，合而北流注於河，其中多蒼玉。吉神泰逢司之，其狀如人而虎尾，是好居於萯山之陽，出入有光。泰逢神動天地氣也。

凡萯山之首，自敖岸之山至於和山，凡五山，四百四十里。其祠：泰逢、熏池、武羅皆一牡羊副[13]，嬰用吉玉。其二神用一雄雞瘞之。糈用稌。

注釋

1萯（粵：倍；普：bèi）山：在今河南省新安縣。萯山山系諸山都在河南省。2熏池：羊圖騰神。3如蒨（粵：倩；普：qiàn）如舉：蒨，茜草，多年生草本植物。一說蒨、舉當同為樹木，故蒨可能是水青樹；舉即欅柳，落葉喬木。4密都：曲密之都，山勢曲密。5駕（粵：嫁；普：jiā）鳥：一說為鵝。6禹父：即鯀。7僕纍：蝸牛。蒲盧：螟蛉。8魅：鬼之神為魅。9要：「腰」古字。10鐻（粵：渠；普：qú）：金銀製成的耳環。11蔓居：即蔓荊，落葉灌木。12河之九都：眾多河流匯聚之處。13副（粵：僻；普：pī）：磔裂牲體以祭神。

譯文

〈中次三經〉的萯山山系，它的第一座山叫敖岸山，山南多㻬琈之玉，山北遍佈赭、黃金。熏池神住在這裏。這山常出美玉。從這山上向北望，可以看見河林，河林的草木形狀就像蒨和舉。有種獸，形狀像白鹿，長四隻角，名字叫夫諸，這獸在哪個邑出現，該邑就會發大水。

又往東十里有座青要山，那裏是天帝的密都。從青要山向北望，可以看見河曲，那裏有很多駕鳥。從青要山向南望，可以看見墠渚，那兒是大禹的父親鯀化為黃熊的地方，這裏有很多僕纍、蒲盧。䰠武羅掌管青要山，祂有一張人面，身上有豹的斑紋，腰身纖細，牙齒潔白，耳上穿戴了金銀環，祂的叫聲就像鳴玉佩的聲音。青要山適宜女子居住。畛水從這裏發源，向北流注入河。山裏有種鳥，名叫鴢，形狀像鳧，身青色，有淺紅的眼睛和赤色的尾巴，吃牠可以多生孩子。有種草，形狀像葌草，莖方形，開黃花，結紅果，根像藁根，這草名叫荀草，吃了它能使人容顏美麗。

又往東十里，有座騩山，山上有美棗，山北多㻬琈之玉。正回水從這座山發源，向北流注入河。正回水中有許多飛魚，這魚的形狀像小豬，身上長紅色斑紋，吃了牠就不會怕打雷，還可以抵禦兵刃的傷害。

又往東四十里，有座宜蘇山，山上多金、玉，山下遍佈蔓居之類的樹。滽滽水從這座山發源，向北流注入河，水裏有很多黃貝。

又往東二十里，有座和山，山上不生草木，而多瑤、碧。這裏是大河中的九條支流滙聚的地方。這座山有五曲回旋，有九條水系從這裏發源，之後匯合起來向北流注入河，水裏出產大量蒼玉。吉神泰逢主管這座山，他的樣子像人，長老虎的尾巴，喜歡住在萯山的南面，出入都有亮光。泰逢神能興雲雨，觸動天地之氣。萯山山系，自敖岸山起到和山止，一共五座山，長達四百四十里。祭祀泰逢、熏池、武羅三位山神，都是把一隻公羊劈開來祭獻，嬰用吉玉。祭祀其餘二位山神是用一隻公雞獻祭後埋入地下。祀神的精米用稻米。

〈中次四經〉釐山之首[1]，曰鹿蹄之山，其上多玉，其下多金。甘水出焉，而北流注於洛，其中多泠石。

西五十里，曰扶豬之山，其上多礝石[2]。有獸焉，其狀如貉而人目，其名曰麐。虢水出焉，而北流注於洛，其中多瓀石。

又西一百二十里，曰釐山，其陽多玉，其陰多蒐[3]。有獸焉，其狀如牛，蒼身，其音如嬰兒，是食人，其名曰犀渠。滽滽之水出焉，而南流注於伊水。有獸焉，名曰獺，其狀如獳犬而有鱗[4]，其毛如彘鬣。

又西二百里，曰箕尾之山，多穀，多涂石，其上多㻬琈之玉。

又西二百五十里，曰柄山，其上多玉，其下多銅。滔雕之水出焉，而北流注於洛。其中多羬羊。有木焉，其狀如樗，其葉如桐而莢實，其名曰茇，可以毒魚。

又西二百里，曰白邊之山，其上多金、玉，其下多青雄黃。

又西二百里，曰熊耳之山，其上多漆，其下多椶。浮濠之水出焉，而西流注於洛，其中多水玉，多人魚。有草焉，其狀如蘇而赤華，名曰葶薴，可以毒魚。

又西三百里，曰牡山，其上多文石，其下多竹箭、竹䉋。其獸多㸲牛、羬羊，鳥多赤鷩。

又西三百五十里，曰讙舉之山。雒水出焉，而東北流注於玄扈之水，其中多馬腸之物[5]。此二山者，洛間也。

凡釐山之首，自鹿蹄之山至於玄扈之山，凡九山，千六百七十里。其神狀皆人面獸身。其祠之：毛用一白雞，祈而不糈；以采衣之[6]。

注釋

1 釐山：釐山山系都在今河南省。2 碝（粵：軟；普：ruǎn）石：或作「瓀石」、「瑌石」，比玉石次一等的石。3 蒐（粵：收；普：sōu）：茜草。4 獳（粵：nau^{4}；普：

nòu）犬：怒犬。5馬腸之物：像馬腹的東西，一說為蛙類所產的卵子長膠帶。6衣（粵：意；普：yì）：包裹、覆蓋。

譯文

〈中次四經〉的釐山山系，第一座山叫鹿蹄山，山上多產玉，山下多金。甘水從這座山發源，向北流注入洛水，水裏有大量汵石。

往西五十里，有座扶豬山，這山多產礝石。有種獸，形狀像貉，長人眼，這獸名叫麐。虢水從這山發源，向北流注入洛水，水中有大量瓀石。

又往西一百二十里，有座釐山，山南多玉，山北遍佈蒐。有種獸，形狀像牛，蒼色身體，發出的叫聲就像嬰兒的啼哭，這獸吃人，名叫犀渠。滽滽水從這山發源，向南流注入伊水。有一種獸，名叫獺，形狀像獳犬，身披鱗甲，牠的毛像豬鬃毛。

又往西二百里，有座箕尾山，多穀樹，多涂石，山上有很多瑤琈之玉。

又往西二百五十里，有座柄山，山上多玉，山下多銅。滔雕水發源於此山，向北流注入洛水。山裏面有很多羬羊。有種樹，形狀像樗樹，葉像桐樹葉，結出帶莢的果實，這樹名叫茇，能毒死魚。

又往西二百里，有座白邊山，山上多金、玉，山下盛產青雄黃。

又往西二百里，有座熊耳山，山上遍佈漆樹，山下多椶樹。浮濠水發源於此山，向西流注入洛水，水中甚多水玉、人魚。有種草，形狀像蘇草，開紅花，這草名叫葶薴，能毒死魚。

又往西三百里，有座牡山，山上多文石，山下多竹箭、竹䉋。山裏的獸以㸲牛、羬羊為多，鳥以赤鷩居多。

又往西三百五十里，有座讙舉山。雒水從這座山發源，向東北流注入玄扈水。水中有很多馬腸之物。在舉山與玄扈山之間，洛水夾在其中。

釐山山系，從鹿蹄山起到玄扈山止，一共九座山，長達一千六百七十里。諸山山神長人面獸身。祭祀山神的禮儀如下：用一隻白雞取血獻祭，祭祀不用精米，那白雞要用繒彩覆蓋裝飾。

〈中次五經〉薄山之首[1]，曰苟林之山，無草木，多怪石。

東三百里，曰首山，其陰多穀、柞，其草茉、芫[2]，其陽多㻬琈之玉，木多槐。其陰有谷，曰机谷，多䳋鳥[3]，其狀如梟而三目，有耳，其音如錄，食之已墊[4]。

又東三百里，曰縣斸之山，無草木，多文石。

又東三百里，曰蔥聾之山，無草木，多摩石[5]。

東北五百里，曰條谷之山，其木多槐桐，其草多芍藥、虋冬[6]。

又北十里，曰超山，其陰多蒼玉，其陽有井，冬有水而夏竭。

又東五百里，曰成侯之山，其上多櫄木[7]，其草多芁[8]。

又東五百里，曰朝歌之山，谷多美堊。

又東五百里，曰槐山，谷多金錫。

又東十里，曰歷山，其木多槐，其陽多玉。

注釋

1 薄山：與〈中山首經〉「薄山」相同。郭郛指出，《山海經》所述山系，主要是依據圖騰氏族所居的勢力範圍而定，並非自然地理，故同起薄山為次。2 苿（粵：術；普：zhú）：即山薊，分蒼苿和白苿兩種草藥。芫：芫花，一名頭痛花。3 馱（粵：tɔi[6]；普：dì）鳥：一說為長耳貓頭鷹。4 墊：下濕病，一說為腳墊病。5 摩（粵：蚌；普：bàng）石：即玤石，比玉石次一等的石。6 虋（粵：門；普：mén）冬：即門冬，一稱滿冬，分為麥門冬和天門冬兩種，百合科。7 櫄（粵：春；普：chūn）木：一稱杶，香椿樹，落葉喬木。8 芁（粵：交；普：jiāo）：即秦芁、秦艽，多年生草本植物。

譯文

〈中次五經〉的薄山山系，第一座山叫苟林山，不長草木，有很多奇形怪狀的石頭。

往東三百里，有座首山，山北遍佈穀樹和柞樹，草以茉，芫為多。山南多㻬琈之玉，樹木以槐樹為多。首山的北邊有山谷叫机谷，有許多駄鳥，形狀像梟，長三隻眼睛，有耳朵，啼叫的聲音和錄鳴差不多，吃了牠可以治癒濕氣病。

又往東三百里，有座縣斸山，不生草木，遍佈文石。

又往東三百里，有座蔥聾山，不生草木，遍佈摩石。

往東北五百里，有座條谷山，山裏的樹木以槐樹和桐樹為多，草大多是芍藥、虋冬。

又往北十里，有座超山，超山北面多蒼玉，山南有一眼井，冬天有水，到了夏天就枯竭了。

又往東五百里，有座成侯山，山上多櫄樹，草以芃居多。

又往東五百里，有座朝歌山，山谷裏多美堊。

又往東五百里，有座槐山，山谷裏多金和錫。

又往東十里，有座歷山，山裏多槐樹，山南多玉。

又東十里，曰尸山[1]，多蒼玉，其獸多麖[2]。尸水出焉，南流注於洛水，其中多美玉。

又東十里，曰良餘之山，其上多穀、柞，無石。餘水出於其陰，而北流注於河；乳水出於其陽，而東南流注於洛。

又東南十里，曰蠱尾之山，多礪石、赤銅。龍餘之水出焉，而東南流注於洛。

又東北二十里，曰升山，其木多穀、柞、棘，其草多藷藇、蕙，多寇脫[3]。黃酸之水出焉，而北流注於河，其中多璇玉[4]。

又東十二里，曰陽虛之山，多金，臨於玄扈之水。

凡薄山之首，自苟林之山至於陽虛之山，凡十六山，二千九百八十二里。升山，冢也，其祠禮：太牢，嬰用吉玉。首山，䰠也，其祠用稌、黑犧太牢之具、蘖釀[5]；干儛，置鼓；嬰用一璧。尸水，合天也，肥牲祠之，用一黑犬於上，用一雌雞於下，刏一牝羊[6]，獻血。嬰用吉玉。采之，饗之。

注釋

1尸山：此續為薄山山系。2麖（粵：京；普：jīng）：大鹿，一說為水鹿、馬鹿。3寇脫：亦名通草、通脫木。4璇（粵：旋；普：xuán）玉：琼玉，即今瑪瑙。5蘖（粵：聶；普：niè）釀：以蘖所釀的酒。6刏（粵：機；普：jī）：割破、切割。

譯文

又往東十里，有座尸山，多蒼玉，獸以麖為多。尸水從這座山發源，向南流注入洛水，水中有大量美玉。

又往東十里，有座良餘山，山上遍長穀樹和柞樹，沒有石。餘水從良餘山北麓發源，往北流注入河。乳水從良餘山南麓發源，向東南流注入洛水。

又往東南十里，有座蠱尾山，多產礪石、赤銅。龍餘水從這山發源，向東南流注入洛水。

又往東北二十里，有座升山，多穀樹、柞樹、棘，草則多藷藇、蕙，亦多寇脱。黃酸水從這座山發源，向北流注入河，水裏多琁玉。

又往東十二里，有座陽虛山，多產金，陽虛山靠近玄扈水。

薄山山系，從苟林山起到陽虛山止，一共十六座山，長達二千九百八十二里。升山是冢山，祭祀升山的禮儀如下：祭物用豬、牛、羊齊全的三牲，嬰用吉玉。首山是魋山，祭祀首山要用稻米、純黑的犧牲、太牢之具、櫱釀；祭祀時要手持楯牌起舞，擊鼓要配合舞步，按節奏響起；嬰用一塊玉璧。尸水是天神依憑之所在，所以要用肥美的牲畜作祭品，具體的辦法是用一隻黑狗供在上面，黑狗下面墊一隻母雞，切割一隻母羊，把羊血作為祭品奉獻。嬰用吉玉，並用繒彩裝飾，祝禱神明饗用。

〈中次六經〉縞羝山之首[1]，曰平逢之山，南望伊、洛，東望穀城之山，無草木，無水，多沙石。有神焉，其狀如人而二首，名曰驕蟲，是為螫蟲[2]，實惟蜂蜜之廬。其祠之：用一雄雞，禳而勿殺[3]。

西十里，曰縞羝之山，無草木，多金、玉。

又西十里，曰廆山，其陰多㻬琈之玉。其西有谷焉，名曰雚谷，其木多柳楮。其中有鳥焉，狀如山雞而長尾，赤如丹火而青喙，名曰鴒鸚，其鳴自呼，服之不眯。交觴之水出於其陽，而南流注於洛；俞隨之水出於其陰，而北流注於穀水。

又西三十里，曰瞻諸之山，其陽多金，其陰多文石。谢水出焉，而東南流注於洛；少水出其陰，而東流注於穀水。

又西三十里，曰婁涿之山，無草木，多金、玉。瞻水出於其陽，而東流注於洛；陂水出於其陰，而北流注於穀水，其中多茈石、文石。

又西四十里，曰白石之山。惠水出於其陽，而南流注於洛，其中多水玉。澗水出於其陰，西北流注於穀水，其中多麋石、櫨丹[4]。

又西五十里，曰穀山，其上多穀，其下多桑。爽水出焉，而西北流注於穀水，其中多碧綠。

又西七十二里，曰密山，其陽多玉，其陰多鐵。豪水出焉，而南流注於洛。其中多旋龜，其狀鳥首而鼈尾，其音如判木。無草木。

又西百里，曰長石之山，無草木，多金、玉。其西有谷焉，名曰共谷，多竹。共水出焉，西南流注於洛，其中多鳴石。

注釋

1 縞羝（粵：稿低；普：gǎo dī）山：縞羝山山系為河南省郟州山脈。2 螫（粵：式；普：shì）蟲：能螫人的昆蟲。3 禳（粵：羊；普：ráng）：古代祈求消除災害的祭祀。4 麋石：即眉石、畫眉石，用以畫眉的黑色礦石。櫨丹：即黃櫨、櫨木。

譯文

〈中次六經〉的縞羝山系，第一座山叫平逢山，從這座山向南望，可以看見伊水和洛水，向東望則可以看見穀城山，不生草木，也沒有流水，甚多沙石。山裏有一位神，祂的樣子像人而有兩個頭，名叫驕蟲，他是所有螫蟲的首領，這座山是蜜蜂一類昆蟲築巢聚居的地方。祭祀這位山神的禮儀是，祭品用一隻公雞祈禱，但不用殺死牠。

往西十里，有座縞羝山，不生草木，有大量金、玉。

又往西十里，有座廆山，山北盛產瑤琈之玉。山的西面有山谷，名叫雚谷，山裏的樹木大多是柳樹、楮樹。山裏有一種鳥，形狀像山雞，有條長尾巴，身上羽毛像火一樣紅，嘴青色，這鳥名叫鴒鸚，牠的叫聲就成為自己的名字，吃了牠能使人不發噩夢。交觴水從山的南麓發源，向南流注入洛水；俞隨水從山的北麓發源，向北流注入穀水。

又往西三十里，有座瞻諸山，山南盛產金，山北則多文石。謝水從這座山發源，向東南流注入洛水；少水從這座山的北邊發源，向東流注入穀水。

又往西三十里，有座婁涿山，不生草木，而蘊藏豐富的金和玉。瞻水從這座山的南面發源，向東流注入洛水；陂水從這座山的北面發源，向北流注入穀水，水裏有很多茈石和文石。

又往西四十里，有座白石山。惠水從白石山的南面發源，向南流注入洛水，水裏多水玉。澗水從白石山北面發源，向西北流注入穀水，水裏甚多麋石、櫨丹。

又往西五十里，有座穀山，山上多穀樹，山下多桑樹。爽水從穀山發源，向西北流注入穀水，水中多產碧綠。

又往西七十二里，有座密山，山南多玉，山北則盛產鐵。豪水從這座山發源，向南流注入洛水，水裏有很多旋龜，旋龜長鳥頭鼈尾巴，牠的叫聲就像劈開木頭的聲音。不生草木。

又往西一百里，有座長石山，不生草木，多金和玉。這山的西面有山谷，名叫共谷，山谷裏面遍長竹。共水從這座山發源，向西南流注入洛水，這一帶水域出產大量鳴石。

又西一百四十里，曰傅山[1]，無草木，多瑤碧。厭染之水出於其陽，而南流注於洛，其中多人魚。其西有林焉，名曰墦冢。穀水出焉，而東流注於洛，其中多珚玉[2]。

又西五十里，曰橐山，其木多樗，多𣘻木[3]，其陽多金、玉，其陰多鐵，多蕭。橐水出焉，而北流注於河。其中多脩辟之魚，狀如黽而白喙[4]，其音如鴟，食之已白癬。

又西九十里，曰常烝之山，無草木，多堊。潐水出焉，而東北流注於河，其中多蒼玉。菑水出焉，而北流注於河。

又西九十里，曰夸父之山，其木多椶、枏，多竹箭，其獸多㸲牛、羬羊，其鳥多鷩，其陽多玉，其陰多鐵。其北有林焉，名曰桃林，是廣員三百里，其中多馬。湖水出焉，而北流注於河，其中多珚玉。

又西九十里，曰陽華之山，其陽多金、玉，其陰多青雄黃，其草多藷藇，多苦辛，其狀如橚[5]，其實如瓜，其味酸甘，食之已瘧。楊水出焉，而西南流注於洛，其中多人魚。門水出焉，而東北流注於河，其中多玄礵。䋣姑之水出於其陰，而東流注於門水，其上多銅。門水出於河，七百九十里入雒水。

凡縞羝山之首，自平逢之山至於陽華之山，凡十四山，七百九十里。嶽在其中，以六月祭之，如諸嶽之祠法，則天下安寧。

注釋

1傅山：此續為縞羝山山系。2瑊（粵：ken5；普：jiōng）玉：一說指珉玉，似玉的美石。3𣘻（粵：備；普：bèi）木：即五𣘻子，俗訛為五倍子，漆樹科。4黽（粵：猛；普：měng）：蛙屬。5橚（粵：秋；普：qiū）：即楸，一名梓桐，落葉喬木。

譯文

再往西一百四十里，有座傅山，不生草木，有極多瑤、碧。厭染水發源於這山的南面，向南流注入洛水，水裏有甚多人魚。這座山的西面有樹林，名叫墦冢。穀水從這裏發源，向東流注入洛水，水裏有大量瑊玉。

又往西五十里，有座橐山，山裏的樹木以樗樹、𣘻木為多，山南多金、玉，山北多產鐵，還滿佈蕭草。橐水從這山發源，向北流注入河。水裏有很多脩辟魚，形狀像黽，嘴白色，牠的叫聲如同鴟叫，吃了這種魚能治癒白癬病。

又往西九十里，有座常烝山，草木不生，而多堊。潐水從這山發源，向東北流注入河，水中多蒼玉。菑水從這山發源，向北流注入河。

有往西九十里，有座夸父山，山裏的樹木以椶樹、枬樹為多，還有很多竹、箭，山裏的獸以㸲牛、羬羊居多，鳥類以鷩為多，山南多玉，山北盛產鐵。這山的北面有樹林，名叫桃林，方圓三百里，樹林裏有很多馬。湖水從這座山發源，向北流注入河，水中多產琚玉。

又往西九十里，有座陽華山，山南儲存豐富的金和玉，山北多青雄黃，山裏的草以藷藇為多，還有很多苦辛，這草的形狀像橚，果實像瓜，味道酸酸甜甜，吃了這果實能治癒瘧疾。楊水從這山發源，向西南流注入洛水，水裏有很多人魚。門水從這座山流出，向東北流注入河，水裏多玄黑礵。緒姑水從陽華山的北面發源，向東流注入門水，山上多銅。門水發源於河，水流歷七百九十里，然後注入雒水。

縞羝山系，從平逢山起到陽華山止，一共十四座山，長達七百九十里。嶽在它的中間，要在每年六月舉行祭祀，祭祀的禮儀和其他的山嶽相同，祭祀過後天下就會安寧。

〈中次七經〉苦山之首[1]，曰休與之山。其上有石焉，名曰帝臺之棋，五色而文，其狀如鶉卵，帝臺之石，所以禱百神者也，服之不蠱。有草焉，其狀如蓍，赤葉而本叢生，名曰夙條，可以為簳[2]。

東三百里，曰鼓鐘之山，帝臺之所以觴百神也。有草焉，方莖而黃華，員葉而三成[3]，其名曰焉酸，可以為毒[4]。其上多礪，其下多砥。

又東二百里，曰姑媱之山。帝女死焉，其名曰女尸，化為䔄草[5]，其葉胥成[6]，其華黃，其實如菟丘[7]，服之媚於人[8]。

又東二十里，曰苦山。有獸焉，名曰山膏，其狀如逐[9]，赤若丹火，善詈[10]。其上有木焉，名曰黃棘，黃華而員葉，其實如蘭，服之不字[11]。有草焉，員葉而無莖，赤華而不實，名曰無條，服之不癭。

又東二十七里，曰堵山。神天愚居之，是多怪風雨。其上有木焉，名曰天楄，方莖而葵狀，服者不㖡[12]。

又東五十二里，曰放皋之山。明水出焉，南流注於伊水，其中多蒼玉。有木焉，其葉如槐，黃華而不實，其名曰蒙木，服之不惑。有獸焉，其狀如蜂，枝尾而反舌，善呼，其名曰文文。

注釋

1苦山：苦山山脈為河南省的東山。2䈞（粵：趕；普：gǎn）：箭杆。3三成：葉有三重。4為毒：治毒，即解毒。5䔄（粵：搖；普：yáo）草：蒲草，香蒲。6胥成：葉相重之貌。7菟丘：即菟絲，纏繞寄生的草本植物。8媚於人：為人所愛。9逐：讀如「豚」字。10善詈（粵：利；普：lì）：喜歡罵人。11字：懷孕、生育。12㖡（粵：噎；

譯文

普：yè）：通「噎」，食不下咽，吞咽困難。

〈中次七經〉的苦山山系，第一座山叫休與山。這山上有一種石，名叫帝臺棋，五彩顏色而有紋理，形狀似鶉蛋。帝臺的石，是用來向百神禱祀的，佩帶了這石就不會感染蠱毒之氣。有種草，形狀像蓍草，葉紅色，根叢生在一起，這草名叫夙條，可以用來做箭杆。

往東三百里，有座鼓鐘山，是帝臺在此奏鐘鼓之樂宴請眾神的地方。有種草，方形莖，開黃花，葉圓形而有三層重疊，這草名叫焉酸，可以用來解毒。山上遍佈礪，山下則處處都是砥。

又往東二百里，有座姑媱山，天帝的一個女兒死在這座山上，她的名字叫女尸，死後化為䔄草，這草葉一層層密集而生，開黃花，果實像菟丘，服食它能受人寵愛。

又往東二十里，有座苦山。有種獸，名叫山膏，形狀像小豬，身紅得像一團火，這獸喜歡罵人。山上有種樹，名叫黃棘，開黃花，葉圓形，果實像蘭，女人吃它會不育。有種草，有圓形的葉，沒有莖，開紅花，不結果實，這草名叫無條，吃了它，可以使人不長肉瘤。

又往東二十七里，有座堵山，神天愚住在這裏，山上時常颳怪風下怪雨。山上長了一種樹，名叫天楄，這樹有方形莖，形狀像葵，吃了它能使人吃飯不會哽噎。又往東五十二里，有座放皋山。明水從這山發源，向南流注入伊水，水中有大量蒼玉。有種樹，葉與槐樹葉相似，開黃花，不結果實，這樹叫蒙木，吃它能使人頭腦清醒，不會迷惑。有種獸，形狀像蜜蜂，分叉的尾部，反生的舌頭，喜歡呼叫，這獸名叫文文。

賞析與點評

此節說：「帝女死焉，其名曰女尸，化為䔄草。」帝為炎帝，其女名瑤姬，未出嫁便去世了，葬於巫山之陽，是為巫山神女。宋玉《高唐賦》載宋玉曰：「昔者先王嘗遊高唐，怠而晝寢，夢見一婦人，曰：『妾巫山之女也，為高唐之客。聞君遊高唐，願薦枕席。』王因幸之。去而辭曰：『妾在巫山之陽，高丘之阻，旦為朝雲，暮為行雨。朝朝暮暮，陽臺之下。』旦朝視之如言。故為立廟，號曰『朝雲』。」是中國最浪漫的神話故事之一。

又東五十七里，曰大𦬁之山[1]，多㻬琈之玉，多麋玉。有草焉，其葉狀如榆，方莖而蒼傷[2]，其名曰牛傷，其根蒼文，服者不厥[3]，可以禦兵。其陽狂水出焉，西南流注於伊水。其中多三足龜，食者無大疾，可以已腫。

又東七十里，曰半石之山。其上有草焉，生而秀，其高丈餘，赤葉赤華，華而不實，其名曰嘉榮，服之者不畏霆[4]。來需之水出於其陽，而西流注於伊水，其中多鯩魚，黑文，其狀如鮒，食者不睡。合水出於其陰，而北流注於洛，多䲢魚，狀如鱖[5]，居逵[6]，蒼文赤尾，食者不癰，可以為瘻。

又東五十里，曰少室之山，百草木成囷[7]。其上有木焉，其名曰帝休，葉狀如楊，其枝五衢[8]，黃華黑實，服者不怒。其上多玉，其下多鐵。休水出焉，而北流注於洛，其中多鯑魚，狀如盩蜼而長距[9]，足白而對，食者無蠱疾，可以禦兵。

又東三十里，曰泰室之山。其上有木焉，葉狀如梨而赤理，其名曰栯木[10]，服者不妒。有草焉，其狀如苿，白華黑實，澤如蘡薁[11]，其名曰䔄草，服之不昧。上多美石。

又北三十里，曰講山，其上多玉，多柘，多柏。有木焉，名曰帝屋，葉狀如椒，反傷赤實，可以禦凶。

又北三十里，曰嬰梁之山，上多蒼玉，錞於玄石。

注釋

1大꿌之山：此續為苦山山脈。2蒼傷：「傷」即「刺」，蒼傷即蒼刺。3厥：逆氣病、昏厥。4不畏霆：不畏雷霆。5鱖（粵：桂；普：guì）：鱖魚，一稱桂魚。6達：水中的穴道或小溝。7囷（粵：坤；普：qūn）：圓形的倉廩。8五衢：樹枝交錯之貌。9盩蜼（粵：周衞；普：zhōu wèi）：像獼猴，一說為金絲猴。10栯木：一說為栯李，即郁李、山李。11蘡薁（粵：嬰郁；普：yīng yù）：即山葡萄、野葡萄。

譯文

又往東五十七里，有座大꿌山，盛產㻬琈之玉，也多麋玉。有一種草，這草葉和榆樹葉相似，有方形的莖，莖上長滿了刺，名名叫牛傷，這草的根有蒼色紋理，吃了這草能使人不患逆氣病，還能抵禦兵刃的傷害。狂水從這山的南面發源，向西南流注入伊水，水裏有很多三腳龜，吃了牠就不生大病，還能消除癰腫。

又往東七十里，有座半石山。這山上有一種草，一破土就抽穗開花，有一丈多高，葉和花都是紅色的，開花卻不結果實，這草名叫嘉榮，吃了它就不畏懼霹靂雷霆。來需水從半石山南面發源，向西流注入伊水。水裏有很多鯩魚，這魚有黑色紋理，形狀就像鮒魚，吃了牠就不會打瞌睡。合水從山的北面發源，向北流注入洛水，水裏有很多䲢魚，這魚的形狀就像鱖魚，棲息在水中小溝交通的地方，身有蒼色紋理，紅色尾巴，吃了牠可以不患癰腫，還能夠治好瘻瘡。

又往東五十里，有座少室山，這山上各種草木堆疊起來，屯聚在一起就像圓形穀倉。這山上有種樹，名叫帝休，葉的形狀像楊樹葉，樹枝縱橫交錯伸向各方，就像通衢大道。開黃花，結黑色果實，吃了它就可以心平氣和不發怒。少室山上有大量玉，山下儲存了豐富的鐵。休水從這山發源，向北流注入洛水，水裏有很多鯑魚，這魚的形狀像盩蜼，而有長距，白色足趾相對而生，吃了牠就不會患蠱疾，還能抵禦兵刃的傷害。

又往東三十里，有座泰室山。這山上有種樹，葉像梨葉，有紅色紋理，這樹名叫栯木，吃了它就不會有嫉妒心。有種草，形狀像茱，開白花，結黑色果實，果子光滑潤澤像蘡薁，這草名叫䔄草，吃了它眼睛就不會昏花。這山上還有許多美石。

又往北三十里，有座講山，這山上多玉，還有很多柘樹和柏樹。有種樹，名叫帝屋，這樹的葉和椒葉相似，樹身上長有倒刺，結紅色果實，可以抵禦凶邪之災。

又往北三十里，有座嬰梁山，這山上盛產蒼玉，都附生於玄石。

又東三十里，曰浮戲之山[1]。有木焉，葉狀如樗而赤實，名曰亢木，食之不蠱。汜水出焉，而北流注於河。其東有谷，因名曰蛇谷，上多少辛[2]。

又東四十里，曰少陘之山。有草焉，名曰萴草，葉狀如葵，而赤莖白華，實如

蘡薁，食之不愚。器難之水出焉，而北流注於沒水。

又東南十里，曰太山。有草焉，名曰棃，其葉狀如萩而赤華[3]，可以已疽。太水出於其陽，而東南流注於沒水；承水出於其陰，而東北流注於沒水。

又東二十里，曰末山，上多赤金。末水出焉，北流注於沒水。

又東二十五里，曰役山，上多白金，多鐵。役水出焉，北注於河。

又東三十五里，曰敏山，上有木焉，其狀如荊，白華而赤實，名曰葪柏，服者不寒。其陽多㻬琈之玉。

又東三十里，曰大騩之山，其陰多鐵、美玉、青堊。有草焉，其狀如蓍而毛，青華而白實，其名曰蒗，服之不夭，可以為腹病。

凡苦山之首，自休與之山至於大騩之山，凡十有九山，千一百八十四里。其十六神者，皆豕身而人面。其祠：毛牷用一羊羞，嬰用一藻玉瘞。苦山、少室、太室皆冢也，其祠之：太牢之具，嬰以吉玉。其神狀皆人面而三首，其餘屬皆豕身人面也。

注釋

1 浮戲之山：此續為苦山山脈。2 少辛：一名細辛，全草可入藥。3 萩（粵：秋；普：qiū），即蒿草。

譯文

又往東三十里，有座浮戲山。有一種樹，葉像樗葉，結紅色果實，這樹名叫亢木，吃了它可以不染蠱疾。汜水從這山發源，向北流注入河。浮戲山東邊有山谷，山谷裏出蛇，因此就叫蛇谷，上面多產細辛。

又往東四十里，有座少陘山。有種草，名叫䔄草，這草葉像葵葉，莖紅色，開白花，結出的果實就像蘡薁，吃了它，人就不會愚笨。器難水從這座山發源，向北流注入沒水。

又往東南十里，有座太山。有種草，名叫梨，它的葉像萩，開紅花，可以治瘡癰疽。太水從這山的南面發源，向東南流注入沒水；承水從這山的北面發源，向東北流注入沒水。

又往東二十里，有座末山，山上到處是赤金。末水從這座山發源，向北流注入沒水。

又往東二十五里，有座役山，山上多白金，還儲存了豐富的鐵。役水從這山發源，向北流注入河。

又往東三十五里，有座敏山。這山上有種樹，形狀似荊，開白花，結紅色果實，這樹名叫葪柏，吃了它就不怕寒冷。敏山南面甚多瑀琈之玉。

又往東三十里，有座大騩山，山北蘊藏豐富鐵、美玉和青堊。有種草，形狀像蓍草，長絨毛，開青色花，結白色果實，這草名叫蓑，吃了它就不會短壽夭折，還可以醫治各種腹部的疾病。

苦山山系，從休與山起到大騩山止，一共有十九座山，長達一千一百八十四里。其中十六座山的山神，都長豬身人面。祭祀這些山神的禮儀如下：用一隻純色的羊祭獻，嬰用一塊藻玉，祭祀後埋入地下。苦山、少室山、太室山都是冢山。祭祀這三位山神的禮儀如下：用豬、牛、羊齊全的三牲，嬰用吉玉。這三位山神都有人的面孔而長三個頭。另外十六個山神都是豬身人面。

〈中次八經〉荊山之首[1]，曰景山，其上多金、玉，其木多杼、檀[2]。雎水出焉，東南流注於江，其中多丹粟，多文魚。

東北百里，曰荊山，其陰多鐵，其陽多赤金，其中多犛牛，多豹虎，其木多松柏，多橘、櫾[3]，其草多竹。漳水出焉，而東南流注於雎，其中多黃金，多鮫魚，其獸多閭麋。

又東北百五十里，曰驕山，其上多玉，其下多青雘，其木多松柏，多桃枝鈎端。神蟲圍處之[4]，其狀如人而羊角虎爪[5]，恆遊於雎漳之淵，出入有光。

又東北百二十里，曰女几之山，其上多玉，其下多黃金，其獸多豹、虎，多閭麋、麖、麂[6]，其鳥多白鷮[7]，多翟，多鴆[8]。

又東北二百里，曰宜諸之山，其上多金、玉，其下多青雘。洈水出焉，而南流注於漳，其中多白玉。

注釋

1荊山：荊山山系即今湖北省荊山。2杼（粵：柱；普：shù）：橡樹、櫟樹。3櫾（粵：又；普：yòu）：即「柚」，似橘而大，皮厚味酸。4鼉（粵：陀；普：tuó）圍：龍圖騰神。一說「鼉圍」意即大鱷群。5而：「而」字為衍字。6麂（粵：己；普：jǐ）：鹿科，一說為赤麂，似獐而大，聲如犬吠。7白鷮（粵：嬌；普：jiāo）：白長尾雉。8鴆（粵：朕；普：zhèn）：一稱蛇鵰，毒鳥，食蝮蛇。

譯文

〈中次八經〉的荊山山系，第一座山叫景山，山上蘊藏豐富金和玉，這山的樹木以杼樹和檀樹居多。睢水從這山發源，向東南流注入江水，水裏有很多丹粟，還多文魚。

往東北一百里，有座荊山，山北盛產鐵，山南盛產赤金，山裏多犛牛，多豹、虎，山裏樹木以松樹和柏樹居多，多橘和柚，草則多竹。漳水從這山發源，向東南流注入睢水，水中多黃金，多鮫魚。山裏的獸以閭和麋居多。

又往東北一百五十里，有座驕山，山上蘊藏豐富的玉，山下有很多青雘，山裏樹木以松樹、柏樹居多，也多桃枝、鉤端。神鼉圍住在這座山裏，祂的外貌如人，長羊角、虎爪，時常在睢水和漳水的深淵活動，出入都有亮光。

又往東北一百二十里，有座女几山，山上盛產玉，山下盛產黃金，山裏的獸以豹和虎居多，也多閭麋、麖、麂；山裏的鳥以白鷮、翟、鴆為多。

又往東北二百里，有座宜諸山，山上儲存豐富的金和玉，山下多青雘。洈水從這山發源，向南流注入漳水，水裏多白玉。

又東北三百五十里，曰綸山[1]，其木多梓、枏，多桃枝，多柤、栗、橘、櫾，其獸多閭、麈、麢、㚟[2]。

又東二百里，曰陸鄃之山，其上多㻬琈之玉，其下多堊，其木多杻、橿。

又東百三十里，曰光山，其上多碧，其下多水。神計蒙處之[3]，其狀人身而龍首，恆遊於漳淵，出入必有飄風暴雨。

又東百五十里，曰岐山，其陽多赤金，其陰多白珉，其上多金、玉，其下多青雘，其木多樗。神涉鼉處之[4]，其狀人身而方面三足。

又東百三十里，曰銅山，其上多金、銀、鐵，其木多穀、柞、柤、栗、橘、櫾，其獸多犳[5]。

又東北一百里，曰美山，其獸多兕牛，多閭、麈，多豕鹿，其上多金，其下多青雘。

又東北百里，曰大堯之山，其木多松柏，多梓桑，多机，其草多竹，其獸多豹、虎、麢、㚟。

又東北三百里，曰靈山，其上多金、玉，其下多青雘，其木多桃、李、梅、杏。

又東北七十里，曰龍山，上多寓木其上多碧[6]，其下多赤錫，其草多桃枝鉤端。

注釋

1 綸山：此續為荊山山系。2 麈：鹿的一種，後世俗稱「四不像」。㚟：似兔，青色而大。3 計蒙：龍圖騰神。4 涉𧑒：與神𧑒圍、神計蒙同為龍圖騰神。5 犳（粵：着；普：zhuó）：似豹而小，一說為金貓。6 寓木：一名宛童，桑寄生屬。

譯文

又往東北三百五十里，有座綸山，山裏的樹木以梓樹、楠木為多，也有很多桃枝，多柤樹、栗樹、橘樹、櫾樹，山裏的野獸以閭、麈、麢、㚟居多。

又往東二百里，有座陸郈山，山上盛產㻬琈之玉，而山下則多堊，山中的樹木以杻樹和橿樹為多。

又往東一百三十里，有座光山，山上盛產碧，山下流水處處。計蒙神就住在這裏，祂長人身龍頭，時常在漳淵遊玩，出入必有疾風驟雨為伴。

又往東一百五十里，有座岐山，山南多赤金，山北多白珉，這山上盛產金和玉，山下有很多青雘，樹木以樗樹居多。涉𧈅神就住在這裏，他長人身，方形面孔，有三隻腳。

又往東一百三十里，有座銅山，山上盛產金、銀、鐵，樹木以穀樹、柞樹、柤樹、栗樹、橘樹、櫾樹最為茂密，獸以犳居多。

又往東北一百里，有座美山，山裏的獸以兕牛、閭、麈為多，以及許多豬、鹿。山上盛產金，山下多產青雘。

又往東北一百里，有座大堯山，樹木以松樹和柏樹居多，也有很多梓樹、桑樹，以及机樹，這山裏的草以竹居多，獸則多豹、虎、麢、㚟。

又往東北三百里，有座靈山，山上盛產金、玉，山下有很多青雘，樹木大都是桃樹、李樹、梅樹、杏樹。

又往東北七十里，有座龍山，山上長了很多寓木，也盛產碧，山下有大量赤錫，草大多是桃枝、鉤端之類。

又東南五十里，曰衡山[1]，上多寓木、穀、柞，多黃堊、白堊。

又東南七十里，曰石山，其上多金，其下多青雘，多寓木。

又南百二十里，曰若山，其上多㻬琈之玉，多赭，多封石[2]，多寓木，多柘。

又東南一百二十里，曰彘山，多美石，多柘。

又東南一百五十里，曰玉山，其上多金、玉，其下多碧鐵，其木多柏。

又東南七十里，曰讙山，其木多檀，多封石，多白錫。郁水出於其上，潛於其下，其中多砥礪。

又東北百五十里，曰仁舉之山，其木多穀、柞，其陽多赤金，其陰多赭。

又東五十里，曰師每之山，其陽多砥礪，其陰多青雘，其木多柏，多檀，多柘，其草多竹。

又東南二百里，曰琴鼓之山，其木多穀、柞、椒、柘，其上多白珉，其下多洗石，其獸多豕、鹿，多白犀，其鳥多鴆。

凡荊山之首，自景山至琴鼓之山，凡二十三山，二千八百九十里。其神狀皆鳥身而人面。其祠：用一雄雞祈瘞，用一藻圭，糈用稌。驕山，冢也。其祠：用羞酒少牢祈瘞，嬰用一璧。

注釋

1衡山：此續為荊山山系。衡山當指安徽安慶市潛山縣天柱山。漢武帝敕封為南嶽。隋唐以後，南嶽為湖南衡山所取代。2封石：小型玉石。

譯文

又往東南五十里，有座衡山，山上遍生寓木、穀、柞，還盛產黃堊和白堊。

又往東南七十里，有座石山，山上盛產金，山下則有大量青雘，還遍佈寓木。

又往南一百二十里，有座若山，山上盛產㻬琈之玉，還有大量赭石，也多封石、寓木、柘樹。

又往東南一百二十里，有座彘山，有很多美石，山上遍佈柘樹。

又往東南一百五十里，有座玉山，山上盛產金和玉，山下碧和鐵存量豐富，山裏樹木以柏樹居多。

又往東南七十里，有座讙山，山裏樹木以檀樹為多，還多封石，以及白錫。郁水從山頂發源，潛流到山下，水裏有大量砥礪。

又往東北一百五十里，有座仁舉山，樹木多為穀及柞樹，山南多產赤金，山北赭石產量豐富。

又往東五十里，有座師每山，山南多砥礪，山北則以青雘為多，這山樹木以柏樹居多，還遍長檀樹，以及柘樹，草類則以竹為多。

又往東南二百里，有座琴鼓山，這山樹木以穀樹、柞樹、椒樹和柘樹為多，山上多白珉，山下洗石處處，山裏的獸以豬、鹿為多，還有很多白犀牛，而鳥類則以鴆鳥居多。

荊山山系，自景山起到琴鼓山止，一共二十三座山，長達二千八百九十里。諸山山神都有鳥身人面。祭祀諸山神的禮儀如下：祭物用一隻公雞，取血禱祀，然後埋入地下，玉器用一塊藻圭，米用稻米。驕山是冢山，祭祀驕山的禮儀如下：祭祀用美酒，用豬、羊，取血祭祀，之後埋入地下，嬰用一塊玉璧。

〈中次九經〉岷山之首[1]，曰女几之山，其上多石涅，其木多杻、橿，其草多菊茉。洛水出焉，東注於江。其中多雄黃，其獸多虎豹。

又東北三百里，曰岷山。江水出焉，東北流注於海，其中多良龜，多鼉[2]。其上多金、玉，其下多白珉。其木多梅棠，其獸多犀、象，多夔牛[3]，其鳥多翰鷩。

又東北一百四十里，曰崍山。江水出焉，東流注於大江。其陽多黃金，其陰多麋麈，其木多檀柘，其草多巃、韭，多葯、空奪[4]。

又東一百五十里，曰崌山。江水出焉，東流注於大江，其中多怪蛇，多鰲魚[5]。其木多楢、杻，多梅、梓，其獸多夔牛、麢、㚟、犀、兕。有鳥焉，狀如鴞而赤身白首，其名曰竊脂，可以禦火。

又東三百里，曰高梁之山，其上多堊，其下多砥礪，其木多桃枝、鉤端。有草焉，狀如葵而赤華，莢實白柎，可以走馬。

又東四百里，曰蛇山，其上多黃金，其下多堊，其木多栒，多豫章，其草多嘉榮、少辛。有獸焉，其狀如狐，而白尾長耳，名狏狼，見則國內有兵。

又東五百里，曰鬲山，其陽多金，其陰多白珉。蒲鸏之水出焉，而東流注於江，其中多白玉。其獸多犀、象、熊、羆，多猨、蜼。

又東北三百里，曰隅陽之山，其上多金、玉，其下多青雘，其木多梓桑，其草多茈。徐之水出焉，東流注於江，其中多丹粟。

又東二百五十里，曰岐山，其上多白金，其下多鐵，其木多梅、梓，多杻、楢。減水出焉，東南流注於江。

注釋

1岷山：岷山山系在今四川省岷山。2鼉（粵：駝；普：tuó）：即今之中華鱷、揚子鱷。3夔牛：蜀山大牛、野牛。4空奪：蛇蛻、蛇皮。5鰲（粵：dzei3；普：zhì）魚：一說為今鰣魚。

譯文

〈中次九經〉的岷山山系，第一座山叫女几山，山上盛產石涅，這山樹木多為杻樹、橿樹，草類則多菊、芫。洛水從這山發源，向東流注入江。這裏多雄黃，獸以虎豹居多。

又往東北三百里，有座岷山。江水從岷山發源，向東北流注入海，水裏多良龜，還有許多鼉。這山上盛產金、玉，山下多白珉。山裏樹木以梅和棠為盛，獸以犀和象居多，也有很多夔牛，鳥以翰鳥和鷩鳥最常見。

又往東北一百四十里，有座崍山。江水從這山發源，向東流注入大江。山的南面蘊藏大量黃金，山的北面有很多麋和麈，山裏樹木大多是檀樹和柘樹，草類以䪥、韭，葯、空奪為盛。

又往東一百五十里，有座崌山。江水從這山發源，向東流注入大江，水裏有許多怪蛇，還有很多鰲魚。山裏樹木以楢樹和杻樹居多，也有很多梅樹和梓樹，獸以夔牛、麢、㚟、犀、兕為多。有種鳥，形狀似鴞，紅身白頭，這鳥名叫竊脂，可以防禦火災。

又往東三百里，有座高梁山，山上多產堊，山下多砥礪，這山樹木以桃枝和鈎端居多。有一種草，形狀像葵，開紅花，結帶莢的果實，白色花萼，馬吃了它就能跑得更快。

又往東四百里，有座蛇山，山上盛產黃金，山下堊產量豐富，這山樹木以栒樹居多，也有許多豫章樹，草類以嘉榮、細辛為盛。有種獸，長得像狐，白尾長耳，名叫狏狼，這獸在哪個國家出現，該國就會發生戰爭。

又往東五百里，有座鬲山，山南多金，山北多白珉。蒲鸛水從這山發源，向東流注入江，水裏有很多白玉。獸以犀、象、熊、羆居多，也甚多猨、蜼。

又往東北三百里，有座隅陽山，山上盛產金和玉，山下有很多青雘，這山遍長梓樹和桑樹，草類則以茈居多。徐水從這山發源，向東流注入江，水裏有許多丹粟。

又往東二百五十里，有座岐山，山上盛產白金，山下鐵蘊藏量豐富，這山樹木以梅樹和梓樹居多，還有許多杻樹和楢樹。減水從這座山發源，向東南流注入江。

又東三百里，曰勾檷之山[1]，其上多玉，其下多黃金，其木多櫟、柘，其草多芍藥。

又東一百五十里，曰風雨之山，其上多白金，其下多石涅，其木多棷、樿[2]，多楊。宣余之水出焉，東流注於江，其中多蛇。其獸多閭麋，多麈、豹、虎，其鳥多白鷮。

又東北二百里，曰玉山，其陽多銅，其陰多赤金，其木多豫章、楢、杻，其獸多豕、鹿、麢，其鳥多鴆。

又東一百五十里，曰熊山。有穴焉，熊之穴，恆出神人。夏啟而冬閉，是穴也，冬啟乃必有兵。其上多白玉，其下多白金，其木多樗柳，其草多寇脫。

又東一百四十里，曰騩山，其陽多美玉赤金，其陰多鐵，其木多桃枝、荊芑。

又東二百里，曰葛山，其上多赤金，其下多瑊石[3]，其木多柤、栗、橘、櫾、楢、杻，其獸多麢、㚟，其草多嘉榮。

又東一百七十里，曰賈超之山，其陽多黃堊，其陰多美赭，其木多柤、栗、橘、櫾，其中多龍脩[4]。

凡岷山之首，自女几山至於賈超之山，凡十六山，三千五百里。其神狀皆馬身而龍首。其祠：毛用一雄雞瘞，糈用稌。文山、勾檷、風雨、騩之山，是皆冢也。其祠之：羞酒，少牢具，嬰毛一吉玉。熊山，帝也[5]。其祠：羞酒，太牢具，嬰毛一璧。干儛，用兵以禳；祈，璆冕舞[6]。

注釋

1勾檷之山：此續為岷山山系。2楓（粵：周；普：zōu）：川箭竹、大箭竹。樿（粵：善；普：shàn）：白理木，一說為黃楊。3瑊（粵：針；普：jiān）石：似玉的美石，但次一等。4龍脩：即龍須草，或稱燈心草，可用來織蓆或造紙。5帝：帝山，在山嶽圖騰崇拜中較冢山及神山更高級的山。6璆（粵：求；普：qiú）冕舞：璆，美玉。穿冕服持美玉作舞。

譯文

再往東三百里，有座勾檷山，山上盛產玉，山下盛產黃金，這山樹木以櫟樹和柘樹居多，草類則以芍藥為多。

再往東一百五十里，有座風雨山，山上盛產白金，山下多產石涅，山裏樹木多為椒樹和樿樹，也有很多楊樹。宣余水從這山發源，向東流注入江，水中多水蛇。山中獸類多閭、麋、麈，也多豹和虎，鳥類則以白鷮居多。

又往東北二百里，有座玉山，山南盛產銅，山北多赤金，山中樹木以豫章樹、楢樹、杻樹居多，獸則多豬、鹿、麢，鳥類則以鴆鳥為多。

又往東一百五十里，有座熊山。有一個洞穴，是熊的巢穴，洞穴裏時常有神人出入。這洞穴夏季開啟，冬季關閉，這洞穴如果在冬季開啟，一定會發生戰爭。山上盛產白玉，山下盛產白金。山裏遍佈樗樹和柳樹，草類則以寇脫居多。

又往東一百四十里，有座騩山，山南盛產美玉和赤金，山北出產豐富的鐵，山裏樹木多桃枝、荊、芑等。

又往東二百里，有座葛山，山上盛產赤金，山下多瑊石，山裏樹木大都是柤樹、栗樹、橘樹、櫾樹、楢樹和杻樹，獸以麢、㚟居多，草類則多嘉榮。

又往東一百七十里，有座賈超山，山南多產黃堊，山北多美赭，這山遍佈柤樹、栗樹、橘樹、櫾樹，山中多龍脩。

岷山山系，從女几山起到賈超山止，一共十六座山，長達三千五百里。這些山的山神都是馬身龍頭。祭祀這些山神的禮儀如下：祭物用一隻公雞，祭祀後埋入地下，米用稻米。文山、勾檷山、風雨山、騩山都是冢山，祭祀這幾位山神禮儀如下：先用美酒酹神、以豬、羊作祭品，嬰用一塊吉玉。熊山是帝山，祭祀熊山山神的禮儀如下：祭祀先用美酒酹神，祭品以豬、牛、羊齊全的三牲獻祀。嬰用一塊玉璧。以手執楯牌之干儛為祭，是為了禳除災禍；想祈求福祥，就要戴上禮帽，身穿禮服，手持美玉跳舞。

〈中次十經〉之首，曰首陽之山[1]，其上多金、玉，無草木。

又西五十里，曰虎尾之山，其木多椒、椐，多封石，其陽多赤金，其陰多鐵。

又西南五十里，曰繁繢之山，其木多楢、杻，其草多枝勾[2]。

又西南二十里，曰勇石之山，無草木，多白金，多水。

又西二十里，曰復州之山，其木多檀，其陽多黃金。有鳥焉，其狀如鴞，而一

足彘尾，其名曰跂踵，見則其國大疫。

又西三十里，曰楮山，多寓木，多椒、椐，多柘，多堊。

又西二十里，曰又原之山，其陽多青雘，其陰多鐵，其鳥多鸜鵒。

又西五十里，曰涿山，其木多穀、柞、杻，其陽多㻬琈之玉。

又西七十里，曰丙山，其木多梓、檀，多弞杻[3]。

凡首陽山之首，自首山至於丙山，凡九山，二百六十七里。其神狀皆龍身而人面。其祠之：毛用一雄雞瘞，糈用五種之糈。堵山，冢也，其祠之：少牢具，羞酒祠，嬰用一璧瘞。騩山，帝也，其祠：羞酒，太牢具，合巫祝二人儛，嬰一璧。

注釋

1 首陽之山：一說在今湖北、湖南一帶。2 枝勾：草名，一說為枳椇，一說為凍綠。

3 弞（粵：sen²；普：shěn）杻：弞，長。弞杻即長杻，可能指高大的杻樹。

譯文

〈中次十經〉的首個山系叫首陽山，山上有很多的金和玉，草木不生。

又往西五十里，有座虎尾山，這裏樹木以椒樹、椐樹為多，也多封石，山南盛產赤金，山北儲存了豐富的鐵。

又往西南五十里，有座繁繢山，這裏多長楢樹和杻樹，山裏草類則以枝勾為多。

又往西南二十里，有座勇石山，草木不生，盛產白金，流水處處。

又往西二十里，有座復州山，山裏遍長檀樹，山南盛產黃金。有種鳥，樣子像鴞，只有一隻腳，長豬尾巴，這鳥名叫跂踵，這鳥在哪個國家出現，該國就會發生大瘟疫。

又往西三十里，有座楮山，到處是寓木，又遍佈椒樹、椐樹、柘樹，也多堊。

又往西二十里，有座又原山，山南有大量青雘，山北盛產鐵，山中鳥類以鸜鵒居多。

又往西五十里，有座涿山，這裏的樹木以穀樹、柞樹、杻樹居多，山南盛產㻬琈之玉。

又往西七十里，有座丙山，這裏遍佈梓樹、檀樹，還有很多弞杻樹。

首陽山系，從首陽山起到丙山止，一共九座山，長達二百六十七里。這些山的山神都有龍身人面。祭祀這些山神的禮儀如下：祭物用一隻公雞，祭祀後埋入地下，米用五種精米。堵山是冢山，祭祀堵山山神的禮儀如下：用豬、羊二牲作祭品，先進獻美酒酹神，嬰用一塊玉璧，祭祀後埋入地下。騩山是帝山，祭祀這山神的禮儀如下：先進獻美酒酹神，用豬、牛、羊齊全的三牲祀神；還要讓巫師和祝師二人互相配合起舞，嬰用一塊玉璧。

〈中次一十一經〉荊山之首[1]，曰翼望之山。湍水出焉，東流注於濟；貺水出焉，東南流注於漢，其中多蛟[2]。其上多松、柏，其下多漆、梓，其陽多赤金，其陰多珉。

又東北一百五十里，曰朝歌之山。潕水出焉，東南流注於滎，其中多人魚。其上多梓、枏，其獸多麢、麋。有草焉，名曰莽草，可以毒魚。

又東南二百里，曰帝囷之山，其陽多㻬琈之玉，其陰多鐵。帝囷之水出於其上，潛於其下，多鳴蛇。

又東南五十里，曰視山，其上多韭。有井焉，名曰天井，夏有水，冬竭。其上多桑，多美堊金、玉。

又東南二百里，曰前山，其木多櫧[3]，多柏，其陽多金，其陰多赭。

又東南三百里，曰豐山。有獸焉，其狀如蝯[4]，赤目、赤喙、黃身，名曰雍和[5]，見則國有大恐。神耕父處之[6]，常遊清泠之淵，出入有光，見則其國為敗。有九鐘焉，是和霜鳴[7]。其上多金，其下多穀、柞、杻、橿。

注釋

1荊山：一說為今河南省西部的伏牛山，西北與熊耳山相連。2蛟：蛟龍，亦為鱷魚之屬。3櫧（粵：朱；普：zhū）：櫧樹，常綠喬木。4蝯（粵：袁；普：yuán）：同

「猨」，即「猿」。5雍和：一說為金絲猴。6耕父：一說為旱鬼。7是和霜鳴：霜降則鐘鳴。

譯文

〈中次一十一經〉的荊山山系，第一座山叫翼望山。湍水從這座山發源，向東流注入濟水；貺水從這山發源，向東南流注入漢水，水裏有很多蛟。山上遍佈松樹和柏樹，山下多漆樹和梓樹，山南盛產赤金，山北則極多珉。

又往東北一百五十里，有座朝歌山。潕水從這山發源，向東南流注入滎水，水中多人魚。山上遍長茂密的梓樹和楠樹，獸以麢、麋居多。有種草，名叫莽草，能夠用來毒魚。

又往東南二百里，有座帝囷山，山南盛產㻬琈之玉，山北鐵蘊藏量豐富。帝囷水從這山的頂端發源，潛流到山下，水裏有很多鳴蛇。

又往東南五十里，有座視山，山上佈滿韭。有口井，名叫天井。這井夏天有水，冬天就會乾涸。山上有很多桑樹，多美堊，金、玉。

又往東南二百里，有座前山，這裏多櫧樹，也有很多柏樹，山南盛產金，山北多赭。

又往東南三百里，有座豐山。有種獸，形狀像猿，紅眼、紅嘴，黃身，這獸名叫雍和，牠在哪個國家出現，該國就會發生大恐慌。神耕父就住在這山裏，祂時常在清泠淵附近暢遊，出入都有亮光，祂在哪個國家出現，該國就要走向衰敗。有九口鐘，它們會隨着霜降而鳴響。山上盛產金，山下遍長穀樹、柞樹、杻樹和橿樹。

又東北八百里，曰兔牀之山[1]，其陽多鐵，其木多櫧芧[2]，其草多雞穀[3]，其本如雞卵，其味酸甘，食者利於人。

又東六十里，曰皮山，多堊，多赭，其木多松、柏。

又東六十里，曰瑤碧之山，其木多梓、柟，其陰多青雘，其陽多白金。有鳥焉，其狀如雉，恆食蜚[4]，名曰鴆。

又東四十里，曰攻離之山。濟水出焉，南流注於漢。有鳥焉，其名曰嬰勺，其狀如鵲，赤目、赤喙、白身，其尾若勺，其鳴自呼。多㸲牛，多羬羊。

又東北五十里，曰袟筒之山，其上多松、柏、机桓[5]。

又西北一百里，曰堇理之山，其上多松、柏，多美梓，其陰多丹雘，多金，其獸多豹虎。有鳥焉，其狀如鵲，青身白喙，白目白尾，名曰青耕，可以禦疫，其鳴自叫。

又東南三十里，曰依軲之山，其上多杻、橿，多苴[6]。有獸焉，其狀如犬，虎爪有甲，其名曰獜，善駚坌[7]，食者不風。

注釋

1兔牀之山：此續為荊山山系。2櫧芧（粵：序；普：xù）：一說為薯蕷，多年生纏繞藤本。3雞穀：一說為蒲公英，一說為楊桃。4蜚：臭蟲。5机桓：無患子樹。6苴（粵：追；普：jū）：通「柤」，一說為山楂。7駚坌（粵：央訓；普：yāng fèn）：跳躍、撲向獵物。

譯文

又往東北八百里，有座兔牀山，山南盛產鐵，這裏樹木多櫧芧，草類則多雞穀草，這草的根像雞蛋，酸中帶甜，服食它對人的健康有好處。

又往東六十里，有座皮山，多產堊，也多赭，這裏樹木以松樹和柏樹居多。

又往東六十里，有座瑤碧山，這裏樹木以梓樹和楠木居多，山北盛產青雘，山南多白金。有種鳥，形狀像雉，經常吃蜚，這鳥名叫鴆。

又往東四十里，有座攻離山。濟水從這山發源，向南流注入漢水。有種鳥，名叫嬰勺，形狀像鵲，紅眼、紅嘴、白身，尾巴長得像酒勺似的，這鳥的叫聲就成了自己的名字。還有很多牛、羬羊。

又往東北五十里，有座袟𥳑山，山上長了茂密的松樹、柏樹、机桓。

又往西北一百里，有座堇理山，山上盛長松樹和柏樹，還有很多美梓，山北盛產丹臒，而且有藏量豐富的金，山裏的獸以豹和虎居多。有種鳥，形狀就像鵲，有青色身體和白嘴，白眼精，白尾巴，這鳥名叫青耕，可以抵禦瘟疫，牠的叫聲就成了牠自己的名字。

又往東南三十里，有座依軲山，山上甚多杻樹和橿樹，也多苴。有種獸，外貌就像狗，有老虎一樣的爪，身披鱗甲，這獸名叫獜，擅長跳躍衝撲，吃了牠就不會得風痺病。

又東南三十五里，曰即谷之山[1]，多美玉，多玄豹，多閭、麈，多麢、㚟。其陽多珉，其陰多青臒。

又東南四十里，曰雞山，其上多美梓，多桑，其草多韭。

又東南五十里，曰高前之山。其上有水焉，甚寒而清，帝臺之漿也，飲之者不心痛。其上有金，其下有赭。

又東南三十里，曰游戲之山，多杻、橿、穀，多玉，多封石。

又東南三十五里，曰從山，其上多松、柏，其下多竹。從水出於其上，潛於其下，其中多三足鼈，枝尾[2]，食之無蠱疾。

又東南三十里，曰嬰硜之山，其上多松、柏，其下多梓、櫄。

又東南三十里，曰畢山。帝苑之水出焉，東北流注於瀙，其中多水玉，多蛟。其上多㻬琈之玉。

又東南二十里，曰樂馬之山。有獸焉，其狀如彙[3]，赤如丹火，其名曰㻺，見則其國大疫。

注釋

1即谷之山：此續為荊山山系。2枝尾：「枝」通「歧」，「歧尾」即雙尾。3彙：猬鼠。

譯文

又往東南三十五里，有座即谷山，盛產美玉，多玄豹，多閭，麈，多麢、㚖之獸。這山南面多珉，而山北則盛產青雘。

又往東南四十里，有座雞山，山上佈滿美梓樹，還多桑樹，草類以韭居多。

又往東南五十里，有座高前山。山上有條溪水，寒涼而又清澈，是帝臺飲用過的漿水，喝它的人就不會患心痛病。這座山上有金，山下有赭。

又往東南三十里，有座游戲山，長滿杻樹、橿樹和穀樹，盛產玉，也多封石。

又往東南三十五里，有座從山，山上遍佈松樹和柏樹，山下有茂密的竹。從水從這山頂發源，潛流到山下，水裏有很多三足鼈，尾巴分叉，吃了牠就不會患蠱疾。

又往東南三十里，有座嬰硜山，山上遍佈松樹和柏樹，山下有茂密的梓樹和櫄樹。

又往東南三十里，有座畢山。帝苑水從這山發源，向東北流注入濔水，水裏多水玉，還有很多蛟。山上盛產瑤琈之玉。

又往東南二十里，有座樂馬山。有種獸，形狀像彙，身體紅得像丹火，這獸名叫狼，牠在哪個國家出現，該國就會發生大瘟疫。

又東南二十五里，曰葴山[1]。視水出焉，東南流注於汝水，其中多人魚，多蛟，多頡[2]。

又東四十里，曰嬰山，其下多青雘，其上多金、玉。

又東三十里，曰虎首之山，多苴、椆、椐。

又東二十里，曰嬰侯之山，其上多封石，其下多赤錫。

又東五十里，曰大孰之山。殺水出焉，東北流注於視水，其中多白堊。

又東四十里，曰卑山，其上多桃、李、苴、梓，多纍[3]。

又東三十里，曰倚帝之山，其上多玉，其下多金。有獸焉，狀如鼣鼠[4]，白耳白喙，名曰狙如，見則其國有大兵。

又東三十里，曰鯢山。鯢水出於其上，潛於其下，其中多美堊。其上多金，其下多青雘。

又東三十里，曰雅山。澧水出焉，東流注於視水，其中多大魚。其上多美桑，其下多苴，多赤金。

又東五十五里，曰宣山。淪水出焉，東南流注於視水，其中多蛟。其上有桑焉，大五十尺，其枝四衢，其葉大尺餘，赤理，黃華，青柎[5]，名曰帝女之桑。

注釋

1葴（粵：針；普：zhēn）山：此續為荊山山系。2頡（粵：揭；普：xié）：獸名，狀如青狗，一說為江獺。3虆：虎豆、葛藤。4䖸（粵：吠；普：fèi）鼠：一說為艾鼬，一名地狗。5柎（粵：呼；普：fū）：花萼。

譯文

又往東南二十五里，有座葴山，視水從這山發源，向東南流注入汝水，水裏多人魚、也多蛟，多頡。

又往東四十里，有座嬰山，山下有很多青雘，山上盛產金、玉。

又往東三十里，有座虎首山，有茂密的苴、椆樹、椐樹。

又往東二十里，有座嬰侯山，山上遍佈封石，山下有豐富的赤錫。

又往東五十里，有座大孰山。殺水從這座山發源，向東北流注入視水，水中多白堊。

又往東四十里，有座卑山，山上盛長桃、李、苴、梓，也多纍。

又往東三十里，有座倚帝山，山上多產玉，山下多金。有種獸，形狀像鼣鼠，白耳，白嘴，這獸名叫狙如，牠在哪個國家出現，該國就會發生大戰。

又往東三十里，有座鯢山。鯢水從這座山的山頂發源，潛流到山下，這裏多產美堊。山上多金，山下則多青雘。

又往東三十里，有座雅山。澧水從這座山發源，向東流注入視水，水中多大魚。山上遍長美桑，山下多苴，還盛產赤金。

又往東五十五里，有座宣山。淪水從這座山發源，向東南流注入視水，水中多蛟。這山上有種桑樹，樹幹合抱起來有五十尺粗，樹枝交錯伸向四方，樹葉有一尺多大，葉上有紅色紋理，開黃花，青色花萼，這桑樹名叫帝女桑。

又東四十五里，曰衡山[1]，其上多青雘，多桑，其鳥多鸜鵒。

又東四十里，曰豐山，其上多封石，其木多桑，多羊桃，狀如桃而方莖，可以為皮張[2]。

又東七十里，曰嫗山，其上多美玉，其下多金，其草多雞穀。

又東三十里，曰鮮山，其木多楢、杻、苴，其草多蘴冬，其陽多金，其陰多鐵。有獸焉，其狀如膜犬[3]，赤喙、赤目、白尾，見則其邑有火，名曰狢即。

又東三十里，曰皋山，其陽多金，其陰多美石。皋水出焉，東流注於澧水，其中多脃石[4]。

又東二十五里，曰大支之山，其陽多金，其木多穀、柞，無草。

又東五十里，曰區吳之山，其木多苴。

又東五十里，曰聲匈之山，其木多穀，多玉，上多封石。

又東五十里，曰大騩之山，其陽多赤金，其陰多砥石。

又東十里，曰踵臼之山，無草木。

又東北七十里，曰歷石之山，其木多荊、芑，其陽多黃金，其陰多砥石。有獸焉，其狀如狸，而白首虎爪，名曰梁渠，見則其國有大兵。

注釋

1 衡山：此續為荊山山系。2 為皮張：治皮腫。為，治療。3 膜犬：一說「膜」為大熊貓，「犬」當作「大」，即如大熊貓一般大。4 脃（粵：脆；普：cuì）石：脆石。

譯文

又往東四十五里，有座衡山，山上盛產青雘，還有很多桑樹，山中的鳥以鸜鵒為多。

又往東四十里，有座豐山，山上遍佈封石，這裏樹木大多是桑樹，還有很多羊桃樹，形狀像桃樹，而有方形的莖，它可以醫治人身各種皮膚腫脹症。

又往東七十里，有座嫗山，山上多美玉，山下盛產金，山中草類以雞穀草為多。

又往東三十里，有座鮮山，這裏樹木多楢樹、杻樹和苴，草類以亹冬為盛，山南盛產金，山北盛產鐵。有種獸，形狀像膜犬，紅嘴紅眼，白尾巴。這獸出現在哪一邑，該邑就會發生火災，這獸名叫狢即。

又往東三十里，有座皋山，山南多金，山北多美石。皋水從這山發源，向東流注入澧水，水裏有很多胒石。

又往東二十五里，有座大支山，山南多金，山裏遍長穀樹和柞樹，不長草。

又往東五十里，有座區吳山，這裏的樹木以苴為多。

又往東五十里，有座聲匈山，這裏多長穀，多玉，山上封石也多。

又往東五十里，有座大騩山，山南多赤金，山北遍佈砥石。

又往東十里，有座踵臼山，草木不生。

又往東北七十里，有座歷石山，這裏樹木以荊、芑為多，山南多黃金，山北遍佈砥石。有種獸，形狀像狸，長白頭虎爪，這獸名叫梁渠，牠在哪個國家出現，該國就會發生慘烈的戰爭。

又東南一百里，曰求山[1]。求水出於其上，潛於其下，中有美赭。其木多苴，多䉋。其陽多金，其陰多鐵。

又東二百里，曰丑陽之山，其上多椆、椐。有鳥焉，其狀如烏而赤足，名曰䑏鵌[2]，可以禦火。

又東三百里，曰奧山，其上多柏、杻、橿，其陽多㻬琈之玉。奧水出焉，東流注於視水。

又東三十五里，曰服山，其木多苴，其上多封石，其下多赤錫。

又東三百里，曰杳山，其上多嘉榮草[3]，多金、玉。

又東三百五十里，曰几山，其木多楢、檀、杻，其草多香。有獸焉，其狀如彘，黃身、白頭、白尾，名曰聞豨[4]，見則天下大風。

凡荊山之首，自翼望之山至於几山，凡四十八山，三千七百三十二里。其神狀皆彘身人首。其祠：毛用一雄雞祈瘞，用一珪，糈用五種之精。禾山，帝也。其祠：太牢之具，羞瘞，倒毛，用一璧。牛無常。堵山、玉山，冢也，皆倒祠，羞毛少牢，嬰用吉玉。

注釋　1求山：此續為荊山山系。2䑏鵌（粵：至途；普：zhǐ tú）：一說為地鴉。3嘉榮草：

譯文

葫蘆。4聞獜（粵：len^{4}；普：lín）：怪獸，像黃色野豬。

又往東南一百里，有座求山，求水從這山頂發源，潛流到山下，這山裏甚多美赭。樹木以苴、篃為多。山南盛產金，山北則有豐富的鐵。

又往東二百里，有座丑陽山，山上遍長椆樹和椐樹。有種鳥，樣子像烏，長了紅腳，這鳥名叫軹鵌，可以預防火災。

又往東三百里，有座奧山，山上遍佈松樹、杻樹、橿樹，山南盛產㻬琈之玉。奧水發源於這座山，向東流注入視水。

又往東三十五里，有座服山，這山的樹木以苴居多，山上還有甚多封石，山下赤錫蘊藏豐富。

又往東三百里，有座杳山，這山上遍佈嘉榮草，亦盛產金、玉。

又往東三百五十里，有座几山，這山上盛長楢樹、檀樹、杻樹，也遍生各種氣味芳香的草。有種獸，形狀像豬，黃色身體，白色頭顱，白尾巴，這獸名叫聞獜，牠一旦出現，天下就會颳大風。

荊山山系之首，從翼望山起到几山止，一共四十八座山，長達三千七百三十二里。這些山的山神，長相都是豬身人頭。祭祀這些山神的禮儀如下：祭物用一隻公雞，宰了取血祀神，祭祀後埋入地下，祭祀的玉器用一塊玉珪，祭祀用五種精米。禾山是帝山。祭祀禾山山神的禮儀如下：祭物用豬、牛、羊齊全的三牲，祭祀後把牲畜倒埋入地下；祭祀的玉器用一塊玉璧，不需要三牲齊全，牛可有可無。堵山和玉山是冢山，祭祀後，把牲畜倒埋，祭祀用豬、羊，嬰用吉玉。

〈中次十二經〉洞庭山之首[1]，曰篇遇之山，無草木，多黃金。

又東南五十里，曰雲山，無草木，有桂竹[2]，甚毒，傷人必死。其上多黃金，其下多瑉琈之玉。

又東南一百三十里，曰龜山，其木多穀、柞、椆、椐，其上多黃金，其下多青雄黃，多扶竹[3]。

又東七十里，曰丙山，多筀竹[4]，多黃金、銅、鐵，無木。

又東南五十里，曰風伯之山，其上多金、玉，其下多痠石、文石[5]，多鐵，其木多柳、杻、檀、楮。其東有林焉，曰莽浮之林，多美木鳥獸。

又東一百五十里，曰夫夫之山，其上多黃金，其下多青雄黃，其木多桑、楮，其草多竹、雞鼓。神于兒居之，其狀人身而身操兩蛇，常遊於江淵，出入有光。

又東南一百二十里，曰洞庭之山，其上多黃金，其下多銀、鐵，其木多柤、梨、橘、櫾，其草多葌、蘪蕪、芍藥、芎藭。帝之二女居之，是常遊於江淵。澧沅之風，交瀟湘之淵，是在九江之間，出入必以飄風暴雨。是多怪神，狀如人而載蛇，左右手操蛇。多怪鳥。

又東南一百八十里，曰暴山，其木多椶、枏、荊、芑、竹、箭、䉋、箘[6]，其上多黃金、玉，其下多文石、鐵，其獸多麋、鹿、麢、就[7]。

又東南二百里，曰即公之山，其上多黃金，其下多㻬琈之玉，其木多柳、杻、檀、桑。有獸焉，其狀如龜，而自身赤首，名曰蛫[8]，是可以禦火。

又東南一百五十九里，曰堯山，其陰多黃堊，其陽多黃金，其木多荊、芑、柳、檀，其草多藷萸、茱。

又東南一百里，曰江浮之山，其上多銀、砥礪，無草木，其獸多豕鹿。

注釋

1洞庭山：於今湖南省洞庭湖一帶。2桂竹：一名筀竹，甚銳利，可以為矛。3扶竹：即邛竹、拐棍竹，可製為扶手杖。4筀（粵：桂；普：guì）竹：桂竹，見注2。5瘦（粵：酸；普：suān）石：一說為治痛的砭石。6箘（粵：菌；普：jùn）：小竹，可以為箭。7就：通「鷲」，鵰類大猛禽，如禿鷲、兀鷲。8蛫（粵：鬼；普：guǐ）：一說為缺齒鼴，鼴鼠科。

譯文

〈中次十二經〉的洞庭山系，第一座山是篇遇山，草木不生，而蘊藏豐富的黃金。

又往東南五十里，有座雲山，不生草木。有種桂竹，這竹甚毒，一旦被它的枝葉所刺，就必死無疑。山上盛產黃金，山下遍佈瑊玞之玉。

又往東南一百三十里，有座龜山，這裏盛長穀樹、柞樹、椆樹、椐樹，山上盛產黃金，山下多產青雄黃，還遍佈扶竹。

又往東七十里，有座丙山，有茂密的筀竹，還蘊藏豐富的黃金、銅、鐵，不長樹木。

又往東南五十里，有座風伯山，山上盛產金、玉，山下遍佈痠石、文石，鐵也多。這裏的樹木以柳樹、杻樹、檀樹、楮樹居多。風伯山的東面有樹林，名叫莽浮林，有很多美木，也多鳥獸。

又往東一百五十里，有座夫夫山，山上盛產黃金，山下則多青雄黃，山裏的樹木以桑樹、楮樹居多，草類則多竹和雞鼓草。神仙于兒就居住在這座山裏，這神長人身，手裏握了兩條蛇，他經常在江淵遊玩，出入都有亮光。

又往東南一百二十里，有座洞庭山，山上盛產黃金，山下盛產銀和鐵，山裏樹木多柤、梨、橘、櫾；草類以葌、蘪蕪、芍藥、芎藭居多。天帝的兩個女兒就住在這座山裏，她們時常在江中深淵遊玩。從澧水和沅水吹來的風，在湘水淵潭交會，這裏就是九條江水匯合的中心地帶，兩位神女出入必然颳起疾風暴雨。這裏有很多怪神，樣子像人，身上和兩手上都有蛇纏繞，還有很多怪鳥。

又往東南一百八十里，有座暴山，這山的樹木多椶、楠、荊、芑、竹、箭、䉋、箘。山上盛產金、玉，山下多文石，也多鐵。這山的獸以麋、鹿、麢為多，鳥類大都是就。

又往東南二百里，有座即公山，山上蘊藏豐富黃金，山下盛產㻬琈之玉，這山遍長柳樹、杻樹、檀樹和桑樹。有種獸，形狀像龜，白色身體，紅色頭顱，這獸名叫蛫，它可以抵禦火災。

又往東南一百五十九里，有座堯山，山北甚多黃堊，山南盛產黃金，這山遍長荊樹、芑樹、柳樹和檀樹，草類以藷萸和荒為茂盛。

又往東南一百里，有座江浮山，山上盛產銀和砥礪，不生草木，這裏的獸以豬、鹿居多。

賞析與點評

此節說帝之二女處江而為神。帝為帝堯，二女名娥皇、女英，為帝舜之妻。傳說二妃死於江湘，為湘水之神。〈大荒南經〉說「帝俊妻娥皇，生此三身之國」，此「帝俊」即為帝舜。

帝二女（明・蔣應鎬繪圖本）

又東二百里，曰真陵之山[1]，其上多黃金，其下多玉，其木多穀、柞、柳、杻，其草多榮草。

又東南一百二十里，曰陽帝之山，多美銅，其木多橿、杻、檿、楮[2]，其獸多麢、麝。

又南九十里，曰柴桑之山，其上多銀，其下多碧，多泠石、赭，其木多柳、芑、楮、桑，其獸多麋、鹿，多白蛇、飛蛇[3]。

又東二百三十里，曰榮余之山，其上多銅，其下多銀，其木多柳、芑，其虫多怪蛇、怪蟲[4]。

凡洞庭山之首，自篇遇之山至於榮余之山，凡十五山，二千八百里。其神狀皆鳥身而龍首。其祠：毛用一雄雞、一牝豚，刉，糈用稌。凡夫夫之山、即公之山、堯山、陽帝之山，皆冢也，其祠：皆肆瘞[5]，祈用酒，毛用少牢，嬰毛一吉玉。洞庭、榮余山，神也，其祠：皆肆瘞，祈酒太牢祠，嬰用圭璧十五，五采惠之[6]。

右〈中經〉之山志，大凡百九十七山，二萬一千三百七十一里。

大凡天下名山五千三百七十，居地，大凡六萬四千五十六里。

禹曰：天下名山，經五千三百七十山，六萬四千五十六里，居地也。言其

〈五臧〉[7]，蓋其餘小山甚眾，不足記云。天地之東西二萬八千里，南北二萬六千里，出水之山者八千里，受水者八千里，出銅之山四百六十七，出鐵之山三千六百九十。此天地之所分壤樹穀也，戈矛之所發也，刀鎩之所起也，能者有餘，拙者不足。封於太山，禪於梁父[8]，七十二家，得失之數，皆在此內，是謂國用。

右〈五臧山經〉五篇，大凡一萬五千五百三字[9]。

注釋

1真陵之山：一說此「真陵」即《尚書・禹貢》「過九江，至於東陵」的「東陵」；一說在今湖北省新縣幕府山附近。2檿（粵：掩；普：yǎn）：山桑，即柞樹。3飛蛇：一說即《韓非子・十過》所說的「騰蛇」，或作「螣蛇」，能騰雲駕霧，可能是飛蜥。4虫：江蘇等地以獸為虫，一以蛇為虫，非昆蟲。5肆瘞：陳設祭品後埋藏之。肆，陳設，擺設。6惠：藻繪、描繪。7〈五臧〉：「臧」，古「藏」字。《史記・平準書》：「山海，天地之藏也。」一說「藏」通「臟」，南、西、北、東、中五方山經，相當於人體五臟，故稱「五臧」。8「封於太山」兩句：太山即泰山。「封」指上古帝王築壇祭祀天地及四方山嶽之神；「禪」指在梁父山上祭地。9一萬五千五百三字：據郝懿行統計，今經文當有二萬一千二百六十五字。

譯文

又往東二百里，有座真陵山，山上盛產黃金，山下盛產玉，這山遍佈穀、柞、柳、杻，草則多為荣草。

又往東南一百二十里，有座陽帝山，多產美銅，這山的樹木大多是橿樹、杻樹、檿樹、楮樹，獸以麢和麝居多。

又往南九十里，有座柴桑山，山上盛產銀，山下盛產碧，多泠石和赭，這山遍長柳樹、芑樹、楮樹和桑樹，獸以麋、鹿居多，還有很多白蛇和飛蛇。

又往東二百三十里，有座榮余山，山上盛產銅，山下則有豐富的銀，這山的樹木以柳樹和芑樹居多，還有很多怪蛇和怪蟲。

洞庭山山系之首，從篇遇山起到榮余山止，一共十五座山，長達二千八百里。諸山山神都有鳥身龍頭。祭祀這些山神的禮儀如下：祭物用一隻公雞、一頭母豬，切割後取其血祀神，祭祀的米用稻米。夫夫山、即公山、堯山、陽帝山都是冢山，祭祀這幾位山神的禮儀如下：先陳列牲畜、玉器，之後埋入地下，用酒獻祭，祭物用豬、羊二牲，嬰用吉玉。洞庭山、榮余山是神山，祭祀這兩位山神的禮儀如下：陳列牲畜、玉器，之後埋入地下，祭祀要用酒和豬、牛、羊齊全的三牲，嬰用用十五塊玉圭和十五塊玉璧，供奉的玉用五種色彩描繪。

以上就是〈中山經〉的記錄，一共有一百九十七座山，長達二萬一千三百七十一里。

天下名山總計共有五千三百七十座，佔據地域，總計長達六萬四千零五十六里。大禹說：天下名山，他自己經過了五千三百七十座，長達六萬四千零五十六里。之所以把以上的山系記在〈五臧山經〉中，皆因除以上所記名山之外，還有數不勝數的小山，不能夠一一列舉記述。天地廣大，從東方到西方相距二萬八千里，從南方到北方相距二萬六千里，有江河流出來的山是八千里，受水的山有八千里，產銅的山有四百六十七座，產鐵的山有三千六百九十座。這些大山是劃分疆土、種植莊稼的領域；也是生產製造天下刀兵武器的所在，戰爭發生的原因。有能力的人富足有餘，沒有能力的人貧困不足。帝王在泰山上舉行祭天的禮儀，在梁父山上舉行祭地的禮儀，有德行能力封禪的帝王一共有七十二家，他們興衰成敗的事跡，都在這些山川間上演，國家財富用度也都是從這些土地上獲得。這就是所謂國用。

以上就是〈五臧山經〉五篇，總共一萬五千五百零三字。

賞析與點評

清代郝懿行認為，末段「禹曰」，是周代人相傳之說，《管子・地數》載之，而校閱〈五臧山經〉的人附於此處。《管子・地數》原文是：

桓公曰：「地數可得聞乎？」管子對曰：「地之東西二萬八千里，南北二萬六千里，其出水者八千里，受水者八千里，出銅之山四百六十七山，出鐵之山三千六百九山，此之所以分壤樹穀也。戈矛之所發，刀幣之所起也，能者有餘，拙者不足。封於泰山，禪於梁父。封禪之王，七十二家，得失之數，皆在此內，是謂國用。」

〈五臧山經〉有跋，沒有序；〈海經〉有序，沒有跋。

卷六　海外南經

本篇導讀——

〈海經〉的文字，不像〈山經〉一般有既定格式，文氣一貫，反而錯簡不少，重複之處不在少數。如前所述，〈海外四經〉、〈海內四經〉、〈大荒四經〉及〈海內經〉的編寫年代不同。四者所包括之地域，並非判然而別。〈海經〉所述大部分為異域方國，難以考證今名。

〈海外四經〉以下文字，大抵都是按圖作文，文字是圖畫的説明。例如〈海外南經〉説「讙頭國在其南，其為人人面有翼，鳥喙，方捕魚」一句，著一「方」字，是描繪圖畫中其人正在捕魚之狀。

〈海外南經〉所載異域方國，包括結匈國、羽民國、讙頭國、厭火國、三苗國、貫匈國、交脛國、反舌國、三首國、周饒國及長臂國。其內容可與《逸周書．王會篇》及《淮南子．墬形訓》互相印證。三苗國是歷史上的「三苗」、「有苗」，其性質與貫匈國、三首國等不同。

此篇說「狄山，帝堯葬於陽，帝嚳葬於陰」、「吁咽、文王皆葬其所」，〈海內南經〉說「蒼梧之山，帝舜葬於陽，帝丹朱葬於陰」，〈大荒南經〉說「赤水之東，有蒼梧之野，舜與叔均之所葬也」、「帝堯、帝嚳、帝舜葬於嶽山」，則帝嚳、帝堯、帝舜等皆葬於南方；〈海外北經〉載「帝顓頊葬於陽，九嬪葬於陰」，〈大荒北經〉又載「帝顓頊與九嬪葬焉」，則帝顓頊葬於北方；〈海內西經〉說「后稷之葬，山水環之。在氐國西」，則后稷葬於西方。

地之所載，六合之間[1]，四海之內，照之以日月，經之以星辰，紀之以四時，要之以太歲[2]，神靈所生，其物異形，或夭或壽，唯聖人能通其道。

注釋

1 六合：東、南、西、北、上、下為六合。2 要：更正，改正，即「正天時」之意。古人以歲星（木星）紀年。

譯文

凡是大地所負載的，天地上下四方之間，四海以內，有日月光輝照耀，有無數星辰運行，用春夏秋冬四個季節來記時令，用木星的運行軌跡來記年。大凡神靈所生的萬物，有不同的形體，有的早亡，有的長壽，只有那些品德高尚智慧高超的人才能通曉其中的道理。

賞析與點評

這段文字與〈海經〉其他文字不同，顯然為寫定或整理《山海經》者所加，性質略似序文。《淮南子．墬形訓》說「墬形之所載，六合之間，四極之內，照之以日月，經之以星辰，紀之以四時，要之以太歲」，與此處微有不同。《列子．湯問》則全抄〈海外南經〉之文，其前則加「大禹曰」三字。

海外自西南陬至東南陬者[1]。

結匈國在其西南，其為人結匈[2]。

南山在其東南。自此山來，蟲為蛇，蛇號為魚。一曰南山在結匈東南。

比翼鳥在其東，其為鳥青、赤，兩鳥比翼。一曰在南山東。

羽民國在其東南，其為人長頭，身生羽。一曰在比翼鳥東南，其為人長頰。

有神人二八[3]，連臂，為帝司夜於此野，在羽民東。其為人小頰赤肩，盡十六人。

畢方鳥在其東，青水西，其為鳥人面一腳。一曰在二八神東。

注釋

1陬：角落。2結匈：「匈」通「胸」，結胸即胸骨隆起。3二八：一說為神人的名字，一說指神人共十六人，故下文謂「盡十六人」。郭璞疑「盡十六人」為後人解釋「二八」之語，非經本文。

譯文

海外從西南角落到東南角落的國家、山川、物產如下所述。

結匈國在西南面，這裏的人長了尖鋭凸出的胸骨。

南山在它的東南面。從這座山出來的人，把蟲叫做蛇，把蛇叫做魚。一說南山在結匈國東南。

比翼鳥在它的東面，這種鳥有青色、赤色兩種顏色，這兩隻鳥必須翅靠着翅，合併起來才能飛翔。一說比翼鳥在南山東面。

羽民國在比翼鳥的東南面，這裏的人頭很長，身上生羽毛。一說羽民國在比翼鳥東南，這裏的人有長長的面頰。

有個神人名叫二八，他的兩條手臂是相連在一起的，在曠野中為天帝守夜。這神人在羽民國東面，這裏的人有狹小的臉頰和赤色的肩膊，總共十六人。

畢方鳥在神人的東面，青水的西面，這種鳥長人面，只有一隻腳。一說畢方鳥在二八神的東面。

讙頭國在其南[1]，其為人人面有翼，鳥喙，方捕魚。一曰在畢方東，或曰讙朱國。

厭火國在其國南，獸身黑色，火出其口中。一曰在讙朱東。

三珠樹在厭火北[2]，生赤水上，其為樹如柏，葉皆為珠。一曰其為樹若彗。

注釋　1讙（粵：歡；普：huān）頭：鸛鳥。2厭火：厭即饜，飽足之意，能吐火。

譯文　讙頭國在畢方鳥的南面，這裏的人長了一張人面，有翅膀，還有張鳥嘴，正在捕魚。一說讙頭國在畢方鳥東面。或說讙頭國也叫讙朱國。

厭火國在讙頭國的南面，這裏的人長了獸身，身體黑色，火從他們的口裏吐出來。一說厭火國在讙朱國東面。

三珠樹在厭火國北面，生長在赤水上，這樹的形狀像柏樹，葉都是珠。一說三珠樹像彗星。

賞析與點評

讙頭，通「讙兜」、「驩兜」、「鴅兜」。郭璞說：「讙兜，堯臣，有罪，自投南海而死。帝憐之，使其子居南海而祠之。」一說驩兜即丹朱，帝堯的長子，被放逐至南方，史載「帝使后稷放帝子朱於丹水。」（《竹書紀年》卷上）。

據《尚書》及《史記・五帝本紀》所載，讙兜自讙兜，丹朱自丹朱，判然為二人，一為堯臣，一為堯子。先秦諸子，亦未曾將丹朱與讙兜混同，例如《莊子・在宥》說「堯於是放讙兜於崇山」，《荀子・議兵》說「堯伐驩兜，舜伐有苗，禹伐共工」，《韓非子・說疑》說「昔者有扈氏有失度，讙兜氏有孤男」，又說「堯有丹朱，而舜有商均」等等。《山海經》一書，亦讙頭自讙頭，丹朱自丹朱。今學者則認為讙兜即丹朱（童書業〈丹朱與驩兜〉，一九三五年《浙江省立圖書館館刊》第四卷第五期，收入《童書業史籍考證論集》上冊）。或神話歷史化的過程中，丹朱與讙兜被析為二人。〈大荒南經〉說「鯀妻士敬，士敬子曰炎融，生驩頭」，〈大荒北經〉說「顓頊生驩頭，驩頭生苗民」，則傳說又以驩頭為鯀之孫，或顓頊之子，史書並無此說。

〈海內南經〉說「帝丹朱葬於陰」，〈海內北經〉說「帝丹朱臺」，則丹朱已然稱帝，與傳統說法不同。〈海內南經〉郭璞注引古本《竹書紀年》說：「后稷放帝朱於丹水。」「丹朱稱帝者，猶漢山陽公死加獻帝之諡也。」一說「堯崩，三年之喪畢，舜讓辟丹朱於南河之南」，故丹朱曾稱帝三年。唐代史學家劉知幾《史通・疑古》說：「據《山海經》，謂放勳之子為帝丹朱，而列君於帝者，得非舜雖廢堯，仍立堯子，俄又奪其帝者乎？」因此南方之民懷念丹朱（舜廢了堯，又奪丹朱帝號），仍然稱他為帝。無論如何，稱丹朱為帝，只有《山海經》及郭璞注所引的古本《竹書紀年》而已。

三苗國在赤水東[1]，其為人相隨。一曰三毛國。

㦸國在其東，其為人黃，能操弓射蛇。一曰盛國，在三毛東。

貫匈國在其東[2]，其為人匈有竅。一曰在㦸國東。

交脛國在其東，其為人交脛[3]。一曰在穿匈東[4]。

不死民在其東，其為人黑色，壽考[5]，不死。一曰在穿匈國東。

反舌國在其東，其為人反舌。一曰反舌國在不死民東。

昆侖虛在其東[6]，虛四方。一曰在反舌東，為虛四方。

注釋

1三苗：即有苗、苗民。郭璞説：「昔堯以天下讓舜，三苗之君非之，帝殺之，有苗之民，叛入南海，為三苗國。」2貫匈國：據説防風神以刃自貫其心而死。禹以不死草埋之，遂死而復生，成穿胸國。3交脛：腳脛相交、小腿相交。4穿匈：即貫匈。5壽考：即長壽。6昆侖：高山亦可稱昆侖。此「昆侖」在東南方，不是〈西次三經〉的昆侖。

譯文

三苗國在赤水東面，國中人彼此跟隨，結伴行走。一説三苗國叫三毛國。

㦸國在它的東面，國中的人黃皮膚，能張弓拉箭射蛇。一説㦸國叫盛國，在三毛國的東面。

貫匈國在它的東面，國中的人胸膛上有孔竅。一說貫匈國在䒳國東面。

交脛國在它的東面，國中的人小腿屈曲相交。一說交脛國在穿匈國東面。

不死民在它的東面，國中的人身體黑色，都很長壽，不會死。一說不死民在穿匈國東面。

反舌國在它的東面，國中的人舌反生。一說反舌國在不死民東面。

昆侖虛在它的東面，山四方形。一說昆侖虛在反舌國東面，山四方形。

賞析與點評

一說三苗與丹朱抗擊帝堯，戰敗，叛入南海。〈大荒北經〉說：「顓頊生驩頭，驩頭生苗民。」若驩頭即丹朱，則傳說又以苗民為丹朱的後裔了。二者關係之密切，可想而知。

羿與鑿齒戰於壽華之野[1]，羿射殺之。在昆侖虛東。羿持弓矢，鑿齒持盾。一曰持戈。

三首國在其東，其為人一身三首。一曰在鑿齒東。

周饒國在其東[2]，其為人短小，冠帶。一曰焦僥國在三首東。

長臂國在其東，捕魚水中，兩手各操一魚。一曰在焦僥東，捕魚海中。

狄山，帝堯葬於陽，帝嚳葬於陰。爰有熊、羆、文虎、蜼、豹、離朱、視肉[3]。吁咽、文王皆葬其所[4]。一曰湯山。一曰爰有熊、羆、文虎、蜼、豹、離朱、鴟久、視肉、虖交[5]。有范林方三百里。

南方祝融[6]，獸身人面，乘兩龍。

注釋

1羿：天神名，為古代神話中的英雄。〈海內經〉說：「帝俊賜羿彤弓素矰，以扶下國，羿是始去恤下地之百艱。」故學者多以羿與西方希臘神話的英雄比較。史載羿有二人，皆善射，其一是帝堯時代的壯士，一說為帝嚳時代的射官，其二是夏朝東夷部落有窮氏的首領，稱「帝羿有窮氏」，曾推翻夏朝太康的統治。鑿齒：其人齒如鑿，故名鑿齒。2周饒：一說「周饒」、「焦僥」皆「侏儒」之聲轉。3蜼（粵：謂；普：wèi）：獼猴類，長尾猿。離朱：一說為三足烏。視肉：怪獸，形如牛肝，有兩隻眼睛，其肉被割後可重生。4吁咽：不詳，與文王並列，當為人名。5鴟久：鳥名，鵂鶹之屬。6祝融：火神，南方炎帝之佐。

譯文

羿與鑿齒在壽華之野交戰，羿射死了鑿齒。就在昆侖虛的東面。羿手執弓箭，鑿齒手持盾牌。一說鑿齒拿的是戈。

三首國在它的東面，這裏的人都是一身三頭的。一說三首國在鑿齒的東面。

周饒國在它的東面，國中的人身材矮小，戴帽繫腰帶。一說焦僥國在三首國東面。

長臂國在它的東面，有人在水中捕魚，兩手各拿一條魚。一說長臂國在焦僥國東面，在海中捕魚。

有座狄山，帝堯葬在山的南面，帝嚳葬在山的北面。這裏有熊、羆、文虎、蜼、豹、離朱、視肉。吁咽和文王也葬在這裏。一說狄山也叫湯山。一說這裏有熊、羆、文虎、蜼、豹、離朱、鴟久、視肉、虖交。有方圓三百里的范林。

南方祝融，有獸身人面，駕兩條龍。

賞析與點評

祝融為南方火神，在神話及歷史中的身份，異說甚多。〈大荒西經〉說「顓頊生老童，老童生祝融」，而〈海內經〉則以為祝融是炎帝的後裔，已然不同。〈海內經〉說「鯀竊帝之息壤以堙洪水，不待帝命。帝令祝融殺鯀於羽郊」，則祝融為帝堯時人。《國語．鄭語》說「夫黎為高辛氏火正……故命之曰祝融」，則祝融為高辛氏火正，名黎。《左傳．昭公二十九年》說「顓項氏有子曰犂，為祝融」，則祝融為顓項之子。《莊子．胠篋》說「昔者容成氏、大庭氏……祝融

祝融（明·蔣應鎬繪圖本）

氏、伏羲氏、神農氏」，則祝融與伏羲、神農並列。《管子・五行》說「昔者黃帝……得祝融而辯於南方」，則祝融為黃帝時人。《呂氏春秋・勿躬》說「夷羿作弓，祝融作市」，則祝融不獨為火正。《史記・楚世家》說「重黎為帝嚳高辛居火正，甚有功，能光融天下，帝嚳命曰祝融」，則其名為重黎，不是黎。《禮記・月令》說「其帝炎帝，其神祝融」，則祝融為炎帝之佐。《白虎通義》卷一說「三皇者，何謂也？謂伏羲、神農、燧人也。或曰伏羲、神農、祝融也」，則祝融為三皇之一。神話或歷史傳說有很多不同說法，這是很好的例子。

卷七　海外西經

本篇導讀——

〈海外西經〉所載之異域方國，有三身國、一臂國、奇肱之國、丈夫國、巫咸國、女子國、軒轅之國、白民之國、肅慎之國、長股之國等。其中軒轅之國，為黃帝所居，〈西次三經〉、〈海外西經〉有「軒轅之丘」；〈海外西經〉、〈大荒西經〉有「軒轅之國」；〈北次三經〉有「軒轅之山」；〈大荒西經〉有「軒轅之臺」。據《史記·五帝本紀》，黃帝姓公孫，名曰軒轅。有學者認為，觀乎「軒轅」二字，黃帝是造車很有成就的強大氏族。另外，歷史上的肅慎國，在中國東北，此說「肅慎之國」在西，不知何故。〈大荒北經〉有「肅慎氏之國」，與歷史上的肅慎國相合。

丈夫國與君子國相近。此處說丈夫國「其為人衣冠帶劍」，〈海外東經〉所說的君子國，亦「衣冠帶劍」，但「其人好讓不爭」，此丈夫國無有。

海外自西南陬至西北陬者。

滅蒙鳥在結匈國北，為鳥青，赤尾。

大運山高三百仞，在滅蒙鳥北。

大樂之野，夏后啟於此儛《九代》[1]，乘兩龍，雲蓋三層。左手操翳[2]，右手操環，佩玉璜[3]。在大運山北。一曰大遺之野[4]。

三身國在夏后啟北，一首而三身。

一臂國在其北，一臂、一目、一鼻孔。有黃馬，虎文，一目而一手。

奇肱之國在其北[5]，其人一臂三目，有陰有陽，乘文馬[6]。有鳥焉，兩頭，赤黃色，在其旁。

注釋

1夏后啟：大禹之子，夏朝開國君主，即〈大荒西經〉的夏后開：「有人珥兩青蛇，乘兩龍，名曰夏后開。」儛《九代》：「儛」同「舞」。《九代》當即《九韶》，〈大荒西經〉作《九招》，樂名。2翳：羽毛製的舞具。3璜：半璧為璜。4大遺之野：〈大荒西經〉提到夏后開，說「此天穆之野，高二千仞，開焉得始歌《九招》」，則「大遺之野」當與「天穆之野」相同。5奇肱（粵：機轟；普：jī gōng）：「奇」為「奇數」之「奇」，單。肱，上臂，此泛指手臂。「奇肱」即單臂。6文馬：郭璞說「文馬即吉良也」，〈海內北經〉作「吉量」。

譯文

海外從西南角落到西北角落的國家、山川、物產如下所述。

滅蒙鳥在結匈國北面，那種鳥青色，尾巴赤色。

大運山高三百仞，在滅蒙鳥北面。

大樂野，是夏后啟演出《九代》的地方，夏后啟駕兩條龍，上面有三重像傘蓋的雲霧。他左手持翳，右手握環，身佩玉璜。大樂野在大運山北面。一說是大遺野。

三身國在夏后啟北面，國中的人長一頭三身。

一臂國在三身國北面，國中的人只有一條臂、一隻眼睛和一個鼻孔。有黃馬，這馬身上有虎紋，只有一隻眼睛和一條手臂。

奇肱國在一臂國北面。國中的人有一條手臂三隻眼睛，有陰有陽，騎文馬。有種鳥，長了兩個頭，身體赤黃色，棲息在人身邊。

賞析與點評

傳說禹娶塗山氏，治洪水，化為熊。塗山氏看見禹的相貌，慚而離去，至嵩高山下，化為石頭。禹說：「還我兒子！」石破而生啟。此為禹的兒子「啟」（石頭破開）之名字的由來（馬驌《繹史》卷十二引《隨巢子》）。馬驌雖說「荒誕」，但史載漢武帝詔曰：「朕用事華山，至於中嶽，獲駮麃，見夏后啟母石。」（《漢書・武帝紀》）在古代，神話往往亦見於史書，神話與歷史不是截然可分，甚至是對立的。

夏后開（明・蔣應鎬繪圖本）

形天與帝爭神[1]，帝斷其首，葬之常羊之山[2]。乃以乳為目，以臍為口，操干戚以舞[3]。

女祭、女戚在其北[4]，居兩水間。戚操魚䱇[5]，祭操俎[6]。

𪀦鳥、鶬鳥，其色青黃，所經國亡。在女祭北。𪀦鳥人面，居山上。一曰維鳥，青鳥、黃鳥所集。

丈夫國在維鳥北，其為人衣冠帶劍。

女丑之尸，生而十日炙殺之[7]。在丈夫北。以右手鄣其面[8]。十日居上，女丑居山之上。

巫咸國在女丑北[9]，右手操青蛇，左手操赤蛇。在登葆山[10]，群巫所從上下也。

并封在巫咸東[11]，其狀如彘，前後皆有首，黑。

女子國在巫咸北，兩女子居，水周之。一曰居一門中。

軒轅之國在窮山之際，其不壽者八百歲。在女子國北，人面蛇身，尾交首上。

窮山在其北，不敢西射，畏軒轅之丘。在軒轅國北，其丘方，四蛇相繞。

注釋

1形天：一作「刑天」、「形夭」，炎帝之臣，沒有頭顱。據說黃帝與炎帝之戰，炎帝兵敗。形天亦與黃帝相抗，被斬首。「與帝爭神」之「帝」，即指黃帝。2常羊之山：

傳說為炎帝降生之地，〈大荒西經〉載：「西南，大荒之隅，有偏句、常羊之山。」3干戚：干，盾；戚，斧。4女祭、女戚：二者皆為女巫。〈大荒西經〉載「有寒荒之國。有二人女祭、女薎。」女祭、女戚當即「女祭、女薎」。5魚觛（粵：但；普：dàn）：古代一種圓形的小酒器。6俎（粵：左；普：zǔ）：古代祭祀時盛載牛羊祭品的禮器。7「女丑之尸」兩句：「女丑」疑為女巫。古時十日並出，炙殺女丑。〈大荒西經〉載「有人衣青，以袂蔽面，名曰女丑之尸」，此處則說「以右手鄣其面」。8鄣（粵：障；普：zhāng）：遮掩。9巫咸：古代神巫。10登葆山：即天梯之類，故「群巫所從上下也」。可能即〈大荒南經〉的「登備之山」。11并封：即〈大荒西經〉「左右有首」的「屏蓬」。

譯文

刑天與天帝爭奪神位，天帝砍斷了刑天的頭，把他的頭埋在常羊山。刑天就以乳頭為眼睛，以肚臍為口，他揮舞盾牌和大斧。

女祭、女戚在形天北面，住在兩條河流中間，女戚手拿魚觛，女祭手捧俎。

䲦鳥、鶬鳥，體色青中帶黃，凡是牠們所經過的國家都會滅亡。在女祭的北面。䲦鳥長人一樣的面孔，棲息山上。一說這鳥叫維鳥，是青鳥和黃鳥所集。

丈夫國在維鳥北面，國中的人都穿衣戴帽，身佩寶劍。

有女丑尸，她出生後被十個太陽的熱氣活活烤死。在丈夫國北面，用右手遮住臉。十個太陽高掛天上，女丑住在山上。

巫咸國在女丑北面，有人右手握青蛇，左手握赤蛇。在登葆山，是群巫上下往來的地方。

并封在巫咸的東面，牠的形狀像豬，前後兩端都有頭，身黑色。

女子國在巫咸的北面，兩個女子住在這裏，有水環繞。一說她們住在一道門裏。

軒轅國在窮山之邊際，國中人即使壽命不長的，也能活到八百歲。軒轅國在女子國北面，他們長人面蛇身，尾巴盤繞在頭頂上。

窮山在軒轅國北面，這裏的人不敢向西方射箭，因為畏懼軒轅丘的威嚴。軒轅丘在軒轅國北面，丘是方形的，有四條蛇互相纏繞。

賞析與點評

《淮南子・地形篇》：「西方有形殘之尸。」高誘注說：「形殘之尸，於是以兩乳為目，腹臍為口，操干戚以舞。天神斷其手後，天帝斷其首也。」與《山海經》所說不同。《山海經》說「帝斷其首」，仍「操干戚以舞」。高誘說「天神斷其手」，則形殘之尸怎能操干戚以舞？一般而論，「斷其手」不會是斷單手的。若說「天神斷其手」其實在「操干戚以舞」之後，則「天神斷其手後，天帝斷其首也」一句是說不通的，因前文已說「以兩乳為目，腹臍為口」了。

「形天與帝爭神」，是炎黃戰爭中慘烈的一章。陶淵明《讀山海經》詩紀念此故事，有「刑天舞干戚，猛志固常在」之句。明代王應麟說「陶靖節之讀《山海經》，猶屈子之賦遠遊也」，又說「悲痛之深可為流涕」（《困學紀聞》卷十八）。但陶淵明「刑天舞干戚」一句，本作「形夭無千歲」，北宋曾紘認為上下句文義不相貫，於是參考《山海經》，知上句當是「刑天舞干戚」，方能與下句「猛志固常在」相應（《陶淵明集》卷四）。不過，歷來學者對此二說，爭論不休。支持「刑天舞干戚」的，包括周紫芝（《竹坡詩話》卷一）、洪邁（《容齋四筆》卷二）、邢凱（《坦齋通編》，《說郛》卷二十八下）、吳景旭（《歷代詩話》卷三十一）等；而支持「形夭無千歲」的，有周必大（《二老堂詩話》）、方回（《桐江續集》卷十二）等。周必大《二老堂詩話》首段〈陶淵明山海經詩〉說：「此篇恐專說精衛銜木填海，無千歲之壽，而猛志常在，化去不悔。若併指刑天，似不相續。」周必大的看法雖不無道理，但以「猛志」形容一隻由少女所化的鳥兒，始終不免扞格。

「操干戚以舞」的「舞」字，有學者據之以作考證。宋代高承《事物紀原》卷二論「舞」的起源，即引用《山海經》「操干戚以舞」一段。明代張枚撰寫《舞志》十二卷，《四庫提要》批評說：「至援《山海經》『刑天舞干戚』之類以證古義，尤為貪多嗜奇，擇焉不精矣」（《四庫提要》卷三十九〈樂類存目〉）。我們知道，《四庫全書》把《山海經》列為「小說家」（卷一百四十二）：「案以耳目所及，百不一真，諸家並以為地理書之冠，亦為未允。核實定名，實則小說之最古者爾。」故《提要》作者認為，以小說為考證的材料，當然是「擇焉不精」了。

形天（明·蔣應鎬繪圖本）

此諸沃之野，鸞鳥自歌，鳳鳥自舞。鳳皇卵，民食之；甘露，民飲之，所欲自從也。百獸相與羣居。在四蛇北。其人兩手操卵食之，兩鳥居前導之。

龍魚陵居[1]，在其北，狀如鯉。一曰鰕。即有神聖乘此以行九野[2]。一曰鼈魚在沃野北，其為魚也如鯉。

白民之國在龍魚北，白身被髮。有乘黃[3]，其狀如狐，其背上有角，乘之壽二千歲。

肅慎之國在白民北，有樹名曰雄常[4]，聖人代立，於此取衣。

長股之國在雄常北，被髮。一曰長腳。

西方蓐收[5]，左耳有蛇，乘兩龍。

注釋

1龍魚：神話傳說中人魚之類，有說可能與魚龍同。2九野：即九域之野。3乘黃：一說即飛黃、訾黃，神獸，龍翼而鳥身。4雄常：《淮南子・墬形訓》作「雒棠」，皆樹名。5蓐（粵：褥；普：rù）收：已見於〈西次三經〉。

譯文

這諸沃野，鸞鳥自由自在歌唱，鳳鳥自由自在起舞。居民吃鳳凰生下的蛋，飲天上降下的甘露，凡他們所想要的東西都能隨意獲得。百獸在這裏相安群居。沃野在四蛇北面，這裏的人用雙手捧着蛋吃，有兩隻鳥在他們前面引導。

龍魚住在沃野北面高地，龍魚的形狀像鯉。一說龍魚像鰕。有神人騎了牠遨遊九州。一說鼈魚在沃野北面，這種魚的形狀也像鯉魚。

白民國在龍魚北面，這國人白色身體，披散頭髮。有種獸叫乘黃，形狀像狐，背上長角，騎上牠就能有兩千歲的壽命。

肅慎國在白民國北面。有種樹叫雄常，聖人代為立國，取這樹的樹皮來做衣服。

長股國在雄常國北面，國中人都披散頭髮。一說長股國叫長腳國。

西方神蓐收，左耳掛了一條蛇，乘兩條龍。

卷八　海外北經

本篇導讀——

北方為日所不照之地。此處最矚目的神話故事當推燭陰、禹殺共工之臣相柳及夸父逐日。〈海外北經〉可與〈大荒北經〉對讀，前者的燭陰即後者的燭龍，二者俱載禹殺共工之臣相柳、夸父逐日、帝顓頊與九嬪俱葬等等故事，惟文字小有不同。

〈海外北經〉的異域方國，包括無脅之國、一目國、柔利國、深目國、無腸之國、聶耳之國、夸父國、拘纓之國、跂踵國，其中不少重見於〈大荒北經〉。〈海內北經〉有鬼國，「為物人面而一目」；〈大荒北經〉則說「有人一目，當面中生」，當亦為鬼國。既然日所不照，故北方亦可說是幽冥之國度。

海外自西北陬至東北陬者。

無𦙍之國在長股東[1]，為人無𦙍。

鍾山之神，名曰燭陰[2]，視為晝，瞑為夜，吹為冬，呼為夏，不飲，不食，不息[3]，息為風，身長千里。在無𦙍之東。其為物，人面蛇身，赤色，居鍾山下。

一目國在其東，一目中其面而居。

柔利國在一目東[4]，為人一手一足，反𦟝[5]，曲足居上。一云留利之國，人足反折。

注釋

1𦙍（粵：啟；普：qǐ）：脛骨後肌肉，今俗稱小腿肚。〈大荒北經〉有「無繼」，《淮南子》有「無繼民」，與此相合，則「無𦙍」當解作「無繼」，即無後也。2燭陰：即〈大荒北經〉的「燭龍」。3息：呼吸。4柔利國：一說即〈大荒北經〉的「牛黎之國」。〈大荒北經〉的牛黎之國「有人無骨」，此說柔利國為人「反𦟝，曲足居上」，說法大抵吻合。5反𦟝（粵：膝；普：xī）：古「膝」字。

譯文

海外從西北角落到東北角落的國家、山川、物產如下所述。

無𦙍國在長股國的東面，這國的人沒有小腿肚。

鍾山的神名叫燭陰，他睜開眼睛就是白天，閉上眼睛就是黑夜，一吹氣便是冬天，一呼氣就是夏天，他既不喝水，不吃東西，也不呼吸，一呼吸就成了風，他的身體足有一千里長。這燭陰神在無𦜆國的東面。這個神有人面蛇身，體赤色，住在鍾山腳下。

一目國在鍾山東面，國中的人只有一隻眼睛，長在臉的正中間。

柔利國在一目國的東面，國中的人只有一隻手一隻腳，腳反轉捲曲，生在膝蓋上面。一說柔利國叫留利國，國中人的腳是反折而生的。

賞析與點評

燭陰或燭龍位處北方，而北方為太陽不照之地，是為幽冥世界。《楚辭．天問》說：「日安不到？燭龍何照？」王逸注說：「言天之西北，有幽冥無日之國，有龍銜燭而照之也。」《淮南子．墬形訓》：「燭龍在雁門北，蔽於委羽之山，不見日，其神人面龍身而無足。」《詩．含神霧》說：「天不足西北，無陰陽消息，故有龍銜火精，以照天門中者也。」說「天不足西北」，大抵與共工「怒而觸不周之山」有關。《淮南子．天文訓》載：「昔者共工與顓頊爭為帝，怒而觸不周之山。天柱折，地維絕。天傾西北，故日月星辰移焉；地不滿東南，故水潦塵埃歸焉。」「日月星辰移焉」，故西北為幽冥無日之國。

《楚辭．大招》說：「北有寒山，逴龍赩只。」王逸認為逴龍為山名，洪興祖則懷疑逴龍即

《山海經》的燭龍。清代吳任臣《山海經廣注》（卷十七）及徐文靖《管城碩記》（卷十七）等皆贊同洪興祖的說法。

當代學者張明華有〈燭龍和北極光〉一文（《山海經新探》，頁308－314），認為燭龍神話當由「北極光」而來，其說頗有根據。陳子展《楚辭直解．天問》篇說：「燭龍句，當是神話。此由於上古先民未能正確認識有北之極地極光，而作出之一種神幻化的反映。」雖《直解》彙印成書稍遲，而其文稿則寫定於二十世紀七十年代。當是英雄所見略同。

共工之臣曰相柳氏[1]，九首，以食於九山。相柳之所抵，厥為澤谿。禹殺相柳，其血腥，不可以樹五穀種。禹厥之[2]，三仞三沮[3]，乃以為眾帝之臺[4]。在昆侖之北，柔利之東。相柳者，九首人面，蛇身而青。不敢北射，畏共工之臺。臺在其東。臺四方，隅有一蛇，虎色，首衝南方。

深目國在其東，為人深目，舉一手。一曰在共工臺東。

無腸之國在深目東，其為人長而無腸。

聶耳之國在無腸國東[5]，使兩文虎，為人兩手聶其耳[6]。縣居海水中[7]，及水所出入奇物。兩虎在其東。

注釋

1共工：天神名。一說共工曾與顓頊爭為帝，怒而觸不周之山，天柱折，地維絕。（《淮南子．天文訓》）。其後共工發動洪水，禹攻共工，〈大荒西經〉載「有禹攻共工國山」。最終共工被收服，史載舜「流共工於幽州」（《尚書．堯典》）。共工可能是上古氏族或部落之稱，或部落領袖之名，參〈大荒北經〉導讀。相柳：即〈大荒北經〉所言「相繇」。2厥：挖掘。3三仞（粵：刃；普：rèn）三沮（粵：咀；普：jǔ）：三是約數，意為多次。「仞」通「牣」，填塞。沮，毀壞。此處指地面塌陷。4眾帝之臺：據此處所說，「禹殺相柳，其血腥，不可以樹五穀種。禹厥之，三仞三沮」，則建眾帝之臺，或作鬮邪之用。〈海內北經〉有「帝堯臺、帝嚳臺、帝丹朱臺、帝舜臺」。5聶耳之國：〈大荒北經〉有「儋耳之國」。6聶：通攝，握持。7縣居：「縣」為「懸」本字，懸居即懸住在海中孤島上。

譯文

共工的臣叫相柳氏，有九個頭，每個頭各在一座山上覓食。相柳氏所到過的地方，都會被挖掘成水潭和溪流。大禹殺死了相柳氏，相柳氏的血流過的地方，土地就會變得腥臭，不能再種植五穀。大禹只好挖走這裏的土，用別處的土填塞，填幾次就塌陷幾次，後來就把挖出來的泥土為眾帝建造了帝臺。這些帝臺在昆侖以北，柔利國的東面。相柳氏長了九個頭，每個頭上都長人面，他有蛇身，體青色。射箭的人不敢向北方射，是因為敬畏共工臺。共工臺在相柳東面，台是方形的，每個角落都有一條蛇，蛇身似虎皮顏色，頭向南方。

深目國在相柳氏東面，國中的人深目，總是舉起一手。一說深目國在共工臺的東面。

無腸國在深目國東面，這國的人身材高大，肚裏沒有腸。

聶耳國在無腸國東面，這國的人都能夠驅使兩隻文虎，也都用手握着自己兩隻大耳朵。聶耳國人住在海中孤島上，水中出入的奇怪之物盡為他們所有。有兩隻老虎在聶耳國東面。

夸父與日逐走[1]，入日[2]。渴欲得飲，飲於河渭，河渭不足，北飲大澤。未至，道渴而死。弃其杖[3]，化為鄧林[4]。

夸父國在聶耳東，其為人大，右手操青蛇，左手操黃蛇。鄧林在其東，二樹木。一曰博父。

禹所積石之山在其東[5]，河水所入。

拘癭之國在其東[6]，一手把癭。一曰捋癭之國。

尋木長千里，在拘癭南，生河上西北。

跂踵國在拘癭東[7]，其為人兩足皆支。一曰反踵[8]。

歐絲之野在反踵東，一女子跪據樹歐絲[9]。

三桑無枝，在歐絲東，其木長百仞，無枝。

范林方三百里，在三桑東，洲環其下。

務隅之山，帝顓頊葬於陽，九嬪葬於陰。一曰爰有熊、羆、文虎、離朱、鴟久、視肉。

平丘在三桑東，爰有遺玉、青馬、視肉、楊柳、甘柤、甘華，百果所生。在兩山夾上谷，二大丘居中，名曰平丘。

注釋

1 夸父：神話故事中神人之名，一說為神獸，見〈北山經〉導讀。《山海經．大荒北經》亦載其逐日之故事。2 入日：郭璞說：「言及於日將入也。」一作「日入」。3 弃（粵：棄；普：qì）：古「棄」字。4 鄧林：《列子》卷五說：「膏肉所浸生鄧林，鄧林彌廣數千里焉。」鄧林，一說「鄧猶木也」，一說為桃林，見〈中次六經〉。夸父山北有桃林。《水經注》卷四：「湖水出桃林塞之夸父山。」《太平御覽》卷五十七引《山海經》：「桃林方三百里，在崑崙南夸父山北。」又卷一百五十八：「夸父之山，其北有林，名曰桃林。」5禹所積石之山：〈海內西經〉說「又出海外，即西而北，入禹所導積石山」，〈大荒北經〉說「其西有山，名曰禹所積石」。6癭：即瘤。7跂踵（粵：企腫；普：qì zhǒng）：一說為走路時腳跟不着地，即踵不至地。一說跂為「支」，「支」又為「反」之訛，故當為「反踵」。下文說「一曰反踵」，則跂踵與反踵當有分別。8反踵：腳跟反向而生。9據：憑依，倚靠。歐：即「嘔」。

譯文

夸父追趕太陽，太陽即將西下。這時夸父渴極想要喝水，於是就到河和渭河去喝，夸父喝乾了兩條河的水還不夠解渴，又想去喝北面大澤的水，還沒跑到目的地，就渴死在半路上。他死時所扔掉的手杖，化成了鄧林。

夸父國在聶耳國的東面，國中的人都身形高大，右手捏着條青蛇，左手捏着條黃蛇。鄧林在夸父國的東面，只有兩棵大樹。一說夸父國叫博父國。

禹所積石山在博父國東面，是河水流入的地方。

拘癭國在禹所積石山東面，這國的人常用一手持癭。一說拘癭國叫捋癭國。

有種高達千里的樹，叫做尋木，尋木就在拘癭國南面，生長在河的西北面。

跂踵國在拘癭國的東面，這裏的人兩腳腳跟不着地。一說跂踵國叫反踵國。

歐絲野在反踵國的東面，有一女子跪倚着樹在吐絲。

三桑樹沒有枝，生長在歐絲野的東面，這種樹雖高達百仞，卻沒有樹枝。

范林方圓三百里，在三桑東面，范林下面有洲環繞。

有座務隅山，顓頊帝就葬在山的南面，他的九個嬪妃葬在山的北面。一說這裏有熊、羆、文虎、離朱、鴟久、視肉。

平丘在三桑東面。這裏有遺玉、青馬、視肉、楊柳、甘柤、甘華，是百果生長的地方。有兩座山夾着一個山谷，其中有兩個大土丘，叫做平丘。

賞析與點評

〈海外北經〉及〈大荒北經〉同記「夸父逐日」，此處說「夸父與日逐走……未至，道渴而死」，而〈大荒北經〉則說「夸父不量力，欲追日景，逮之於禺谷」。第一，後者所追的是「日景」（《列子・湯問》作「日影」），並非「與日逐走」。第二，後者說「逮之於禺谷」，著一「逮」字，當有追及之意。

「夸父逐日」的故事，後來加了一段小插曲。《朝野僉載》卷五說：「辰州東有三山，……古老傳曰：鄧夸父與日競走，至此，煮飯，此三山者，夸父支鼎之石也。」《紺珠集》卷三亦有類似記載。則夸父逐日未遂而渴死，途中實已果腹。

夸父（明 · 蔣應鎬繪圖本）

與「操干戚以舞」相同，學者又以夸父「棄其杖」作為考證的資料。《事物紀原》卷八說：「此已見杖矣，蓋起於此乎？」認為「杖」的起源在此。

北海內有獸，其狀如馬，名曰騊駼[1]。有獸焉，其名曰駮，狀如白馬，鋸牙，食虎豹。有素獸焉，狀如馬，名曰蛩蛩。有青獸焉，狀如虎，名曰羅羅[2]。

北方禺彊，人面鳥身，珥兩青蛇，踐兩青蛇。

注釋

1 騊駼（粵：途途；普：táo tú），野馬。2 羅羅：一種青色老虎，雲南土著呼虎為羅羅，與〈西次二經〉所載「其鳥多羅羅」的「羅羅」不同。

譯文

北海內有種獸，形狀像馬，名叫騊駼。有種獸名叫駮，形狀像白馬，長出鋸齒般的牙齒，吃虎和豹。還有一種素色的獸，形狀像馬，名叫蛩蛩。有一種青色的獸，形狀像老虎，名叫羅羅。

北方禺彊，長人面鳥身，耳朵上掛兩條青蛇，腳踩兩條青蛇。

賞析與點評

禺彊，學者以為是北海的海神、風神。〈大荒北經〉載有「禺強」，「彊」與「強」同。但此處說「踐兩青蛇」，〈大荒北經〉則說「踐兩赤蛇」。郭璞認為禺彊即禺京（見〈大荒東經〉注）。莊子說禺強得「道」，而立乎北極（《莊子．大宗師》）。傳說岱輿、員嶠、方壺、瀛洲、蓬萊五山為仙聖所居，但五山之根並不繫連，帝於是命禺彊使十五隻巨鼇舉首而戴之（《列子．湯問》）。

卷九　海外東經

本篇導讀——

〈海外東經〉所載最重要的神話，莫若「扶桑」。扶桑在日出之處，湯谷之上。《楚辭・離騷》：「飲余馬於咸池兮，揔餘轡乎扶桑。折若木以拂日兮，聊逍遙以相羊。」王逸注：「咸池，日浴處也。」《淮南子・天文訓》說：「日出於暘谷，浴於咸池，拂於扶桑，是謂晨明。登於扶桑，爰始將行，是謂朏明。」扶桑為日出之處，若木為日入之處。《十洲記》說「扶桑在碧海之中」，則為另立新說。

扶桑與其後的感生神話有關。傳說姜源在扶桑之處履大人跡，誕下周族姬姓始祖后稷。《藝文類聚》卷八十八引《春秋元命苞》說：「姜嫄遊閟宮，其地扶桑，履大人跡，生稷。」《太平御覽》卷八百二十二引《春秋元命苞》說：「周先姜原履大人跡，生后稷扶桑。推種生，故稷好農。」因扶桑在東方，後世文人亦稱日本為扶桑，例如晚清西學鉅子王韜獲重野安繹等學者之邀，到東京、大阪、橫濱等地考察，寫成《扶桑遊記》一書；楊芾受兩江總督端方委派赴日本考察，撰有《扶桑十旬記》。

〈南山首經〉已載青丘之山，「有獸焉，其狀如狐而九尾，其音如嬰兒，能食人」。此處的青丘國，「其狐四足九尾」，而〈大荒東經〉亦載「有青丘之國。有狐，九尾」。「九尾狐」其後對朝鮮及日本文化影響頗大。例如《御伽草子》（おとぎぞうし）所載的玉藻前（たまものまえ），即為由九尾狐化身之美女。

海外自東南陬至東北陬者。

䃌丘，爰有遺玉、青馬、視肉、楊柳、甘柤、甘華，百果所生。在東海，兩山夾丘，上有樹木。一曰嗟丘。一曰百果所在，在堯葬東。

大人國在其北，為人大，坐而削船[1]。一曰在䃌丘北。

奢比之尸在其北，獸身、人面、大耳，珥兩青蛇。一曰肝榆之尸在大人北。

君子國在其北，衣冠帶劍，食獸，使二文虎在旁，其人好讓不爭。有薰華草，朝生夕死。一曰在肝榆之尸北。

虹虹在其北[2]，各有兩首。一曰在君子國北。

注釋

1 削（粵：梢；普：shāo）船：「削」通「梢」，梢是長竿。此處用作動詞，指用梢划船。

2 𧈢𧈢（粵：虹；普：hóng）：「𧈢」即「虹」，為虹霓之象。此處為地名，或指漢虹縣，在今安徽五河縣西北。

譯文

從東南角落到東北角落的國家、山川、物產如下所述。

𨺅丘，這裏有遺玉、青馬、視肉、楊柳、甘柤、甘華。是百果生長的地方。在東海，兩山夾着一座丘，丘上有樹木。一說丘叫嗟丘。一說這丘是百果所在的地方，在帝堯葬地的東面。

大人國在它的北面，這裏的人身材高大，坐在船上划船。一說大人國在𨺅丘的北面。

奢比尸在大人國的北面，他長獸身人面，耳朵很大，耳朵上穿掛了兩條青蛇。一說肝榆尸在大人國的北面。

君子國在奢比尸的北面，君子國人穿衣戴帽，腰間佩劍，吃獸類，使兩隻文虎在他們身邊，君子國的人喜歡謙讓而不喜歡爭鬥。君子國有一種薰華草，這種草早晨茁生，傍晚就凋謝了。一說君子國在肝榆尸的北面。

𧈢𧈢國在君子國的北面，國中的人都長兩個頭。一說𧈢𧈢國在君子國的北面。

賞析與點評

奢比一說即黃帝所得之「奢龍」。此處「奢比之尸」當連讀，為神名，即〈大荒東經〉所謂「有神……名曰奢比尸」。

朝陽之谷[1]，神曰天吳[2]，是為水伯。在䖵䖵北，兩水間。其為獸也，八首人面，八足八尾，背青黃。

青丘國在其北，其人食五穀，衣絲帛。其狐四足九尾。一曰在朝陽北。

帝命豎亥步[3]，自東極至於西極，五億十選九千八百步[4]。豎亥右手把算[5]，左手指青丘北。一曰禹令豎亥。一曰五億十萬九千八百步。

注釋

1 朝陽：山之東面為朝陽。2 天吳：〈大荒東經〉說「有神人，八首人面，虎身十尾，名曰天吳」，與此處「八首人面，八足八尾」微有不同。3 豎亥：神話傳說中一個健行人。步：用腳步丈量。五尺為一步。4 選（粵：算；普：suàn）：量詞，萬。5 算：即「筭」，古代計數用的籌碼，長六寸。

譯文

在朝陽谷有個神叫天吳，他就是傳說中的水伯。在䖵䖵國北面，兩條河流之間。這獸有八個頭和人的面孔，有八隻腳，八條尾巴，背部青黃色。

青丘國在天吳的北面。這裏的人吃五穀，穿絲帛。青丘國有一種狐，長了四隻腳和九條尾巴。一說青丘國在朝陽谷的北面。

天帝命豎亥用腳步測量大地的長度，從大地的最東端到最西端，一共是五億十萬零九千八百步。豎亥右手持算筭，左手指向青丘國的北面。一說大禹命豎亥測量大地。一說測量的結果是五億十萬零九千八百步。

賞析與點評

「帝命豎亥步，自東極至於西極，五億十選九千八百步。」此故事在今天看來，當然不可思議。有學者以為，傳說中四極的距離，實際上是按鄒衍「大九州」的面積再加九倍而產生的（丁山《中國古代宗教與神話考・亥步說》）。

黑齒國在其北，為人黑齒，食稻啖蛇，一赤一青，在其旁。一曰在豎亥北，為

人黑首，食稻使蛇，其一蛇赤。

下有湯谷[1]。湯谷上有扶桑[2]，十日所浴，在黑齒北。居水中，有大木，九日居下枝，一日居上枝。

雨師妾在其北[3]，其為人黑，兩手各操一蛇，左耳有青蛇，右耳有赤蛇。一曰在十日北，為人黑身人面，各操一龜。

玄股之國在其北，其為人股黑，衣魚食驅[4]，兩鳥夾之。一曰在雨師妾北。

毛民之國在其北，為人身生毛。一曰在玄股北。

勞民國在其北，其為人黑，食草果實。有一鳥兩頭。或曰教民。一曰在毛民北，為人面目手足盡黑。

東方句芒[5]，鳥身人面，乘兩龍。

建平元年四月丙戌，待詔太常屬臣望校治，侍中光祿勳臣龔、侍中奉車都尉光祿大夫臣秀領主省。

注釋

1湯谷：谷中水熱，故云「湯谷」，一作暘谷，地名，日出於此。2扶桑：神木，在日出之處。西極日入之處有若木。3雨師妾：古國名。一說雨師妾為雨師。4驅：即海鷗。5句（粵：歐；普：gōu）芒：神話中掌管東方的木神，與西方金神蓐收相對。

譯文

黑齒國在它的北面，這裏的人牙齒是黑色的，吃稻，吃蛇，有一條紅蛇和一條青蛇在身旁。一說黑齒國在豎亥的北面，這裏的人黑頭，吃稻，能夠驅使蛇，其中有一條是紅色的。

黑齒國的下面有湯谷。湯谷上面有扶桑樹，是十個太陽洗澡的地方，就在黑齒國的北面。位居水中有一棵大樹，九個太陽居於下面的樹枝，一個居於上面的樹枝。

雨師妾國在湯谷的北面。國中人都是黑色的，左右兩手各握一條蛇，左耳有青蛇，右耳有赤蛇。一說雨師妾國在十日的北面，這裏的人黑身人面，兩手各拿着一隻龜。

玄股國在它的北面。國中人大腿是黑色的，身穿魚皮，吃海鷗，兩隻鳥夾着他。一說玄股國在雨師妾國的北面。

毛民國在它的北面。這裏的人身上長毛。一說毛民國在玄股國的北面。

勞民國在毛民國的北面，這國的人是黑色的，他們吃野草和野果。長鳥身而有兩個頭。有人把勞民國稱為教民國。一說勞民國在毛民國的北面，國中的人臉目手腳全都是黑色的。

東方的句芒神，長鳥身人面，駕兩條龍。

建平元年四月丙戌，待詔太常屬臣望校治，侍中光祿勳臣龔、侍中奉車都尉光祿大夫臣秀領主省。

賞析與點評

末段文字是校書者所作的校記。建平為西漢哀帝的年號。「臣望」當為丁望，「臣龔」當為王龔，「秀」是劉秀。此與正文無關，故不譯出。

卷十　海內南經

本篇導讀——

今天我們常常連言「巴蜀」，即巴國與蜀國，指今天的四川。此處說：「巴蛇食象，三歲而出其骨。」《山海經・海內經》又說：「又有朱卷之國。有黑蛇，青首，食象。」蔣驥《山帶閣註楚辭》卷三說：「朝鮮記朱卷國黑蛇，青首，食象。」以小吃大，令人驚異。《楚辭・天問》說：「一蛇吞象，厥大何如？」唐代柳宗元的《天對》回答說：「巴蛇腹象，足覿（觀）厥大，三歲遺骨，其修已號。」（《柳宗元集》卷十四）郭璞說：「今南方蚺蛇吞鹿。」因此宋代陸佃說：「巴蛇吞象，蚺蛇吞鹿。」（《埤雅》卷十）〈大荒南經〉亦說：「黑水之南，有玄蛇，食麈。」今天紀錄片中常見的森蚺（anaconda）和大蟒蛇（python），將整隻鹿吃掉是司空見慣的事。

「巴」字字形像一條蛇。《說文》十四下說：「蟲也。或曰食象蛇，象形。」南宋羅願《爾雅翼》卷三十二〈巴蛇〉說：「巴者，食象之蛇，其字象蜿蜒之形，中有一，說者以為一所吞也。

其長千尋，青黃，赤黑。」一說羿屠巴蛇於洞庭，其骨若陵，故稱其地為巴陵。

海內東南陬以西者。

甌居海中[1]。閩在海中[2]，其西北有山。一曰閩中，山在海中。

三天子鄣山在閩西海北。一曰在海中。

桂林八樹在番隅東[3]。

伯慮國、離耳國、雕題國、北朐國皆在鬱水南。鬱水出湘陵南山。一曰相慮。

梟陽國在北朐之西，其為人人面長脣，黑身有毛，反踵，見人則笑，左手操管。

兕在舜葬東，湘水南，其狀如牛，蒼黑，一角。

蒼梧之山[4]，帝舜葬於陽，帝丹朱葬於陰。

氾林方三百里，在狌狌東。

狌狌知人名，其為獸如豕而人面，在舜葬西。

狌狌西北有犀牛，其狀如牛而黑。

注釋　1 甌（粵：歐；普：ōu）：地名，今浙江省温州一帶。2 閩：地名，今指福建福州一帶。3桂林：在今廣西桂平。4蒼梧：即九嶷山，於今湖南省南部。

譯文

海內東南角落以西的國家、山川、物產如下所述。

甌處於海中。閩也處於海中，閩的西北有座山。一說閩中，山在海中。

三天子鄣山在閩西海的北面。一說三天子鄣山在海中。

桂林八樹，在番隅的東面。

伯慮國、離耳國、雕題國、北朐國都在鬱水的南面。鬱水在湘陵南山發源。一說伯慮國叫相慮國。

梟陽國在北朐國的西面。這裏的人有人面、長長的嘴唇，體黑，身上有毛，腳跟反向，一看見人就笑，左手拿一根竹筒。

兕在帝舜墓地的東面，湘水的南面。兕的形狀像牛，青黑色，長一隻角。

有座蒼梧山，帝舜葬在這座山的南面，帝丹朱則葬在這座山的北面。

氾林方圓三百里，在狌狌聚居處的東面。

狌狌能知道人的名字，這獸似豬，有人的面孔，牠生活在帝舜墓地的西面。

狌狌的西北面有犀牛，形狀像牛而黑色。

夏后啟之臣曰孟塗，是司神于巴[1]，巴人訟於孟塗之所，其衣有血者乃執之[2]，是請生[3]。居山上，在丹山西。

窫窳居弱水中，在狌狌之西，其狀如龍首，食人。

有木，其狀如牛，引之有皮，若纓、黃蛇。其葉如羅，其實如欒，其木若蓲[4]，其名曰建木[5]。在窫窳西弱水上。

氐人國在建木西[6]，其為人人面而魚身，無足。

巴蛇食象，三歲而出其骨，君子服之，無心腹之疾。其為蛇青黃赤黑。一曰黑蛇青首，在犀牛西。

旄馬，其狀如馬，四節有毛。在巴蛇西北，高山南。

注釋

1司神于巴：主管巴人之神，聽其獄訟，即打官司。2其衣有血者乃執之：其衣有血者即有罪，故執之，是用巫術作審判。3請生：好生。4蓲（粵：wau1；普：ōu）：刺榆樹。5建木：一說建木為天梯，〈海內經〉說「大皞爰過，黃帝所為」。6氐人國：〈大荒西經〉有「氐人之國」。

譯文

夏后啟有一個叫孟塗的臣，是主管巴人的神。巴人到孟塗那裏去告狀，孟塗看見告狀人中誰的衣服沾有血跡，就把他拘禁起來。據說這樣算是有好生之德。孟塗居住在山上，在丹山的西面。

窫窳住在弱水中，在狌狌聚居處的西面，牠的形狀像龍頭，吃人。

有一種樹，形狀像牛，一拉它就有皮掉下來，樹皮像帽上的纓帶，又像黃色的蛇皮。樹葉像羅網，果實像欒樹的果子，樹幹像藲，這樹名叫建木。建木生長在窫窳西面的弱水邊上。

氐人國在建木的西面，這裏的人有人面魚身，沒有腳。

巴蛇能吞下大象，吞吃三年後才吐出象骨，君子吃了巴蛇就不會有心痛和腹痛的疾病。這蛇身上有青、黃、赤、黑色。一說指巴蛇黑身青頭，在犀牛所在地的西面。

旄馬，形狀像馬，四肢關節上有毛。旄馬在巴蛇所在地的西北面，高山的南面。

卷十一　海內西經

本篇導讀——

〈海內西經〉所載地域，歷史上稱為「西域」，例如大家熟悉的大夏、月支、弱水。〈海內西經〉可與〈西山經〉與〈大荒西經〉對讀。此篇重點在昆侖之丘（參看〈西山經〉導讀）。昆侖及其附近有許多珍禽異獸和奇樹聖木，包括此處所提及的開明獸（守門的）、鳳皇、鸞鳥、視肉、離朱，又有珠樹、文玉樹、玗琪樹、不死樹、木禾、柏樹、甘水、聖木曼兑等。

西王母在《山海經》凡三見，即〈西次三經〉「西王母其狀如人，豹尾虎齒而善嘯，蓬髮戴勝，是司天之厲及五殘」，此篇所說「西王母梯几而戴勝。其南有三青鳥，為西王母取食。在昆侖虛北」，及〈大荒西經〉「有人戴勝，虎齒，有豹尾，穴處，名曰西王母」。〈大荒西經〉則有「西王母之山」。不難看出，只有此篇不說西王母「豹尾虎齒」，亦不說「司天之厲及五殘」、「穴處」，反而說其「梯几而戴勝」，形象雍容，減卻了不少戾氣。有人認為，〈海內西經〉所記載的西王母，是後期衍變的形象。西漢司馬相如《大人賦》說：「吾乃今目睹西王母皬然白首」，又多一「皬然白首」的特徵了。

《穆天子傳》卷三載周穆王與西王母觴於瑤池之上，《竹書紀年》載周穆王「十七年，王西征昆侖丘，見西王母。其年，西王母來朝，賓於昭宮」。一說西王母其實是西方部落的領袖，亦為其國的稱號，故《爾雅》說：「觚竹、北戶、西王母、日下，謂之四荒。」

西王母「戴勝」，而「勝」為漢代宮廷女性所用，為法度之物。《史記・司馬相如列傳》〈正義〉說：「顏云：勝，婦人首飾也，漢代謂之華勝。」《爾雅翼》卷十六說：「蓋漢自太皇太后皇太后以下入廟之服，其簪以瑇瑁為擿，長一尺，端為華勝，蓋取此也。勝亦法度之物。」

有人認為西王母本為男性，其後才演變成女性。一說「西王」為西方諸侯王，「母」是名字。清代邵泰衢《史記疑問》卷上說：「王母，何王之母？西王，何地之王？本之《大戴・少間篇》曰：虞舜以天德嗣堯，西王母獻其白玉琯，故《筆叢》云：西王母非婦人，乃西方諸侯王名母者也，後世遂誣為仙母，而荒唐至今矣。」

海內西南陬以北者。

后稷之葬[1]**，山水環之。在氐國西。**

流黃酆氏之國，中方三百里，有塗四方，中有山。在后稷葬西。

流沙出鍾山[2]，西行又南行昆侖之虛[3]，西南入海，黑水之山。

國在流沙中者埻端、璽𪊨，在昆侖虛東南。一曰海內之郡，不為郡縣，在流沙中。

國在流沙外者，大夏、豎沙、居繇、月支之國。

西胡白玉山在大夏東，蒼梧在白玉山西南，皆在流沙西，昆侖虛東南。昆侖山在西胡西。皆在西北。

注釋

1后稷：周人的祖先。2流沙：沙和水一起流移的自然現象，其地在甘肅省。3昆侖之虛：即昆侖墟。「虛」與「墟」通，山丘。

譯文

海內由西南角落向北的國家、山川、物產如下所述。

后稷葬身之所，有山水環繞。墓地在氏國的西面。

流黃酆氏國，疆域方圓三百里，有道路通向四方，國中有一座山。流黃酆氏國在后稷葬所的西面。

流沙發源於鍾山，向西流，又拐向南流到昆侖之墟，然後向西南流入海，到達黑水山。

在流沙中的國家有埻端國、璽𪊨國，都在昆侖虛的東南面。一說埻端國和璽𪊨國是在海內建置的郡，不把它們稱為郡縣，是因為處在流沙中的緣故。在流沙以外的國家，有大夏國、豎沙國、居繇國、月支國。西胡的白玉山國在大夏國的東面，蒼梧國在白玉山國西南面，都在流沙的西面，昆侖墟的東南面。昆侖山位於西胡的西面。總的位置都在西北方。

海內昆侖之虛，在西北，帝之下都。昆侖之虛，方八百里，高萬仞[1]。上有木禾[2]，長五尋[3]，大五圍[4]。面有九井，以玉為檻[5]。面有九門，門有開明獸守之，百神之所在。在八隅之岩，赤水之際，非仁羿莫能上岡之巖[6]。

赤水出東南隅，以行其東北，西南流注南海厭火東。

河水出東北隅，以行其北，西南又入渤海[7]，又出海外，即西而北，入禹所導積石山。

洋水、黑水出西北隅，以東，東行，又東北，南入海，羽民南。

注釋

1仞：周代以八尺為仞，漢代以七尺為仞。2木禾：穀物如野麥之類。3尋：八尺或七尺為一尋。4圍：兩臂合抱的長度稱一圍。5檻：欄杆，柵欄。6仁羿：一說即「夷羿」，一說以羿有仁德，故稱「仁羿」。參〈海外南經〉注。7「河水出東北隅」三句：學者懷疑此句的方位有誤。

譯文

海內的昆侖虛在西北方，是天帝在下界的都城。昆侖虛方圓八百里，高達萬仞。山頂有一種木禾，高達五尋，需五人才能合抱。昆侖虛每一面都有九眼井，有用玉石做的井欄。每一面還有九道門，門上有開明神獸守衛，那裏是眾神聚集的地方。在八個角落的山岩，赤水的岸邊，除非有像羿那樣仁德才智的人，都不能攀上那些山岡岩石。

赤水從昆侖虛的東南角發源，流向東北方，再轉向西南，流注入南海厭火國的東面。

河水從昆侖虛的東北角發源，流到昆侖山的北面，再折向西南流入渤海，又流出海外，向西而後往北，一直流入大禹疏導過的積石山。

洋水、黑水從昆侖虛的西北角發源，然後折向東方流去，再轉向東北方，又向南流入海，入海的地方在羽民國的南面。

弱水、青水出西南隅，以東，又北，又西南，過畢方鳥東。

昆侖南淵深三百仞。開明獸身大類虎而九首，皆人面，東向立昆侖上。

開明西有鳳皇、鸞鳥，皆戴蛇踐蛇，膺有赤蛇[1]。

開明北有視肉、珠樹、文玉樹、玗琪樹、不死樹。鳳皇、鸞鳥皆戴瞂[2]。又有離朱、木禾、柏樹、甘水、聖木曼兑[3]，一曰挺木牙交[4]。

開明東有巫彭、巫抵、巫陽、巫履、巫凡、巫相[5]，夾窫窳之屍，皆操不死之藥以距之[6]。窫窳者，蛇身人面，貳負臣所殺也。

服常樹，其上有三頭人，伺琅玕樹。

開明南有樹鳥，六首；蛟、蝮、蛇、蜼、豹。鳥秩樹，於表池樹木；誦鳥、鶽、視肉。

蛇巫之山，上有人操柸而東向立[7]。一曰龜山。

西王母梯几而戴勝[8]。其南有三青鳥，為西王母取食。在昆侖虛北。

注釋

1膺：胸，胸口。2瞂（粵：佛；普：fá）：盾。3聖木曼兑：聖木名，吃了令人成智成聖。4挺木牙交：亦稱璇樹。5巫彭：巫彭以下皆神醫、神巫之名。6距：「距」即「拒」，拒卻死氣以求生。7柸（粵：培；普：pēi）：即「棓」，大棒杖。8梯：梯，憑倚，依靠。几：小桌。

譯文

弱水、青水發源於昆侖虛的西南角，然後折向東方，再向北流，又折向西南方，流過畢方鳥所在地的東面。

昆侖南淵深達三百仞。開明獸身體很大，像老虎，長了九個頭，每個頭都有人的面孔，臉向東站立在昆侖山上。

開明獸的西面有鳳皇、鸞鳥，牠們都頭上纏着蛇，腳踩着蛇，胸口掛了赤色的蛇。

開明獸的北面有視肉，珠樹、文玉樹、玕琪樹、不死樹。鳳凰和鸞鳥都戴瞂；又有離朱、木禾、柏樹、甘水，聖木曼兑。一說聖木曼兑又叫挺木牙交。

開明獸的東面有巫彭、巫抵、巫陽、巫履、巫凡、巫相，夾着窫窳之屍，手捧不死藥來求生。窫窳是蛇身人面，它被貳負臣殺死。

有一種服常樹，樹上有個三頭人，伺守着琅玕樹。

開明神獸南面有樹鳥，牠有六個頭；那裏有蛟、蝮蛇、蛇、蜼、豹。鳥秩樹環列在水池周圍；有誦鳥、鶽、視肉。

蛇巫山上有人手捧柸面向東方站立。一說蛇巫山叫龜山。

西王母頭戴玉勝，倚在一張小桌案上，她南面有三隻青鳥，為西王母覓取食物。

西王母和三青鳥所在的位置都在昆侖虛的北方。

卷十二　海內北經

本篇導讀——

〈海內北經〉所載的異域方國，有些也出現於歷史舞台，是我們耳熟能詳的，例如匈奴和東胡。此篇有鬼國、貳負之尸、據比之尸、王子夜之尸、袜（鬼魅），足見其為幽冥之國度。

據說《山海經》一書在漢代備受重視，實有賴「貳負之臣」的故事。《太平御覽》卷五十〈疏屬山〉說：「漢宣帝時使人鑿上郡，發磐石，石室中得一人，徒裸被髮，反縛，械一足，時人不識，乃載之於長安以問群臣。群臣莫能知，劉子政（即劉秀）案此言之，宣帝大驚，於是時人爭學《山海經》矣。論者多以為是其尸像，非真體也。」正因為劉秀讀過《山海經》「貳負之臣」一節，故能回答漢宣帝關於石室中人的問題。有趣的是，明代胡應麟認為，據當時石室的情況，劉秀應該引用〈海內經〉的「相顧之尸」，而不是「貳負之臣」。《少室山房筆叢》卷十九說：「據前貳負之臣本文，但言帝梏之疏屬之山，不言殺也，但言繫之於樹，不言石室也。

則子政之對，當曰相顧之尸，不當曰貳負之臣也。」另一方面，袁珂《山海經校注》以為，貳負臣危與〈海內經〉的「相顧之尸」，實為同一神話之異聞。所謂「相顧」，或指危與貳負一起被拘繫而言。

海內西北陬以東者。

匈奴、開題之國、列人之國並在西北。

貳負之臣曰危[1]，危與貳負殺窫窳，帝乃梏之疏屬之山[2]，桎其右足[3]，反縛兩手，繫之山上木。在開題西北。

有人曰大行伯，把戈。其東有犬封國。貳負之尸在大行伯東。

犬封國曰犬戎國，狀如犬。有一女子，方跪進杯食。有文馬，縞身朱鬣[4]，目若黃金，名曰吉量，乘之壽千歲。

鬼國在貳負之尸北[5]，為物人面而一目。一曰貳負神在其東，為物人面蛇身。

蜪犬如犬，青，食人從首始。

窮奇狀如虎[6]，有翼，食人從首始，所食被髮。在蜪犬北。一曰從足。

注釋

1貳負：神話中的天神，下文說「為物人面蛇身」。2梏：古代刑具，木製的手銬。此處指用刑具拘禁。3桎：古代刑具，腳鐐，用來拘住罪人的雙腳。4縞：色白如縞。鬣：獸類頸上的長毛。5鬼國：即一目國，一說為古代部落，即鬼方。6窮奇：已見〈西次四經〉。

譯文

海內由西北角落向東的國家、山川、物產如下所述。

匈奴、開題國、列人國都在西北。

貳負有個臣叫危，危與貳負一起殺死了窫窳。天帝便把貳負拘禁在疏屬山上，把他的右腳戴上鐐銬，反綁他的雙手，拴在山上的一棵大樹上。那座山在開題國的西北。

有個人叫大行伯，手裏握一把戈。他的東面有犬封國。貳負之尸在大行伯的東面。

犬封國也叫犬戎國，這裏的人樣子都像狗。有一女子，正跪在地上進獻酒食。有文馬，牠有白色身體和朱紅色鬃毛，眼睛像黃金，名叫吉量，騎上牠能長壽千歲。

鬼國在貳負之尸的北面，這裏的怪物有人的臉孔，卻只有一隻眼睛。一說貳負神在鬼國的東面，他的長相是人面蛇身。

蜪犬的樣子像狗，青色，牠吃人是從頭顱開始的。

窮奇的外貌像老虎，生有翅膀，牠吃人是從頭顱開始，被吃的人都披頭散髮。窮奇的位置在蜪犬的北面。一說窮奇吃人是從腳開始的。

帝堯臺、帝嚳臺、帝丹朱臺、帝舜臺，各二臺，臺四方，在昆侖東北。

大蠭，其狀如螽；朱蛾，其狀如蛾[1]。

蟜[2]，其為人虎文，脛有䏿。在窮奇東。一曰狀如人，昆侖虛北所有。

闒非，人面而獸身，青色。

貳負神（明・蔣應鎬繪圖本）

據比之尸，其為人折頸被髮，無一手。

環狗[3]，其為人獸首人身。一曰蝟狀如狗，黃色。

袜[4]，其為物人身、黑首、從目[5]。

戎，其為人人首三角。

林氏國有珍獸，大若虎，五采畢具，尾長於身，名曰騶吾，乘之日行千里。

注釋

1 蛾：蚍蜉。2 蟜：神話中之野人，身有獸紋。3 環狗：大概為犬戎別支。4 袜（粵：魅；普：mèi）：通「魅」，鬼魅。5 從：「縱」，豎立。

譯文

帝堯臺、帝嚳臺、帝丹朱臺、帝舜臺，各自有兩座，都是四方形，在昆侖的東北面。

有一種大蜂，長得像螽；有一種朱蛾，看上去和蛾相似。

蟜，有人身，身上有老虎斑紋，有小腿肚。蟜在窮奇的東面。一說蟜的外貌像人，是昆侖虛北面獨有的。

闒非，長人面獸身，青色。

據比尸，頸項折斷，頭髮披散，沒了一隻手。

環狗，長獸頭人身。一說牠是刺蝟，形狀像狗，黃色。

袜，長了人的身體，黑頭，眼睛是豎起來的。

戎，有人的頭顱，頭上長了三隻角。

林氏國有一種珍奇的獸，大小像老虎，身上有五彩全備的斑紋，尾巴比身體還長，這獸名叫騶吾，騎上牠就能在一日之間走千里路程。

昆侖虛南所，有氾林方三百里。

從極之淵，深三百仞，維冰夷恆都焉[1]。冰夷人面，乘兩龍。一曰忠極之淵。

陽汙之山，河出其中；淩門之山，河出其中。

王子夜之尸[2]，兩手、兩股、胸、首、齒，皆斷異處。

大澤方百里，群鳥所生及所解[3]。在雁門北。

雁門山，雁出其間。在高柳北。

高柳在代北。

舜妻登比氏生宵明、燭光[4]，處河大澤，二女之靈能照此所方百里。一曰登北氏。

東胡在大澤東。

夷人在東胡東。

貊國在漢水東北。地近於燕，滅之。

孟鳥在貊國東北。其鳥文赤、黃、青，東鄉[5]。

注釋

1冰夷：即馮夷、無夷，傳說中的河伯。2王子夜：一說「夜」當為「亥」，即「王亥」，參〈大荒東經〉。3解：禽鳥孵化幼鳥，更換羽毛。4登比氏：舜有三妻，即娥皇、女英及登比氏。5東鄉：「鄉」通「向」，即面向東邊。

譯文

昆侖虛南面，有方圓三百里的氾林。

從極淵有三百仞深，冰夷經常住在這裏。冰夷有人的面孔，騎兩條龍。一說從極淵叫忠極淵。

陽汙山，河水從這裏發源；淩門山，河水也從這裏發源。

王子夜之尸，兩隻手、兩條腿、胸脯、頭顱、牙齒，都被斬斷而散落在不同地方。

有一個大澤方圓百里，是各種禽鳥生蛋、孵化幼鳥和脱毛換毛的地方。這個大澤在雁門山的北面。

雁門山，是大雁遷徙時出入的地方。它在高柳山的北面。

高柳山在代地的北邊。

舜帝的妻子登比氏生了宵明、燭光兩個女兒，她們都住在河邊上的大澤裏，兩位女子的靈光能照亮方圓百里的地方。一說舜帝的妻子叫登北氏。

東胡國在大澤的東面。

夷人國又在東胡國的東面。

貊國在漢水的東北面，靠近燕國，後來被燕國滅掉。

孟鳥在貊國的東北面，這鳥的羽毛由紅、黃、青三種顏色的花紋錯雜而成，都面向東方。

卷十三　海內東經

本篇導讀——

〈海內東經〉篇幅較短，主要記載中國從東北（鉅燕、蓋國、倭、朝鮮）以下到今天浙江一帶的國度。

此篇說：「蓬萊山在海中。」蓬萊是著名的仙山。《漢書・郊祀志上》說：「自威、宣（齊威王、齊宣王）、燕昭使人入海求蓬萊、方丈、瀛洲。此三神山者，其傳在勃海中，去人不遠。蓋嘗有至者，諸僊人及不死之藥皆在焉。」秦皇、漢武以尋找三神山仙人著名。《史記・秦始皇本紀》載：「既已，齊人徐市等上書，言海中有三神山，名曰蓬萊、方丈、瀛洲，僊人居之。」《史記・孝武本紀》：「於是天子始親祠灶，而遣方士入海求蓬萊安期生之屬，而事化丹沙諸藥齊為黃金矣。」《列仙傳・安期先生》載秦始皇與仙人安期先生的故事：「安期先生者，瑯琊阜鄉人也。賣藥於東海邊，時人皆言千歲翁。秦始皇東遊，請見，與語三日三夜，賜金璧度數千萬。出於阜鄉亭，皆置去，留書以赤玉舄一兩為報，曰：『後數年求我於蓬萊山。』始皇即遣使者徐市、盧生等數百人入海，未至蓬萊山，輒逢風波而還。」

《列子．湯問》更說有五神山：「渤海之東不知幾億萬里，有大壑焉……其中有五山焉：一曰岱輿，二曰員嶠，三曰方壺，四曰瀛洲，五曰蓬萊。」其後兩山為龍伯國大人所移而沉於大海：「龍伯之國，有大人，舉足不盈數千而暨五山之所，一釣而連六鼇，合負而趣，歸其國，灼其骨以數焉。於是岱輿、員嶠二山流於北極，沉於大海，仙聖之播遷者巨億計。」一說日本富士山就是蓬萊山，但只是傳說而已。

海內東北陬以南者。

鉅燕在東北陬。

蓋國在鉅燕南[1]，倭北[2]。倭屬燕。

朝鮮在列陽東，海北山南。列陽屬燕。

列姑射在海河州中[3]。

姑射國在海中，屬列姑射；西南，山環之。

大蟹在海中。

陵魚人面[4]，手足，魚身，在海中。

大鯾居海中[5]。

明組邑居海中[6]。

蓬萊山在海中。

大人之市在海中。

琅邪臺在渤海間，琅邪之東[7]。其北有山。一曰在海間。

都州在海中。一曰鬱州。

韓雁在海中[8]，都州南。

始鳩在海中，韓雁南。

雷澤中有雷神，龍身而人頭，鼓其腹。在吴西。

會稽山在大楚南。

注釋

1蓋國：古國名，在今朝鮮境。2倭：古國名，即今之日本。3列姑射：即北姑射、南姑射等等。姑射為山名，山有神人。《莊子．逍遥遊》所謂「藐姑射之山，有神人居焉。」4陵魚：龍魚。5鯾（粵：鞭；普：biān）：即鯿魚，一稱魴魚。6明組邑：海中聚落之名。7琅邪：古地名，在今天山東膠南市。8韓雁：指古代的三韓。《後漢書．

譯文

東夷列傳》說：「韓有三種：一曰馬韓，二曰辰韓，三曰弁辰。」一說朝鮮本島曾為鳥圖騰氏族所居。

海內由東北角落向南的國家地區、山丘、河川依次如下。

鉅燕國在海內的東北角。

蓋國在鉅燕國的南面，倭國的北面。倭國隸屬於燕國。

朝鮮在列陽的東面，海的北面，山的南面。列陽隸屬於燕國。

列姑射在海的河州上。

姑射國在海中，隸屬於列姑射。姑射國的西南面，有山環繞。

大蟹生活在海裏。

陵魚長了人面，有手有腳，而有魚的身體，生活在海裏。

大鯾魚生活在海裏。

明組邑在海中。

蓬萊山在海中。

大人市在海中。

琅邪台位於渤海間，在琅邪的東面。琅邪台的北面有山。一說琅邪台在海間。

都州在海中。一說都州叫做鬱州。

韓雁在海中，在都州的南面。

始鳩在海中，在韓雁的南面。

雷澤中有一位雷神，長了龍身人頭，敲打他的肚皮。雷澤在吳地的西面。

會稽山在大楚的南面。

卷十四　大荒東經

本篇導讀——

〈大荒四經〉以「東」、「南」、「西」、「北」為序，而不是「南」、「西」、「北」、「東」。如全書導讀所說，〈大荒四經〉與經別行，是後來劉秀加進去的，故與〈海外四經〉及〈海內四經〉屬不同的系統，內容亦互有重複。〈大荒四經〉內容豐富，保存了很多神話。〈大荒東經〉所載神話，包括羲和生十日、有易殺王亥、湯谷上生扶木、應龍殺蚩尤與夸父、黃帝得一足獸夔等。

此篇記羲和生十個太陽，〈大荒西經〉記常羲生十二個月亮，而羲和與常羲皆帝俊之妻，故有學者以為，太陽神話及月亮神話在《山海經》中佔有相當重要的地位。

此篇說羲和生十日，一說則以羲和為日御。〈離騷〉：「吾令羲和弭節兮，望崦嵫而勿迫。」王逸注：「羲和，日御也。」一說以羲和作占日。《呂氏春秋・勿躬》說：「容成作曆，羲和作占日，常儀作占月。」一說是羲和「主日」，不是「生日」。郭璞注：「夫羲和是主日月，職出入以為晦明。」明末清初方以智《通雅》卷十一說：「羲和生十日，常羲生月十有二，『生』蓋『主』字之訛，《呂覽》作占日占月。」明代胡應麟則將神話歷史化，而嘲笑神話之無稽：「羲和常羲……一生日十，一生月十二，絕可為捧腹之資，漫爾筆之。羲和者，蓋因堯典命官之誤，而常羲則常儀占月之譌，後世嫦娥之說所由本也。」（《少室山房筆叢》卷十九）

東海之外大壑[1]，少昊之國[2]。少昊孺帝顓頊於此[3]，棄其琴瑟。有甘山者，甘水出焉，生甘淵。

東南海之外，甘水之間，有羲和之國。有女子名曰羲和，方浴日於甘淵。羲和者，帝俊之妻，是生十日。

大荒東南隅有山，名皮母地丘。

東海之外，大荒之中，有山名曰大言，日月所出。

有波谷山者，有大人之國。有大人之市，名曰大人之堂[4]。有一大人踆其上，張其兩臂。

有小人國，名靖人[5]。

有神，人面獸身，名曰犁䰠之尸。

有潏山，楊水出焉。

有蔿國，黍食，使四鳥[6]：虎、豹、熊、羆。

注釋

1壑：山間的深溝。2少昊：名摯。〈西次三經〉說他「主司反景」，又謂「其獸皆文尾，其鳥皆文首」。3孺：撫育、養育。4大人之堂：山名，形狀如堂室。5靖：細小。靖人身長九寸。6鳥：下文說「虎、豹、熊、羆」，則知此「鳥」指「獸」。

譯文

東海以外有一道大溝壑，是少昊建國的地方。少昊在這裏養育顓頊帝，有琴瑟遺棄在溝壑中。有一座甘山，甘水從這座山發源，甘水的水流匯成一泓甘淵。

在東南海以外，與甘水之間，有個羲和國。有個女子叫羲和，正在甘淵給太陽洗澡。羲和是帝俊的妻子，她生了十個太陽。

大荒的東南角有座山，名叫皮母地丘。

東海以外，大荒當中，有座山叫大言山，那裏是太陽和月亮升起的地方。

有座波谷山，這山裏有大人國。還有大人之集市，名叫大人之堂。有一個大人正蹲在上面，張開他兩個臂膊。

有個小人國，那裏的人叫靖人。

有一個神，長了人面獸身，這神叫犁䰠之尸。

有一座潏山，楊水就從這座山發源。

有一個蒍國，國中人以黍為食物，能夠驅使虎、豹、熊、羆這四種野獸。

大荒之中，有山名曰合虛，日月所出。

有中容之國。帝俊生中容，中容人食獸、木實，使四鳥：豹、虎、熊、羆。

有東口之山。有君子之國，其人衣冠帶劍。

有司幽之國[1]。帝俊生晏龍，晏龍生司幽，司幽生思士，不妻；思女，不夫[2]。食黍，食獸，是使四鳥。

有大阿之山者。

注釋

1 司幽之國：亦作「思幽之國」。2「司幽生思士」四句：指不必交配而生子。思士不妻而感，思女不夫而孕。

譯文

在大荒當中，有座山叫合虛山，是太陽和月亮升起的地方。

有一個中容國。帝俊生了中容。中容國的人吃獸肉和樹上的果子，能驅使豹、虎、熊、羆這四種獸。

有座東口山。在東口山有個君子國，這裏的人穿衣戴帽，腰間佩劍。

有個司幽國。帝俊生晏龍，晏龍生司幽，司幽生思士，思士不娶妻；思女，不嫁人。司幽國的人吃黍，也吃獸肉，能驅使四種獸。

有一座山叫大阿山。

大荒之中，有山名曰明星，日月所出。

有白民之國。帝俊生帝鴻，帝鴻生白民，白民銷姓，黍食，使四鳥：虎、豹、熊、羆。

有青丘之國。有狐，九尾[1]。

有柔僕民，是維嬴土之國[2]。

有黑齒之國。帝俊生黑齒[3]，姜姓，黍食，使四鳥。

有夏州之國。有蓋餘之國。

有神人，八首人面，虎身十尾，名曰天吳。

注釋

1有狐，九尾：〈海外東經〉說青丘國「其狐四足九尾」。2維：語助詞，無義。嬴土：土地肥沃。3生：此言「生」，當指其苗裔，不是親生。

譯文

大荒中有一座山，叫明星山，是太陽和月亮升起的地方。

有個白民國。帝俊生帝鴻，帝鴻生白民，白民國的人都姓銷，以黍為食物，能驅使四種獸：虎、豹、熊、羆。

有個青丘國。青丘國有種狐，這種狐有九條尾巴。

有一群稱作柔僕民的人，是嬴土國。

有個黑齒國。帝俊生黑齒，這裏的人都姓姜，以黍為食物，能驅使四種獸。

有個夏州國。有個蓋餘國。

有個神人，長了八個頭，有人的面孔，有虎身、十條尾巴，這神人名叫天吳。

大荒之中，有山名曰鞠陵于天、東極、離瞀，日月所出。有神名曰折丹——東方曰折，來風曰俊——處東極以出入風。

東海之渚中，有神，人面鳥身，珥兩黃蛇，踐兩黃蛇，名曰禺虢。黃帝生禺虢，禺虢生禺京。禺京處北海，禺虢處東海，是惟海神。

有招搖山，融水出焉。有國曰玄股，黍食，使四鳥。

有因民國，勾姓，黍食。有人曰王亥，兩手操鳥，方食其頭。王亥託於有易、河伯僕牛[1]。有易殺王亥[2]，取僕牛。河伯念有易，有易潛出，為國於獸，方食之，名曰搖民。帝舜生戲，戲生搖民。

海內有兩人，名曰丑。女丑有大蟹。

注釋

1 僕牛：即服牛、馴牛。2 有易殺王亥：史載殷王子亥於有易作客，因淫而被殺，故說「有易殺王亥」。其後上甲微興師伐有易，滅其國。

譯文

在大荒當中，有鞠陵于天山、東極山、離瞀山三座高山，太陽和月亮從這裏升起。有個神名叫折丹——東方人稱他為折，從東方吹來的風叫俊——他處於東極主管風出風入。

在東海的小島上有一個神，人面鳥身，耳上掛兩條黃蛇，腳踩兩條黃蛇，這神名叫禺䝞。黃帝生了禺䝞，禺䝞生了禺京。禺京住在北海，禺䝞住在東海，都是海神。

有座招搖山，融水從這座山發源。有個國家叫玄股國，這裏的人吃黍，能驅使四種獸。

有個因民國，這裏的人都姓勾，以黍為食物。有個人叫王亥，他用兩手握着一隻鳥，正吃鳥頭。王亥把他馴養的牛交託給有易和河伯。有易殺死王亥，取去了牛。河伯憐憫有易，有易偷偷逃走，在獸類出沒的地方立國，人民正在吃野獸，這個國家叫搖民國。

帝舜生了戲，戲生了搖民。

海內有兩個人，其中一個名叫女丑。其中一個有一隻大螃蟹。

大荒之中，有山名曰孽搖頵羝。上有扶木，柱三百里[1]，其葉如芥。有谷曰温源谷[2]。湯谷上有扶木，一日方至，一日方出，皆載於烏[3]。有神，人面、大耳、獸身，珥兩青蛇，名曰奢比尸[4]。有五采之鳥，相鄉棄沙[5]。惟帝俊下友。帝下兩壇，采鳥是司。

注釋

1柱：像柱一般直立。2温源谷：即湯谷。3烏：三足烏。4奢比尸：已見〈海外東經〉。5棄沙：學者以為當讀為「媻娑」、「婆娑」，即翩翩起舞之狀。

譯文

在大荒當中，有一座山名叫孽搖頵羝山。山上有棵扶木，枝幹直立，高三百里，葉的形狀像芥菜葉。有個山谷叫温源谷。湯谷上面有棵扶木，一個太陽剛剛落下回到湯谷，另一個太陽就從扶木升起，這兩個太陽都馱在烏的背上。

有一個神，長人面、大耳、獸身，耳朵上掛了兩條青色的蛇，這神名叫奢比尸。

有一群身披五彩羽毛的鳥相向翩翩起舞，惟有帝俊從天上下來和牠們交友。帝俊在下界的兩座祭壇就是由這群五彩鳥掌管。

大荒之中，有山名曰猗天蘇門，日月所生。有壎民之國。

有綦山。又有搖山。有䰞山。又有門戶山。又有盛山。又有待山。有五采之鳥。

譯文

在大荒之中，有一座山叫猗天蘇門山，是太陽和月亮升起的地方。有個壎民國。

有座綦山。又有搖山。有䰞山。又有門戶山。又有盛山。又有待山。還有五彩鳥。

東荒之中，有山名曰壑明俊疾，日月所出。有中容之國。

東北海外，又有三青馬、三騅[1]、甘華。爰有遺玉、三青鳥、三騅、視肉、甘華、

甘柤。百穀所在。

有女和月母之國。有人名曰鵷——北方曰鵷，來風曰𤟤，是處東極隅以止日月，使無相間出沒，司其短長。

注釋

1 三青馬、三騅：皆獸名，非指三隻青色馬，三隻騅。

譯文

在東荒當中，有座山叫壑明俊疾山，是太陽和月亮升起的地方。有個中容國。在東北海外，又有三青馬、三騅、甘華。這裏有遺玉、三青鳥、三騅、視肉、甘華、甘柤。這裏是各種莊稼生長的地方。

有個國家叫女和月母國。有一個人名叫鵷——北方人稱作鵷，從那裏吹來的風叫做𤟤，他就在大地極東角落節制太陽和月亮，使它們不要交相錯亂出沒，並且掌管時間長短。

大荒東北隅中，有山名曰凶犁土丘。應龍處南極[1]，殺蚩尤與夸父[2]，不得復上。故下數旱。旱而為應龍之狀，乃得大雨。

東海中有流波山，入海七千里。其上有獸，狀如牛，蒼身而無角，一足，出入水則必風雨，其光如日月，其聲如雷，其名曰夔[3]。黃帝得之，以其皮為鼓，橛以雷獸之骨[4]，聲聞五百里，以威天下。

注釋

1應龍：神話中有翼之龍。2殺蚩尤與夸父：蚩尤與夸父同屬炎帝，故黃帝使應龍殺之。但夸父當於逐日時渴死，或傳說有所不同。3夔：神話中的一足獸。4橛：敲擊。

譯文

在大荒的東北角落，有一座山名叫凶犁土丘山。應龍就在這座山的最南端，應龍殺了蚩尤和夸父，不能再回到天上。天上因沒有應龍的興雲布雨，人間就常常鬧旱災。當人一遇天旱就裝扮成應龍的樣子，向上天求雨，這樣就能得到大雨。

東海中有座流波山，這山在深入海中七千里的地方。山上有一種獸，形狀像牛，身青色沒有角，只有一隻腳，出入水中必定帶來風雨，牠發出的光就像太陽和月亮，牠的吼聲如同雷鳴，這獸名叫夔。黃帝得到了牠，就用牠的皮蒙鼓，再拿雷獸的骨頭敲打這面鼓，響聲能夠傳到五百里以外，威震天下。

夔（明・蔣應錦繪圖本）

卷十五　大荒南經

本篇導讀——

〈大荒南經〉所載某些異域方國，不少是著名「歷史人物」的後代。例如「有人三身。帝俊妻娥皇，生此三身之國，姚姓，黍食，使四鳥」、「有季禺之國，顓頊之子，食黍」、「有人食獸，曰季釐。帝俊生季釐，故曰季釐之國」、「有臷民之國。帝舜生無淫，降臷處，是謂巫臷民」、「有國曰伯服，顓頊生伯服，食黍」、「鯀妻士敬，士敬子曰炎融，生驩頭」。這些記載並非完全為無稽之談，可能與古代的氏族繁衍有關。

「楓木，蚩尤所棄其桎梏，是為楓木。」此文可與〈海外北經〉「夸父與日逐走……未至，道渴而死。弃其杖，化為鄧林」對讀。南宋羅願《爾雅翼》卷十一說：「舊說云黃帝殺蚩尤於黎山之上，擲其械於大荒之中、朱山之上，化為楓木之林。此猶夸父之杖棄為鄧林也。」

南海之外，赤水之西，流沙之東，有獸，左右有首，名曰跊踢。有三青獸相並[1]，名曰雙雙。

有阿山者。南海之中，有氾天之山，赤水窮焉。

赤水之東，有蒼梧之野，舜與叔均之所葬也。爰有文貝、離俞、鴟久、鷹、賈、委維、熊、羆、象、虎、豹、狼、視肉[2]。

有榮山，榮水出焉。黑水之南，有玄蛇，食麈。

有巫山者[3]，西有黃鳥。帝藥，八齋。黃鳥於巫山，司此玄蛇。

注釋

1相並：連體相合為一。2賈：鳥類，有以為是鷹，或以為是烏。委維：委蛇。3巫山：古巫山大抵在今陝西省南部。

譯文

南海以外，赤水西面，流沙東面，有一種獸，左右兩邊各有一個頭，這獸名叫跊踢。有三青獸連體相合為一，獸名叫雙雙。

有座阿山。南海中有一座氾天山，赤水在這裏流到盡頭。

在赤水的東岸，有個地方叫蒼梧野，是帝舜和叔均埋葬的地方。這裏有文貝、離俞、鴟久、鷹、賈、委維、熊、羆、象、虎、豹、狼、視肉。

有一座榮山，榮水從這座山發源。黑水南岸有黑蛇，這蛇吞食麈。

有一座山叫巫山，巫山西面有黃鳥。天帝儲存的藥，足有八間房舍那麼多。黃鳥在巫山上，主管這大黑蛇。

賞析與點評

傳說叔均為帝舜的兒子，但〈大荒西經〉說「稷之弟曰台璽，生叔均」，〈海內經〉說「稷之孫曰叔均」，則傳說又有不同。

大荒之中，有不庭之山[1]，榮水窮焉。有人三身。帝俊妻娥皇，生此三身之國，姚姓，黍食，使四鳥。有淵四方，四隅皆達，北屬黑水[2]，南屬大荒。北旁名曰少和之淵，南旁名曰從淵，舜之所浴也。

又有成山，甘水窮焉。有季禺之國，顓頊之子，食黍。有羽民之國，其民皆生毛羽。有卵民之國，其民皆生卵。

注釋

1 不庭之山：「不」當讀如「丕」，意為「大」。不庭即大庭。2 屬：連接。

譯文　大荒當中，有座不庭山，榮水流到這座山就到了盡頭。這裏的人有三個身體。帝俊娶妻叫娥皇，此三身國人就是他們的後代。三身國的人都姓姚，吃黍，能驅使四種獸。這裏有一個方形淵潭，四邊角落都和其他水系聯通，北邊和黑水相連，南邊和大荒相連。北側的深淵叫少和淵，南側的深淵叫從淵，是帝舜沐浴的地方。又有一座成山，甘水流到這裏就到了盡頭。有個季禺國，國人是顓頊帝的後代，吃黍。有個國家叫羽民國，這裏的人都長羽毛。又有卵民國，這裏的人都產卵。

大荒之中，有不姜之山，黑水窮焉。又有賈山，汔水出焉。又有言山。又有登備之山[1]。有䀠䀠之山。又有蒲山，澧水出焉。又有隗山，其西有丹，其東有玉。又南有山，漂水出焉。有尾山。有翠山。

有盈民之國，於姓，黍食。又有人方食木葉。

有不死之國，阿姓，甘木是食。

注釋　1 登備之山：即〈海外西經〉所言之登葆山，群巫所從上下也。

譯文　在大荒之中，有座不姜山，黑水流到這裏就到了盡頭。又有座賈山，汔水從這座山發源。又有座言山。又有座登備山。有座恝恝山。又有座蒲山，澧水從這座山發源。又有座隗山，這山的西面有丹，東面蘊藏玉。又南面有座山，漂水從這座山發源。有座尾山。有座翠山。

有個國家叫盈民國，這裏的人姓於，以黍為食糧。又有人正在吃樹葉。

有個國家叫不死國，這裏的人姓阿，吃的是甘木。

大荒之中，有山名曰去痓。南極果，北不成，去痓果[1]。

南海渚中，有神，人面，珥兩青蛇，踐兩赤蛇，曰不廷胡余。

有神名曰因乎，南方曰因，來風曰民，處南極以出入風。

有襄山。又有重陰之山。有人食獸，曰季釐。帝俊生季釐，故曰季釐之國。有緡淵。少昊生倍伐，倍伐降處緡淵。有水四方，名曰俊壇。

有臷民之國。帝舜生無淫，降臷處，是謂巫臷民。巫臷民朌姓，食穀，不績不經[2]，服也；不稼不穡[3]，食也。爰有歌舞之鳥，鸞鳥自歌，鳳鳥自舞。爰有百獸，相群爰處。百穀所聚。

注釋

1「南極果」三句：此三句義不可通，有以為是巫師咒語滲入文中，實未必然。疑有脱文。2績、經：皆泛指紡織。3稼、穡：稼即耕稼，穡即收割穀物。

譯文

大荒當中，有座山叫去痓山。南極果，北不成，去痓果。

在南海的島上，有一個神，長了人的面孔，耳上掛兩條青蛇，腳踩兩條赤蛇，這個神叫不廷胡余。

有個神名叫因乎，南方人稱他為因，從南方吹來的風叫民，這神處在大地的南極，主管風出風入。

有座襄山。又有座重陰山。有人食獸肉，這人名叫季釐。帝俊生季釐，所以稱作季釐國。有一個緡淵。少昊生倍伐，倍伐住在緡淵。有一個水池是四方形的，名字叫俊壇。

有個國家叫𢧀民國。帝舜生無淫，無淫居住在𢧀這個地方，他的子孫後代就是所謂的巫𢧀民。巫𢧀民姓朌，吃五穀糧食，不紡不織，而自然有衣服穿；不種不收，而自然有糧食吃。這裏有能歌善舞的鳥，鸞鳥自由自在地歌唱，鳳鳥自由自在地起舞。這裏有各種各樣的獸類，成群而居。這裏是各種農作物會聚的地方。

大荒之中，有山名曰融天，海水南入焉。

有人曰鑿齒，羿殺之。

有蜮山者，有蜮民之國，桑姓，食黍，射蜮是食[1]。有人方扜弓射黃蛇[2]，名曰蜮人。

有宋山者，有赤蛇，名曰育蛇。有木生山上，名曰楓木。楓木，蚩尤所棄其桎梏，是為楓木。

有人方齒虎尾，名曰祖狀之尸。

有小人，名曰焦僥之國，幾姓，嘉穀是食。

注釋

1 蜮（粵：域；普：yù）：據説是短狐，能含沙射人的影子，被射中則病死。2 扜弓：挽弓，持弓。

譯文

在大荒中，有座山名叫融天山，海水從南面流入。

有一個人叫鑿齒，羿殺死了他。

有座蜮山，有個蜮民國，國人都姓桑，吃黍，也吃射蜮。有人正張弓射黃蛇，這人名叫蜮人。

有座山叫宋山，山中有種赤蛇，名叫育蛇。有一種樹生長在山上，名叫楓木。楓木就是蚩尤所丟棄的手銬腳鐐，這些刑具變成了楓木。

有個人長了方形的牙齒，老虎的尾巴，這人名叫祖狀之尸。

有一個小人國叫焦僥國，這國的人姓幾，吃的是上好穀物。

大荒之中，有山名死塗之山，青水窮焉。有雲雨之山，有木名曰欒。禹攻雲雨[1]，有赤石焉生欒，黃本，赤枝，青葉，群帝焉取藥。

有國曰伯服，顓頊生伯服，食黍。有鼬姓之國。有苕山。又有宗山。又有姓山。又有壑山。又有陳州山。又有東州山。又有白水山，白水出焉，而生白淵，昆吾之師所浴也[2]。

有人名曰張弘，在海上捕魚。海中有張弘之國，食魚，使四鳥。

注釋

1攻：砍伐林木。2昆吾：古神名。

譯文

在大荒中，有座山叫死塗山，青水在這裏流到了盡頭。有座雲雨山，山上有棵樹叫做欒。大禹來到雲雨山伐樹，發現紅色岩石上生出這棵欒樹，這樹有黃色的根，紅色的枝，青色的葉，諸帝就到這裏採藥。

有個伯服國，顓頊生伯服，這國的人吃黍。有個鼬姓的國。有座苕山。又有座宗山。又有座姓山。又有座壑山。又有座陳州山。又有座東州山。又有座白水山，白水從這座山發源，白水的水流滙聚成白淵，白淵是昆吾之師洗浴的地方。

有個人叫張弘，在海上捕魚。海中有個張弘國，那裏的人吃魚，能驅使四種獸。

有人焉，鳥喙，有翼，方捕魚於海。大荒之中，有人名曰驩頭[1]。鯀妻士敬[2]，士敬子曰炎融，生驩頭。驩頭人面鳥喙，有翼，食海中魚，杖翼而行。維宜芑、苣、穋、楊是食[3]。有頭之國。

帝堯、帝嚳、帝舜葬於嶽山。爰有文貝、離俞、鴟久、鷹、賈、延維、視肉、熊、羆、虎、豹[4]；朱木，赤枝、青華、玄實。有申山者。

注釋

1驩頭：驩頭即讙頭，參〈海外南經〉「讙頭國」注。2鯀（粵：滾；普：gǔn）：大禹的父親。3苣、穋（粵：巨錄；普：jù lù）：皆禾類，黑小米。4延維：即委蛇。

譯文

有個人，長鳥嘴，有翅膀，正在海上捕魚。在大荒中，有個人叫驩頭。鯀的妻子叫士敬，士敬的兒子叫炎融，炎融生了驩頭。驩頭長人面鳥嘴，有翅膀，吃海裏的魚，用翅膀支撐在地上行走。以芑、苣、穋和楊為食糧。有驩頭國。帝堯、帝嚳、帝舜都葬在嶽山。這裏有文貝、離俞、鴟久、鷹、賈、延維、視肉、熊、羆、虎、豹；有朱木樹，這樹有紅色的枝、青色的花和黑色的果實。有座申山。

大荒之中，有山名曰天臺，海水南入焉。

有蓋猶之山者，其上有甘柤，枝幹皆赤，黃葉，白華，黑實。東又有甘華，枝幹皆赤，黃葉。有青馬。有赤馬，名曰三騅。有視肉。

有小人，名曰菌人[1]。

有南類之山。爰有遺玉、青馬、三騅、視肉、甘華，百穀所在。

注釋

1 菌人：神話中極矮小的人，當如〈大荒東經〉的「靖人」之類。

譯文

在大荒中，有座山叫天臺山，海水從南面流入。

有座山叫蓋猶山，山上有甘柤，這種樹的枝條和樹幹都是紅色的，葉黃色，開白花，結黑色的果實。在這座山的東面又有甘華，這種樹的枝條和樹幹都是紅色的，葉黃色。有青馬。有赤馬，名叫三騅。有視肉。

有一種身材矮小的人，名叫菌人。

有座南類山。山上有遺玉、青馬、三騅、視肉、甘華。這裏是各種農作物生長的地方。

卷十六　大荒西經

本篇導讀——

〈大荒西經〉所載神話甚多，如不周山、女媧、靈山、女丑之尸、重獻上天、黎邛下地、常羲浴月、西王母、壽麻之國、夏后開上三嬪於天等等。常見的「歷史人物」，有黃帝、顓頊、后稷、叔均等。當然，《山海經》所說的世系，與其他史書多有不同。

女媧在《山海經》所佔的份量很少，只有「有神十人，名曰女媧之腸，化為神，處栗廣之野，橫道而處」一句，未言其造人，更未言煉石補天。西漢《淮南子・覽冥訓》載：「女媧煉五色石以補蒼天，斷鼇足以立四極，殺黑龍以濟冀州，積蘆灰以止淫水。」《世本》說「女媧作笙黃」，《禮記・明堂位》亦說「女媧之笙黃」。

一說女媧為伏羲之妹，或伏羲之妻。《風俗通》說「女媧，伏羲之妹」，《帝王世紀》說「女媧氏亦風姓，伏羲之妹也」。其後成為三皇之一。《史記索隱》卷三十〈補三皇本紀〉說：「女媧氏亦風姓，蛇身人首，有神聖之德，代宓犧立號，曰女希氏……蓋宓犧之後，已經數世。金木輪環，周而復始。特舉女媧，以其功高而充三皇。」宋代羅泌《路史》卷十一稱「女皇氏」：「太昊氏衰，共工為始作亂，振滔洪水，以禍天下……於是女皇氏役其神力，以與共工氏較，滅共工氏而遷之。」清代汪越則對女媧為三皇之一稍有微詞：「司馬貞補伏羲女媧神農而後及黃帝，蘇轍作《古史》去女媧進黃帝為三皇……蘇勝於小司馬矣。」（《讀史記十表》卷一）現在我們看到的漢代伏羲女媧畫像石及唐代伏羲女媧絹畫，伏羲女媧皆人首蛇身，交尾，表現了中國神話人類始祖的形象。

西北海之外，大荒之隅，有山而不合[1]，名曰不周[2]，有兩黃獸守之。有水曰寒暑之水。水西有濕山，水東有幕山。有禹攻共工國山[3]。

有國名曰淑士，顓頊之子。

有神十人，名曰女媧之腸[4]，化為神，處栗廣之野，橫道而處。

有人名曰石夷，西方曰夷，來風曰韋，處西北隅以司日月之長短。

有五采之鳥，有冠，名曰狂鳥。

有大澤之長山。有白民之國。

注釋

1不合：山缺壞，不能合攏。2不周：共工曾與顓頊爭為帝，怒而觸不周之山，見〈海外北經〉「共工」注。不周之山亦見〈西次三經〉。3禹攻共工國山：《荀子．議兵》說：「舜伐有苗，禹伐共工。」〈大荒西經〉有「孟翼之攻顓頊之池」，〈大荒北經〉有「有鯀攻程州之山」，皆因其事而名其山。4女媧：古神女，傳說女媧造人。

譯文

在西北海以外，大荒的角落，有座斷裂合不攏的山，叫不周山，有兩頭黃色的獸守護着不周山。有一條水叫寒暑水。寒暑水的西面有座濕山，寒暑水的東面有座幕山。有一座禹攻共工國山。

有個國家名叫淑士國，這國的人是顓頊帝的後代。

有十個神人，名叫女媧之腸，化為神，居住在栗廣野，橫在道路上。

有個人名叫石夷，西方單稱他為夷，從北方吹來的風叫韋，石夷就處在大地的西北角落，掌管日月光影的長短。

有種身披五彩羽毛的鳥，頭上有冠，名叫狂鳥。

有一座大澤長山。有一個白民國。

西北海之外，赤水之東，有長脛之國。

有西周之國[1]，姬姓[2]，食穀。有人方耕，名曰叔均。帝俊生后稷，稷降以百穀。稷之弟曰台璽，生叔均。叔均是代其父及稷播百穀，始作耕。有赤國妻氏[3]。有雙山。

西海之外，大荒之中，有方山者，上有青樹，名曰柜格之松，日月所出入也。

注釋

1西周之國：在今陝西省渭水之北。2姬：周族人姓姬。3赤國妻氏：疑為人名，一說與〈海內經〉之「大比赤陰」相同。

譯文

在西北海以外，赤水的東面，有個長脛國。

有個西周國，這國的人姓姬，吃穀物。有人正在耕種，名叫叔均。帝俊生了后稷，后稷把各種穀物的種子從天上帶到人間。后稷的弟弟叫台璽，台璽生了叔均。叔均在這裏代替父親和后稷播種各種穀物，開始耕作。有赤國妻氏。有座雙山。

在西海以外，大荒之中，有座方山，山上有棵青色的樹，名叫柜格松，是太陽和月亮出入的地方。

西北海之外，赤水之西，有天民之國，食穀，使四鳥。有北狄之國。黃帝之孫曰始均，始均生北狄。有芒山。有桂山。有榣山。其上有人，號曰太子長琴。顓頊生老童，老童生祝融，祝融生太子長琴，是處榣山，始作樂風[1]。有五采鳥三名：一曰皇鳥，一曰鸞鳥，一曰鳳鳥。有蟲狀如菟[2]，胷以後者裸不見[3]，青如猿狀。

注釋

1樂風：當指作樂之曲制，見〈海內經〉。2蟲：指獸類，非昆蟲之蟲。菟：即「兔」。3胷：即「胸」。

譯文

在西北海以外，赤水西岸，有個天民國，國中的人吃穀物，能驅使四種獸。有個北狄國。黃帝的孫叫始均，始均生北狄。有座芒山。有座桂山。有座榣山。榣山上有一個人，號太子長琴。顓頊生老童，老童生祝融，祝融生太子長琴，太子長琴住在榣山上，始創了樂風。有身披五彩羽毛的鳥，有三個名字：一叫皇鳥，一叫鸞鳥，一叫鳳鳥。有一種獸，形狀像菟，胸以後裸露的部分看不見，牠的皮青色，像猿。

大荒之中，有山名曰豐沮玉門，日月所入。

有靈山[1]，巫咸、巫即、巫肦、巫彭、巫姑、巫真、巫禮、巫抵、巫謝、巫羅十巫，從此升降，百藥爰在。

有西王母之山、壑山、海山。有沃民之國，沃民是處。沃之野，鳳鳥之卵是食，甘露是飲。凡其所欲，其味盡存。爰有甘華、甘柤、白柳、視肉、三騅、璿瑰、瑤碧、白木、琅玕、白丹、青丹[2]，多銀、鐵。鸞鳥自歌，鳳鳥自舞，爰有百獸，相群是處，是謂沃之野。

有三青鳥，赤首黑目，一名曰大鵹，一名少鵹，一名曰青鳥。

有軒轅之臺，射者不敢西嚮[3]，畏軒轅之臺。

注釋

1靈山：〈中次八經〉有靈山，但與此不同，此靈山即巫山。一說「巫」為「靈」的斷字，一說楚人稱「巫」為「靈」。2璿瑰：一種美玉。3嚮：即「向」。

譯文

在大荒當中，有座豐沮玉門山，那裏是太陽和月亮落下來的地方。

有座靈山，巫咸、巫即、巫肦、巫彭、巫姑、巫真、巫禮、巫抵、巫謝、巫羅十個巫師，都在這山上上下下，各樣藥物都生長在這裏。

有西王母山、壑山、海山。有個沃民國，沃民就居住在這裏。在沃野，鳳鳥蛋可以吃，甘露可以喝。凡是沃民想要吃的各種味道的東西，這裏應有盡有。這裏有甘華、甘柤、白柳，視肉、三騅、璿瑰、瑤碧、白木、琅玕、白丹、青丹；多產銀和鐵。鸞鳥自由自在地歌唱，鳳鳥自由自在地起舞，各種獸群居共處，因此稱作沃野。

有三青鳥，紅頭黑眼，一叫大鵹，一叫少鵹，一叫青鳥。

有座軒轅台，射箭的人都不敢向西射，因為畏懼軒轅台。

大荒之中，有龍山，日月所入。

有三澤水，名曰三淖，昆吾之所食也。

有人衣青，以袂蔽面[1]，名曰女丑之尸[2]。

有女子之國。

有桃山。有寍山。有桂山。有于土山。

有丈夫之國。

有弇州之山，五采之鳥仰天[3]，名曰鳴鳥。爰有百樂歌儛之風。

有軒轅之國。江山之南棲為吉，不壽者乃八百歲。

西海陼中[4]，有神，人面鳥身，珥兩青蛇，踐兩赤蛇，名曰弇茲。

注釋

1袂：衣袖。2女丑之尸：參〈海外西經〉注。3仰天：張口噓天。4陼：通「渚」，水中小島。

譯文

在大荒中，有座龍山，是太陽和月亮落下的地方。

有三澤水，名叫三淖，是昆吾覓食的地方。

有個人穿上青色的衣服，用衣袖遮住臉，名叫女丑之尸。

有個女子國。

有座桃山。有座寅山。有座桂山。有座于土山。

有個丈夫國。

有座弇州山，山上有五采鳥，抬頭張口仰天鳴叫，這鳥名叫鳴鳥。這裏有各種樂曲歌舞風行。

有個軒轅國。住在江河山嶺的南邊視為吉利，就是不長壽的人也能活到八百歲。

在西海陼中，有一個神，長人面鳥身，耳上掛兩條青蛇，腳踩兩條赤蛇，這神名叫弇茲。

大荒之中，有山名日月山，天樞也[1]。吳姬天門，日月所入。有神，人面無臂，兩足反屬於頭上[2]，名曰嘘。顓頊生老童，老童生重及黎，帝令重獻上天[3]，令黎邛下地[4]，下地是生噎，處於西極，以行日月星辰之行次。

有人反臂，名曰天虞。

有女子方浴月。帝俊妻常羲，生月十二，此始浴之。

有玄丹之山。有五色之鳥，人面有髮。爰有青鴍、黃鷔，青鳥、黃鳥，其所集者其國亡。

有池，名孟翼之攻顓頊之池。

注釋

1天樞：天之樞紐。2反屬（粵：矚；普：zhǔ）：反轉與其他東西相連接。3獻：舉起。4邛：或當作「印」，抑壓。「令重獻上天，令黎邛下地」，即「絕地天通」之意。

譯文

大荒當中，有座山名叫日月山，是天的樞紐。吳姬天門，是太陽和月亮落下的地方。有一個神，長了一張人臉，沒有手臂，兩隻腳反生在頭上，這神名叫嘘。顓頊帝生老童，老童生重和黎，顓頊命令重上舉天，又命令黎下壓地。黎落到地就生了噎，噎處在大地的最西端，主管太陽、月亮和星辰運行的次序。

有個人手臂反生，名叫天虞。

有個女子正給月亮洗澡。帝俊的妻子常羲，生了十二個月亮，開始在這裏給月亮洗澡。

有座玄丹山。有五色鳥，這鳥長人的面孔，有頭髮。這裏有青鴍、黃鷔，青鳥、黃鳥，牠們在哪個國家聚集棲息，該國就會滅亡。

有個水池，名叫孟翼攻顓頊池。

賞析與點評

所謂「絕地天通」，《尚書・呂刑》：「乃命重、黎，絕地天通，罔有降格。」《國語・楚語下》說：「少昊之衰也，九黎亂德，民神雜糅，不可方物。」於是顓頊命南正「重」司天以屬神，命火正「黎」司地以屬民，令人神各得其所，不復互相侵瀆，稱為「絕地天通」。

大荒之中，有山名曰鏖鏊鉅，日月所入者。

有獸，左右有首，名曰屏蓬。

有巫山者。有壑山者。有金門之山，有人名曰黃姫之尸。有比翼之鳥。有白鳥，

青翼、黃尾、玄喙。有赤犬，名曰天犬，其所下者有兵。

西海之南，流沙之濱，赤水之後，黑水之前，有大山，名曰昆侖之丘。有神——人面虎身，文尾皆白，處之其下，有弱水之淵，環之其外。有炎火之山，投物輒然[1]。有人戴勝，虎齒，有豹尾，穴處，名曰西王母。此山萬物盡有。

注釋

1 輒：總是。然：即「燃」，燃燒。

譯文

大荒當中，有座山名叫鏊鏖鉅山，是太陽和月亮落下的地方。

有種獸，左邊和右邊各長一個頭，這獸名叫屏蓬。

有座巫山。有座壑山。有座金門山，有個人叫黃姬之尸。有比翼鳥。有白鳥，這鳥有青翅，黃尾，黑嘴。有一隻赤色的狗，名叫天犬，牠所降臨的地方都會發生戰爭。

在西海的南面，流沙的邊沿，赤水的後面，黑水的前面，屹立一座大山，名叫昆侖丘。有一個神，長人面虎身，紋理及尾巴都是白色。這神住在昆侖山下。有弱水淵環繞着昆侖山，有座炎火山，任何東西一扔入這山都會燃燒起來。有個人頭上戴玉勝，嘴裏長虎牙，有豹尾，在洞穴裏居住，名叫西王母。這座山中，天下萬物應有盡有。

大荒之中，有山名曰常陽之山，日月所入。

有寒荒之國。有二人女祭、女威[1]。

有壽麻之國。南嶽娶州山女，名曰女虔。女虔生季格，季格生壽麻。壽麻正立無景[2]，疾呼無響。爰有大暑，不可以往。

有人無首，操戈盾立，名曰夏耕之尸。故成湯伐夏桀於章山[3]，克之，斬耕厥前[4]。耕既立，無首，走厥咎，乃降於巫山。

有人名曰吳回，奇左[5]，是無右臂。

有蓋山之國。有樹，赤皮支幹，青葉，名曰朱木。

有一臂民。

注釋

1女祭、女威：參〈海外西經〉注。2景（粵：影；普：yǐng）：通「影」。3章山：學者疑章山即歷山。《史記．夏本紀．正義》引《淮南子》說：「湯敗桀於歷山。」今《淮南子．修務訓》則說：「湯乃整兵鳴條，困夏南巢，譙以其過，放之歷山。」說「放之歷山」，似微有不同。4厥前：厥，代詞，即「其」，其前，指夏桀之前。5奇（粵：基；普：jī）左：只剩下一隻左臂。

譯文

大荒當中，有座山名叫常陽山，是太陽和月亮落下的地方。

有個寒荒國。有兩個人叫女祭、女薎。

有個壽麻國。南嶽娶了州山女子為妻，她名叫女虔。女虔生季格，季格生壽麻。壽麻站在太陽底下沒有影子，向四面高聲叫喊也沒有一丁點的聲音。這裏異常炎熱，人不可以前往。

有個人沒有頭顱，拿着一把戈和一面盾牌站着，名叫夏耕尸。昔日成湯在章山討伐夏桀，打敗了夏桀，把夏耕尸斬殺在他的面前。夏耕尸站了起來之後，發覺自己沒了頭顱，為逃避戰敗的罪咎，於是就逃跑到巫山去了。

有個人名叫吳回，只有左臂，沒有右臂。

有個蓋山國。蓋山國有一種樹，樹皮和枝幹都是赤色的，葉青色，這樹名叫朱木。

有只長一條手臂的一臂民。

賞析與點評

此處說：「壽麻正立無景，疾呼無響。爰有大暑，不可以往。」有人據此以為，壽麻之國即是非洲黑人國。

大荒之中，有山名曰大荒之山，日月所入。有人焉三面，是顓頊之子，三面一臂，三面之人不死，是謂大荒之野。

西南海之外，赤水之南，流沙之西，有人珥兩青蛇，乘兩龍，名曰夏后開[1]。開上三嬪於天[2]，得〈九辯〉與〈九歌〉以下。此天穆之野，高二千仞，開焉得始歌〈九招〉[3]。

有氐人之國。炎帝之孫名曰靈恝，靈恝生氐人，是能上下於天。

有魚偏枯，名曰魚婦，顓頊死即復蘇。風道北來，天乃大水泉，蛇乃化為魚，是為魚婦[4]。顓頊死即復蘇[5]。

有青鳥，身黃，赤足，六首，名曰鸀鳥。

有大巫山。有金之山。西南，大荒之隅，有偏句、常羊之山。

注釋

1夏后開：即夏后啟，大禹的兒子。〈大荒西經〉末本有一句解釋的話：「按：夏后開即啟，避漢景帝諱云。」漢景帝名劉啟。2嬪：通「賓」。一說賓祭為王者之祭。賓天，即祭祀天帝。3〈九招〉：樂曲名。今本《竹書紀年》：「十年，帝巡狩，舞〈九韶〉於大穆之野。」4「蛇乃化為魚」兩句：有以為魚婦當為顓頊之所化，顓頊與魚合體而復蘇。5顓頊死即復蘇：此句與前文相同，疑為衍文。

譯文

大荒中，有一座山，名叫大荒山，是太陽和月亮落下的地方。這裏有長了三張臉的人，是顓頊的後代，有三張面孔一條手臂，這三面人是不死的。這裏就是所謂的大荒野。

在西南海以外，赤水的南面，流沙的西面，有個人耳朵上掛着兩條青蛇，駕兩條龍，這人名叫夏后開。夏后開曾經三次到天上祭祀天帝，得到天帝的樂曲〈九辯〉和〈九歌〉，之後回到人間。這裏就是天穆野，高二千仞，夏后開因此可以在這裏開始演唱〈九招〉。

有個氐人國。炎帝的孫名叫靈恝，靈恝生氐人，氐人能在天界和人世之間自由往來。

有一種魚，身半邊乾枯，名叫魚婦，顓頊死後立刻蘇醒過來。風從北方吹來，風把泉水從地下暴湧出來，蛇於是化為魚，這就是魚婦。顓頊死後立即復蘇。

有一種青鳥，身黃色，赤色腳，長了六個頭，這鳥名叫鸀鳥。

有座大巫山。有座金山。在西南方，大荒的一個角落，有偏句山、常羊山。

卷十七　大荒北經

本篇導讀——

〈大荒北經〉的異域方國及神話故事，不少前文已見，前者如儋耳之國、無繼民、深目民、苗民、驩頭等，後者如顓頊與九嬪之葬、夸父不量力、應龍殺蚩尤及夸父、禹殺相繇、燭龍等。

本篇說禹殺共工之臣相繇，亦見於〈海外北經〉，「相繇」作「相柳」，是同一人。共工為水害，而大禹平水土，〈大荒西經〉載「有禹攻共工國山」，二者勢不兩立。關於共工或共工氏，異說甚多，故有人認為共工實有二人。一說共工在堯舜以前，甚至是繼承太昊或女媧。《左傳・昭公十七年》載：「共工氏以水紀，故為水師而水名。」《漢書・律曆志下》解釋說：「少昊受黃帝，黃帝受炎帝，炎帝受共工，共工受太昊，故先言黃帝，上及太昊。」即共工在太昊之後。《管子・揆度》「共工之王」注說：「帝共工氏繼女媧而有天下。」則共工在女媧之後。《國語・魯語上》：「共工氏之伯九有也（《禮記・祭法》說「霸九州也」），其子曰后土，能平九土，故祀以為社。」《國語．周語下》：「昔共工棄此道也，虞于湛樂，淫失其身，欲壅防百川，墮高堙庳，以害天下。」《逸周書．史記解》：「昔有共工自賢，自以無臣，久空大官，下官交亂，民無所附，唐氏伐之，共工以亡。」

與共工爭為帝者，一說是高辛氏帝嚳。《淮南子．原道訓》說：「昔共工之力，觸不周之山，使地東南傾。與高辛爭為帝，遂潛於淵，宗族殘滅，繼嗣絕祀。」《史記．楚世家》又言：「共工氏作亂，帝嚳使重黎誅之而不盡。」一說是顓頊。《淮南子．天文訓》說：「昔者共工與顓頊爭為帝，怒而觸不周之山。天柱折，地維絕。天傾西北，故日月星辰移焉；地不滿東南，故水潦塵埃歸焉。」〈西次三經〉有「不周之山」，而〈大荒西經〉載「有山而不合，名曰不周」，後者很可能曾為共工所觸。《文子．上義》說：「共工為水害，故顓頊誅之。」（亦見《淮南子．兵略訓》）

另一說則共工在堯舜之時。《堯典》：「流共工於幽州，放驩兜於崇山，竄三苗於三危，殛鯀於羽山，四罪而天下咸服。」《竹書紀年》卷上說：「（堯）十九年命共工治河。」《荀子．成相》：「禹有功，抑下鴻，辟除民害逐共工。」《淮南子．本經訓》：「舜之時，共工振滔洪水，以薄空桑。」

不過，《史記．律書》又說：「顓頊有共工之陳，以平水害。」上引《竹書紀年》說：「共工治河。」則共工是「為水害」還是「平水害」？《漢書．古今人表》以共工為「上中仁人」，則大概以為共工是平水害了。

共工之子，一名「修」，好遠遊，舟車所至，靡不窮覽，故世人祀以為祖神；一名「句龍」，為后土。東漢蔡邕《獨斷》卷上說：「社神蓋共工氏之子句龍也，能平水土，帝顓頊之世舉以為土正，天下賴其功，堯祠以為社。」

東北海之外，大荒之中，河水之間，附禺之山[1]，帝顓頊與九嬪葬焉。爰有鴟久、文貝、離俞、鸞鳥、鳳鳥、大物、小物[2]。有青鳥、琅鳥、玄鳥、黃鳥、虎、豹、熊、羆、黃蛇、視肉、璿、瑰、瑤、碧，皆出於山。衛丘方員三百里，丘南帝俊竹林在焉，大可為舟。竹南有赤澤水，名曰封淵。有三桑無枝，皆高百仞。丘西有沈淵，顓頊所浴。

有胡不與之國，烈姓，黍食。

注釋

1附禺之山：〈海外北經〉說：「務隅之山，帝顓頊葬於陽，九嬪葬於陰。」附禺之山即「務隅之山」。2大物、小物：大大小小殉葬之物全部備有。

譯文

在東北海以外，大荒之中，河水之間，有座附禺山，顓頊帝與他的九個妃嬪就葬在這山。這裏有鴟久、文貝、離俞、鸞鳥、鳳鳥，大物，小物，什麼東西全皆備有。青鳥、琅鳥、玄鳥、黃鳥、虎、豹、熊、羆、黃蛇、視肉、璿、瑰，瑤、碧都出產在這山上。衞丘方圓三百里，丘南面有帝俊的竹林，那些竹大得可以造船。竹林南面有個紅色深潭，名叫封淵。有種沒有枝的三桑樹，都有百仞之高。衞丘西面有個沈淵，是顓頊帝沐浴的地方。有個胡不與國，這國的人姓烈，吃黍。

大荒之中，有山，名曰不咸。有肅慎氏之國[1]。有蜚蛭[2]，四翼。有蟲，獸首蛇身，名曰琴蟲。

有人名曰大人。有大人之國[3]，釐姓[4]，黍食。有大青蛇，黃頭，食麈。

有榆山。有鯀攻程州之山。

注釋

1肅慎氏之國：〈海外西經〉說「肅慎之國在白民北」，但二者當不相同。此「肅慎氏之國」應該是歷史上位處東北的肅慎國。2蜚蛭：蛭是蠕形動物，環蟲類，蜚蛭一作「飛蛭」。3大人之國：〈海外東經〉說「大人國在其北，為人大」，〈大荒東經〉亦說「有大人之國」，此說「有人名曰大人」，則因其人大，故名為大人。4䮫姓：一說䮫姓即僖姓。

譯文

大荒當中，有座山名叫不咸山。有個肅慎氏國。有一種蜚蛭，長了四隻翅膀。有一種蛇，長了獸頭蛇身，這蛇名叫琴蟲。

有種人名叫大人。有個大人國，這裏的人姓䮫，以黍為食糧。有一種大青蛇，頭是黃色的，吞吃麈。

有座榆山。有座鯀攻程州山。

大荒之中，有山名曰衡天。有先民之山。有槃木千里[1]**。**

有叔歜國，顓頊之子，黍食，使四鳥：虎、豹、熊、羆。有黑蟲如熊狀，名曰猎猎。

有北齊之國，姜姓，使虎、豹、熊、羆。

注釋

1槃木千里：能屈蟠千里之木。

譯文

大荒之中，有座山名叫衡天山。有座先民山。有槃木千里。

有個叔歜國，國人是顓頊帝的後代，以黍為食，能驅使虎、豹、熊和羆這四種獸。有一種長得和熊相似的黑色獸，名叫猎猎。

有個北齊國，這國的人姓姜，能驅使虎、豹、熊和羆。

大荒之中，有山名曰先檻大逢之山，河濟所入，海北注焉。其西有山，名曰禹所積石。

有陽山者。有順山者，順水出焉。有始州之國，有丹山。

有大澤方千里[1]，群鳥所解。

有毛民之國，依姓，食黍，使四鳥。禹生均國，均國生役采，役采生修鞈，修鞈殺綽人。帝念之[2]，潛為之國，是此毛民。

有儋耳之國[3]，任姓，禺號子，食穀。北海之渚中，有神，人面鳥身，珥兩青蛇，踐兩赤蛇，名曰禺強。

注釋

1 大澤：即「夸父與日逐走……北飲大澤」之大澤。2 帝念之：「帝」指禹，念綽人被殺，故潛為之國。3 儋（粵：耽；普：dān）耳：儋耳，耳大而下垂肩上。《淮南子·

隆形訓》說：「夸父、耽耳，在其北方。」高誘注：「耽耳，耳垂在肩上。」儋耳國即〈海外北經〉的聶耳國。

譯文

大荒當中，有座山叫先檻大逢山，河水和濟水流入海，復出海外，向北注入此山中。它的西面有座山，名叫禹所積石山。

有座陽山。有座順山，順水就從順山發源。有個始州國，有座丹山。

有一個大澤方圓千里，是各種禽鳥脱去舊毛換新毛的地方。

有個毛民國，這國的人姓依，吃黍，能驅使四種獸。大禹生均國，均國生役采，役采生修鞈，修鞈殺了綽人。大禹思念綽人，暗中幫忙綽人重新建立國家，就是這毛民國。

有個儋耳國，這裏的人姓任，是禺號的後代，吃穀物。北海中的島上，有一個神，長相是人面鳥身，耳上掛着兩條青蛇，腳踩兩條紅蛇，這神名叫禺強。

大荒之中，有山名曰北極天櫃，海水北注焉。有神，九首人面鳥身，名曰九鳳。又有神，銜蛇操蛇，其狀虎首人身，四蹄長肘，名曰彊良。

譯文

大荒中，有座山叫北極天櫃山，海水從北面注入。有一個神，長了九個頭，人面鳥身，這神名叫九鳳。又有一個神，嘴裏銜着蛇，手中握着蛇，他長虎頭人身，有四隻蹄，肘很長，這個神叫彊良。

大荒之中，有山名曰成都載天。有人珥兩黃蛇，把兩黃蛇，名曰夸父。后土生信[1]，信生夸父。夸父不量力，欲追日景，逮之於禺谷[2]。將飲河而不足也，將走大澤，未至，死於此。應龍已殺蚩尤，又殺夸父，乃去南方處之，故南方多雨。

又有無腸之國，是任姓，無繼子[3]，食魚。

共工之臣名曰相繇[4]，九首蛇身，自環，食於九山。其所歍所尼[5]，即為源澤，不辛乃苦，百獸莫能處。禹湮洪水，殺相繇，其血腥臭，不可生穀，其地多水，不可居也。禹湮之，三仞三沮，乃以為池，群帝因是以為臺[6]。在昆侖之北。

有岳之山，尋竹生焉[7]。

注釋

1后土：《左傳·昭公二十九年》説「共工氏有子曰句龍，為后土。」清代郝懿行説「昭十九年《左傳》」，不確。2逮：追及，趕及。3無繼子：「無繼」，參〈海外北經〉「無脅國」注。4相繇：即〈海外北經〉的「相柳」。5歍（粵：烏；普：wū）：嘔吐。尼：停止，止息。6群帝因是以為臺：〈海外北經〉說「禹厥之，三仞三沮，乃以為眾帝之臺」，此則說「群帝因是以為臺」，說法不同。7尋竹：長竹。

譯文

大荒中，有座山名叫成都載天山。有個人耳朵上掛兩條黃蛇，手上也握兩條黃蛇，這人名叫夸父。后土生信，信生夸父。夸父不自量力，想要追趕太陽的影子，追到禺谷。夸父想飲河水解渴，河水根本不夠喝，他又想跑到大澤喝那裏的水，還沒跑到大澤，就渴死在成都載天山。應龍殺了蚩尤，又殺了夸父，於是去南方居住，所以南方的雨水很多。

又有個無腸國，這國的人姓任。他們是無繼國人的後代，吃魚類。

共工有一個臣名叫相繇，有九個頭和蛇身，把身體盤成一團，在九座山裏覓食。他的嘔吐物和棲息過的地方，立即變成大源澤，源澤的氣味不是辛辣就是苦澀，百獸都無法在這種地方居住。大禹堵塞洪水的時候殺死了相繇，相繇流出來的血又腥又臭，腥臭血水噴灑過的地方，穀物根本不能生長，那地方膏血滂沱成淵水，人根本不能居住。大禹用泥土填塞，屢次填塞又屢次塌陷，於是把它挖成大池，諸帝用挖出的土造了幾座高臺，這些高臺位於昆侖的北面。

有座岳山，尋竹就生長在這座山上。

大荒之中，有山名不句，海水北入焉。

有係昆之山者，有共工之臺，射者不敢北鄉。有人衣青衣，名曰黃帝女妭[1]。蚩尤作兵伐黃帝，黃帝乃令應龍攻之冀州之野。應龍畜水，蚩尤請風伯雨師，從大風雨[2]。黃帝乃下天女曰妭，雨止，遂殺蚩尤。妭不得復上，所居不雨。叔均言之帝，後置之赤水之北。叔均乃為田祖[3]。妭時亡之。所欲逐之者，令曰：「神北行！」先除水道，決通溝瀆[4]。

有人方食魚，名曰深目民之國，盼姓，食魚。

有鍾山者。有女子衣青衣，名曰赤水女子魃。

注釋

1女妭：「妭」即「魃」，神話中的禿頭女神，即旱魃，旱神。她所到之處，天不下雨。

2從：即「縱」。3田祖：主田地之官。4瀆（粵：獨；普：dú）：小溝渠。

譯文

大荒之中，有座山叫不句山，海水從北面流入。

有座山叫係昆山，有共工台，射箭的人不敢向北方射。有一個人穿上青色衣服，她名叫黃帝女妭。蚩尤興兵攻伐黃帝，黃帝於是命令應龍到冀州之野去攻打蚩尤。應龍蓄了很多水，蚩尤請來風伯和雨師製造了一場大風雨。黃帝就降下名叫妭的天女來助戰，雨就止住了，應龍於是殺死了蚩尤。女妭無法再回到天上，她在人間居留的地方滴雨不下。叔均將此事稟報黃帝，後來黃帝就把女妭安置在赤水北面。叔均做了掌管田地農耕的田祖。女妭受人厭棄，常常到處流亡。當地人要驅逐她，就下令說：「神向北走！」必須先清理水道，疏通大小溝渠。

有人正在吃魚，這國叫深目民國，國人姓盼，吃魚類。

有座鍾山。有個穿青色衣服的女子，名叫赤水女子魃。

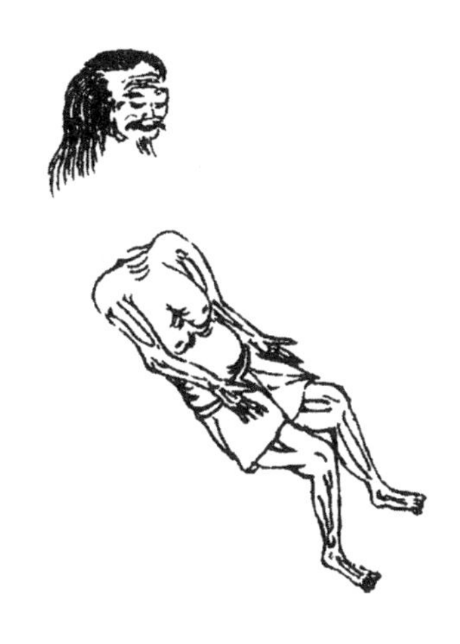

蚩尤（清．汪紱圖本）

大荒之中，有山名曰融父山，順水入焉。有人名曰犬戎。黃帝生苗龍，苗龍生融吾，融吾生弄明，弄明生白犬，白犬有牝牡，是為犬戎，肉食。有赤獸，馬狀無首，名曰戎宣王尸[1]。

有山名曰齊州之山、君山、鬵山、鮮野山、魚山。

有人一目，當面中生。一曰是威姓，少昊之子，食黍。

有無繼民，無繼民任姓，無骨子[2]，食氣、魚。

西北海外，流沙之東，有國曰中輻，顓頊之子，食黍。

有國名曰賴丘。有犬戎國。有人，人面獸身，名曰犬戎。

西北海外，黑水之北，有人有翼，名曰苗民。顓頊生驩頭，驩頭生苗民，苗民釐姓，食肉。有山名曰章山。

注釋

1 戎宣王尸：犬戎之神名。2 無骨：下文說「有牛黎之國。有人無骨。」則此「無骨」當指「牛黎之國」。

譯文

大荒之中，有座山名叫融父山，順水流入這裏。有人名叫犬戎。黃帝生苗龍，苗龍生融吾，融吾生弄明，弄明生白犬，白犬自相交配，這就是犬戎，吃肉類。有種赤色的獸，形狀像馬卻沒有頭，名叫戎宣王尸。

有山叫齊州山、君山、鬵山、鮮野山、魚山。

有種人只長一隻眼睛，生在臉正中間。一說他們姓威，是少昊的後代，吃黍。

有種人叫無繼民，無繼民姓任，是無骨民的後代，食氣，食魚。

在西北方的海外，流沙的東面，有個國家叫中輪國，這國人是顓頊的後代，吃黍。

有個國家叫賴丘國。有個犬戎國。有種人長人面獸身，名叫犬戎。

在西北方的海外，黑水的北岸，有一種長翅膀的人，名叫苗民。顓頊生了驩頭，驩頭生了苗民，苗民人姓釐，吃肉為生。有一座山名叫章山。

大荒之中，有衡石山、九陰山、灰野之山，上有赤樹，青葉，赤華，名曰若木。

有牛黎之國[1]。有人無骨，儋耳之子。

西北海之外，赤水之北，有章尾山。有神，人面蛇身而赤，身長千里，直目正乘[2]，其瞑乃晦，其視乃明，不食，不寢，不息，風雨是謁[3]。是燭九陰[4]，是謂燭龍。

注釋

1牛黎之國：參〈海外北經〉「柔利國」注。2直目正乘：直目即眼睛豎起來。一說「乘」

為「眹」之假借，俗作眹，眹為眼珠。未知是否。3風雨是謁：能請致風雨。袁珂認為「謁」通「噎」，即以風雨為食。但此文謂燭龍「不食」，則以「請致」之解釋為優。

4燭：照亮。九陰：極為幽隱陰暗的地方。

譯文

大荒之中，有衡石山、九陰山、灰野山，山上有種赤色的樹，這樹有青色的葉，紅色的花，名叫若木。

有個牛黎國。有人身上沒有骨頭，他們是儋耳國人的後代。

在西北方的海外，赤水的北面，有座章尾山。有個神，長了人面蛇身，赤色，身體長達千里，眼睛是豎直的。他閉上眼睛就是黑夜，睜開眼睛就是白晝，不吃飯不睡覺不呼吸，能請致風雨。他能照亮極為陰暗隱蔽的地方，所以稱他為燭龍。

卷十八　海內經

本篇導讀——

〈海內經〉與〈大荒四經〉同為「逸在外」之篇。〈海內經〉與〈海經〉其他諸篇不同，並非描述某一個特定方位。東南西北，皆有涉及，內容雜亂。〈海內經〉所載世系很多，而末節更談到科技文明的起源：例如殳始為侯，鼓、延始為鍾（即鐘），番禺始為舟，吉光始為車，般始為弓矢，晏龍始為琴瑟，叔均始作牛耕，大比赤陰始為國等，可與〈大荒西經〉所說太子長琴始作樂風、叔均始作耕及〈大荒北經〉所說叔均為田祖對讀。這些說法，與史書《世本》所載不同。

東海之內，北海之隅，有國名曰朝鮮、天毒[1]，其人水居，偎人愛人。

西海之內，流沙之中，有國名曰壑市。

西海之內，流沙之西，有國名曰氾葉。

流沙之西，有鳥山者，三水出焉。爰有黃金、璿瑰、丹貨、銀鐵，皆流於此中。又有淮山，好水出焉。

流沙之東，黑水之西，有朝雲之國、司彘之國。黃帝妻雷祖[2]，生昌意，昌意降處若水，生韓流[3]。韓流擢首、謹耳、人面、豕喙、麟身、渠股、豚止[4]，取淖子曰阿女，生帝顓頊。

流沙之東，黑水之間，有山名不死之山。

華山青水之東，有山名曰肇山。有人名曰柏子高，柏子高上下於此，至於天。

注釋

1天毒：印度古稱，與朝鮮一西一東，不當並列，或為誤說，或別有所指。2雷祖：《大戴禮記．帝繫》及《史記．五帝本紀》作「嫘祖」，傳說她發明養蠶。3韓流：昌意生韓流，《大戴禮記》及《史記》皆沒有記載。4擢（粵：鑿；普：zhuó）首：即長頸。擢，引，拔。謹耳：一說「謹」當作「董」，黏土。豬耳以土塗抹粉飾。渠股：豬腿大如車渠，渠為車輞。豚：小豬。止：足。

譯文

在東海以內，北海的角落，有個國家名叫朝鮮。有一個國家叫天毒，天毒國的人在水邊居住，喜歡依偎人、憐愛人。

在西海以內，流沙的中間，有個國家名叫壑市國。

在西海以內，流沙西面，有個國家名叫氾葉國。

在流沙西面，有座鳥山，有三條河流發源於這座山。黃金、璿瑰、丹貨、銀鐵，都產於這些水流的沿岸。又有座淮山，好水從淮山發源。

在流沙東面，黑水的西岸，有朝雲國、司彘國。黃帝的妻子雷祖生昌意。昌意降到若水居住，生韓流。韓流長了個長長的頸項、大大的耳朵，有人面、豬嘴、麟身、大大的腿、小豬一樣的腳。韓流娶了淖族的阿女為妻，生下帝顓頊。

在流沙的東面，黑水之間，有座山叫不死山。

在華山青水的東面，有座山叫肇山。有個人名叫柏子高，柏子高從肇山上上下下，可以直達天界。

西南黑水之間，有都廣之野，后稷葬焉。其城方三百里，蓋天地之中，素女所出也[1]。爰有膏菽、膏稻、膏黍、膏稷[2]，百穀自生，冬夏播琴[3]。鸞鳥自歌，鳳鳥自儛，靈壽實華[4]，草木所聚。爰有百獸，相群爰處。此草也，冬夏不死。

南海之內，黑水青水之間，有木名曰若木，若水出焉。

有禺中之國。有列襄之國。有靈山，有赤蛇在木上，名曰蝡蛇，木食。

注釋

1素女：古之神女。2膏：味美滑如膏。3播琴：播種。4靈壽實華：靈壽，壽木，吃其果實者不死。

譯文

在西南面黑水之間，有片郊野叫都廣野，后稷就葬在這裏。它的疆域有方圓三百里之廣，是天和地的中心，素女出於這個地方。這裏有膏菽、膏稻、膏黍、膏稷，各種穀物能夠自然成長，冬夏兩季都能播種。鸞鳥在這裏自由自在地歌唱，鳳鳥在這裏自由自在地起舞，靈壽樹在這裏開花結果，各種草木在這裏茁長叢生。這裏有各種各樣的鳥獸，全都群居相處。這裏所生長的草，無論冬夏都不會枯死。

在南海以外，黑水青水之間，有種樹名叫若木，若水就從這裏發源。

有個禺中國。有個列襄國。有座靈山，有赤蛇在樹上，名叫蝡蛇，以樹木為食物。

有鹽長之國。有人焉鳥首，名曰鳥民。

有九丘，以水絡之[1]：名曰陶唐之丘、叔得之丘、孟盈之丘、昆吾之丘、黑白之丘、赤望之丘、參衞之丘、武夫之丘、神民之丘。有木，青葉紫莖，玄華黃實，名曰建木[2]，百仞無枝，上有九欘[3]，下有九枸[4]，其實如麻，其葉如芒，大皞爰過[5]，黃帝所為[6]。

有窫窳，龍首，是食人。有青獸，人面，名曰猩猩。

注釋

1絡：環繞。2建木：參〈海內南經〉注。3欘（粵：竹；普：zhú）：樹枝曲曲折折。4枸：樹根盤錯。5過：指攀緣此建木以登天。6為：施為，建木是黃帝所造。

譯文

有個鹽長國。這裏的人長鳥頭，叫做鳥氏。

有九座山丘，周圍有水環繞，這些山丘分別叫陶唐丘、叔得丘、孟盈丘、昆吾丘、黑白丘、赤望丘、參衞丘、武夫丘、神民丘。有種樹，有青色的葉，紫色的莖，開黑花，結黃色果實，這樹叫建木，樹幹高達百仞卻沒有分枝，只是樹頂的枝曲曲折折，樹下的根節盤錯，這樹的果實像麻，葉像芒葉。大皞就攀緣建木登上天界，那是黃帝製造的天梯。

有窫窳獸，長了龍頭，吃人。有一種青色獸，長了人的面孔，名叫猩猩。

西南有巴國。大皞生咸鳥，咸鳥生乘釐，乘釐生後照，後照是始為巴人。

有國名曰流黃辛氏[1]，其域中方三百里，出麈。有巴遂山，澠水出焉[2]。

又有朱卷之國。有黑蛇[3]，青首，食象。

注釋

1 流黃辛氏：即〈南次二經〉之「流黃」及〈海內西經〉之流黃酆氏之國。袁珂誤將〈海內西經〉作〈海內南經〉。2 澠（粵：成；普：shéng）水：一說澠水即繩水。3 黑蛇：即〈海內南經〉之巴蛇，食象。

譯文

西南面有個巴國。大皞生咸鳥，咸鳥生乘釐，乘釐生後照，後照就是巴國人的始祖。

有個國家叫流黃辛氏國，它的疆域方圓三百里，麈在這裏出沒。有座巴遂山，澠水從這座山發源。

又有個朱卷國。這裏有一種黑蛇，長青色的頭顱，能吞吃大象。

南方有贛巨人[1]，人面長唇，黑身有毛，反踵，見人則笑，唇蔽其面，因可逃也。

又有黑人，虎首鳥足，兩手持蛇，方啗之。

有嬴民，鳥足。有封豕[2]。

有人曰苗民。有神焉，人首蛇身，長如轅，左右有首，衣紫衣，冠旃冠，名曰延維[3]，人主得而饗食之[4]，伯天下[5]。

注釋

1贛巨人：一說即〈海內南經〉的梟陽國。「梟陽國在北朐之西，其為人人面長唇，黑身有毛，反踵，見人則笑，左手操管」，與此處之描述大體相近。2封豕：大豬。封，大。3延維：已見〈大荒南經〉注。4饗：祭獻。5伯（粵：霸；普：bà）：通「霸」。

譯文

南方有一種贛巨人，長了人的面孔，嘴唇很長，黑色身體，身上有毛，腳跟反向而生，看見人就發笑，一笑嘴唇就會遮住他的臉，因此，牠就能立即逃跑。

又有一種黑人，長老虎頭鳥腳，兩手握蛇，正吞食牠們。

有種人叫做嬴民，長鳥腳。有封豕國。

有種人叫做苗民。有一個神，長了人頭蛇身，身軀有車轅那麼長，左右各長了一個頭，穿紫衣，戴旃冠，這神名叫延維，人主得到祂，用來祭獻，就可以稱霸天下。

有鸞鳥自歌，鳳鳥自舞。鳳鳥首文曰德，翼文曰順，膺文曰仁，背文曰義，見則天下和[1]。

又有青獸如菟，名曰䓣狗。有翠鳥。有孔鳥[2]。

南海之內，有衡山，有菌山，有桂山。有山名三天子之都。

南方蒼梧之丘，蒼梧之淵，其中有九嶷山，舜之所葬。在長沙零陵界中。

注釋

1見則天下和：〈南次三經〉形容鳳凰之文，說「翼文曰義，背文曰禮」，又有「腹文曰信」，與此不同。2孔鳥：孔雀。

譯文

有鸞鳥自由自在歌唱，鳳鳥自由自在起舞。鳳鳥頭上的花紋是德字，翅膀上的花紋是順字，胸口上的花紋是仁字，背部的花紋是義字，牠一出現天下就會和平。

又有種青色的野獸長得像菟，名叫䓣狗。有翠鳥。有孔鳥。

南海以內，有座衡山，有座菌山，有座桂山。有座山叫三天子都山。

南方有蒼梧丘，有蒼梧淵，蒼梧丘和蒼梧淵之間有座九嶷山，是舜帝埋葬的地方。九嶷山位於長沙零陵地界。

北海之內，有蛇山者，蛇水出焉，東入於海。有五采之鳥，飛蔽一鄉，名曰翳鳥[1]。又有不距之山，巧倕葬其西[2]。

北海之內，有反縛盜械、帶戈常倍之佐[3]，名曰相顧之尸。

伯夷父生西岳，西岳生先龍，先龍是始生氐羌，氐羌乞姓。

北海之內，有山，名曰幽都之山，黑水出焉。其上有玄鳥、玄蛇、玄豹、玄虎、玄狐蓬尾。有大玄之山。有玄丘之民。有大幽之國。有赤脛之民。

有釘靈之國，其民從厀以下有毛，馬蹄善走[4]。

注釋

1翳（粵：縊；普：yì）鳥：鳳凰之屬。2巧倕（粵：誰；普：chuí）：傳說中的巧匠，名叫義均。下文說「三身生義均，義均是始為巧倕，是始作下民百巧」，則巧倕似本非人名。「倕」有「垂」、「重」之義，或與工匠之工作有關。3盜械：械，刑具。罪犯被綁上刑具，稱之為盜械，大概為貳負之臣危。4馬蹄善走：指釘靈之國，其民有馬脛馬蹄，不須騎馬，而疾走如馬。

譯文

在北海之內，有座蛇山，蛇水就從蛇山發源，向東流入海。有一種五采鳥，成群飛起的時候，可以遮蔽一鄉上空，這鳥名叫翳鳥。又有座不距山，巧倕就葬在不距山西面。

在北海之內，有被反綁起來、戴上刑具的人，那是帶了兵器附從叛亂的賊臣，名叫相顧尸。

伯夷父生西岳，西岳生先龍，先龍就是氐羌的始祖，氐羌人都姓乞。

北海以內，有一座山，名叫幽都山，黑水從這座山發源。山上有玄鳥、玄蛇、玄豹、玄虎，以及有尾巴蓬鬆的玄狐。有座大玄山。有玄丘民。有個大幽國。有赤脛民。

有個釘靈國，這裏的人從膝蓋以下有毛，有馬一樣的蹄，善於快跑。

炎帝之孫伯陵，伯陵同吳權之妻阿女緣婦[1]，緣婦孕三年，是生鼓、延、殳。殳始為侯[2]，鼓、延是始為鍾，為樂風。

黃帝生駱明，駱明生白馬，白馬是為鯀。

帝俊生禺號，禺號生淫梁，淫梁生番禺，是始為舟。番禺生奚仲，奚仲生吉光，吉光是始以木為車。

少皞生般，般是始為弓矢。

帝俊賜羿彤弓素矰[3]，以扶下國，羿是始去恤下地之百艱。

帝俊生晏龍，晏龍是為琴瑟。

帝俊有子八人，是始為歌舞。

帝俊生三身，三身生義均，義均是始為巧倕，是始作下民百巧。后稷是播百穀。稷之孫曰叔均，是始作牛耕。大比赤陰[4]，是始為國。禹、鯀是始布土，均定九州。

炎帝之妻，赤水之子聽訞生炎居，炎居生節竝，節竝生戲器，戲器生祝融。祝融降處於江水，生共工。共工生術器，術器首方顛[5]，是復土壤，以處江水。共工生后土，后土生噎鳴，噎鳴生歲十有二[6]。

洪水滔天。鯀竊帝之息壤以堙洪水[7]，不待帝命。帝令祝融殺鯀於羽郊。鯀復生禹[8]。帝乃命禹卒布土以定九州。

注釋

1同：即「通」，私通之意。2侯：箭靶。3彤弓：朱弓。素矰（粵：增；普：zēng）：即繫有白色羽毛的箭。4大比赤陰：已見〈大荒西經〉注。5方：平。顛：頭頂。6生歲十有二：噎鳴創制十二月為一歲。7息壤：息有「繁殖」之義。「息壤」指能生長不已的土壤。8復生：復，「腹」借字，復生即腹生。《國語．晉語八》：「昔者鯀違帝命，殛之於羽山，化為黃熊，以入於羽淵，實為夏郊，三代舉之。」

譯文

炎帝的孫叫伯陵，伯陵私通吳權的妻子阿女緣婦，阿女緣婦懷孕三年，生下鼓、延、殳三個孩子。殳發明箭靶，鼓、延二人發明鐘，創製了樂曲和音律。
黃帝生駱明，駱明生白馬，白馬就是鯀。
帝俊生禺號，禺號生淫梁，淫梁生番禺，番禺發明船。番禺生奚仲，奚仲生吉光，吉光最早用木頭製造車子。
少皞生般，般發明弓箭。
帝俊賜給后羿朱弓和白羽箭，用以扶助下界各國，后羿於是開始去救濟下界人間的各種困苦。
帝俊生晏龍，晏龍發明琴瑟這兩種樂器。
帝俊有八個兒子，他們開始創製歌曲和舞蹈。
帝俊生三身，三身生義均，義均就是當初世人所說的巧倕，巧倕把各種工藝技巧傳授給人間百姓。后稷播種各種農作物。后稷的孫是叔均，叔均發明用牛耕田的技術。大比赤陰開始建立國家。大禹和鯀開始敷設國土，奠定高山大川，並劃分疆域，定為九州。
炎帝的妻子，赤水氏的女兒聽訞，生炎居，炎居生節竝，節竝生戲器，戲器生祝融。祝融下降到江水居住，生共工。共工生術器。術器的頭頂是平的，他回復先祖祝融的土地，以居住在江水。共工生后土，后土生噎鳴，噎鳴創制了一歲有十二個月。

到處都是漫天大水。鯀沒有得到天帝的命令，就擅自偷竊了天帝的息壤來堵塞洪水。天帝命令祝融把鯀處死在羽山郊外。禹是從鯀遺體的肚裏生出來的。天帝下令禹敷設規劃國土，奠定高山大川，最終劃定了九州的區域。

賞析與點評

《山海經》所載帝王世系，多與他書不合。例如說「黃帝生駱明，駱明生白馬，白馬是為鯀。」《大戴禮記・帝繫》則說「顓頊產鯀，鯀產文命，是為禹。」如此例子，不一而足。

名句索引

三至五畫

大荒之中，有山名曰孽搖頵羝。上有扶木，柱三百里，其葉如芥。有谷曰温源谷。湯谷上有扶木，一日方至，一日方出，皆載於烏。　三一四

巴蛇食象，三歲而出其骨，君子服之，無心腹之疾。　二八二

北方禺彊，人面鳥身，珥兩青蛇，踐兩青蛇。　二六九

六畫

地之所載，六合之間，四海之內，照之以日月，經之以星辰，紀之以四時，要之以太歲，神靈所生，其物異形，或夭或壽，唯聖人能通其道。　二三六

有女子方浴月。帝俊妻常羲，生月十二，此始浴之。　三三九

有女子名曰羲和，方浴日於甘淵。羲和者，帝俊之妻，是生十日。 三〇八

有神十人，名曰女媧之腸，化為神，處栗廣之野，橫道而處。 三三二

有神焉，其狀如黃囊，赤如丹火，六足四翼，渾敦無面目，是識歌舞，實為帝江也。 〇九七

有鳥焉，其狀如烏，文首、白喙、赤足，名曰精衛，其鳴自詨。是炎帝之少女名曰女娃，女娃遊於東海，溺而不返，故為精衛，常銜西山之木石，以堙於東海。 一三三

有鳥焉，其狀如雞，五采而文，名曰鳳皇，首文曰德，翼文曰義，背文曰禮，膺文曰仁，腹文曰信。是鳥也，飲食自然，自歌自舞，見則天下安寧。 〇六一

有獸焉，其狀如狐而九尾，其音如嬰兒，能食人。 〇五一

西王母其狀如人，豹尾虎齒而善嘯，蓬髮戴勝，是司天之厲及五殘。 〇九一

西王母梯几而戴勝。其南有三青鳥，為西王母取食。在昆侖虛北。 二九〇

西南海之外，赤水之南，流沙之西，有人珥兩青蛇，乘兩龍，名曰夏后開。開上三嬪於天，得〈九辯〉與〈九歌〉以下。此天穆之野，高二千仞，開焉得始歌〈九招〉。 三四四

夸父與日逐走，入日。渴欲得飲，飲於河渭，河渭不足，北飲大澤。未至，道渴而死。棄其杖，化為鄧林。 二六四

七畫

君子國在其北，衣冠帶劍，食獸，使二文虎在旁，其人好讓不爭。 二七二

形天與帝爭神，帝斷其首，葬之常羊之山。乃以乳為目，以臍為口，操干戚以舞。 二五一

巫咸國在女丑北，右手操青蛇，左手操赤蛇。在登葆山，群巫所從上下也。 二五一

八畫

其上有獸，狀如牛，蒼身而無角，一足，出入水則必風雨，其光如日月，其聲如雷，其名曰夔。黃帝得之，以其皮為鼓，橛以雷獸之骨，聲聞五百里，以威天下。 三一六

昆侖之丘，是實惟帝之下都，神陸吾司之。其神狀虎身而九尾，人面而虎爪，是神也，司天之九部及帝之囿時。 〇九一

九畫

帝之二女居之，是常遊於江淵。澧沅之風，交瀟湘之淵，是在九江之間，出入必以飄風暴雨。 二二六

帝俊賜羿彤弓素矰，以扶下國，羿是始去恤下地之百艱。 三七〇

禹曰：天下名山，經五千三百七十山，六萬四千五百五十六里，居地也。言其〈五臧〉，蓋其餘小山甚眾，不足記云。 二三〇

洪水滔天。鯀竊帝之息壤以堙洪水，不待帝命。帝令祝融殺鯀於羽郊。鯀復生禹。
帝乃命禹卒布土以定九州。 三七一

羿與鑿齒戰於壽華之野，羿射殺之。在昆侖虛東。羿持弓矢，鑿齒持盾。一曰持戈。 二四二

十畫以上

蚩尤作兵伐黃帝，黃帝乃令應龍攻之冀州之野。應龍畜水，蚩尤請風伯雨師，從大風雨。
黃帝乃下天女曰魃，雨止，遂殺蚩尤。 三五六

湯谷上有扶桑，十日所浴，在黑齒北。 二七六

貳負之臣曰危，危與貳負殺窫窳，帝乃梏之疏屬之山，桎其右足，反縛兩手，繫之山上木。 二九四

壽麻正立無景，疾呼無響。爰有大暑，不可以往。 三四二

鍾山之神，名曰燭陰，視為晝，瞑為夜，吹為冬，呼為夏，不飲，不食，不息，息為風，
身長千里。在無䏿之東。其為物，人面蛇身，赤色，居鍾山下。 二六〇

新 視 野

中華經典文庫

新　視　野
中華經典文庫